CONTOS DA RAINHA DO CRIME

Publicado originalmente em 1937

AGATHA CHRISTIE

ASSASSINATO NO BECO

· TRADUÇÃO DE ·
Petê Rissatti

Rio de Janeiro, 2024

Copyright © 1937 Agatha Christie Limited. All rights reserved.
Copyright de tradução © 2023 Casa dos Livros Editora LTDA. Todos os direitos reservados.
Título original: *Murder in the Mews*

AGATHA CHRISTIE, POIROT and the AC Monogram Logo are registered trademarks of Agatha Christie Limited in the UK and elsewhere.

Todos os direitos desta publicação são reservados à Casa dos Livros Editora LTDA. Nenhuma parte desta obra pode ser apropriada e estocada em sistema de banco de dados ou processo similar, em qualquer forma ou meio, seja eletrônico, de fotocópia, gravação etc., sem a permissão do detentor do copyright.

Publisher: Samuel Coto

Editora executiva: *Alice Mello*

Editora: *Lara Berruezo*

Editoras assistentes: *Anna Clara Gonçalves e Camila Carneiro*

Assistência editorial: *Yasmin Montebello*

Copidesque: *Julia Vianna*

Revisão: *Victoria Rebello e Mariana Gomes*

Design gráfico de capa e miolo: *Túlio Cerquize*

Imagem de capa: *Shutterstock | akd85*

Diagramação: *Abreu's System*

Dados Internacionais de Catalogação na Publicação (CIP)
(Câmara Brasileira do Livro, SP, Brasil)

Christie, Agatha, 1890-1976
  Assassinato no beco / Agatha Christie ; tradução Petê Rissatti. – Rio de Janeiro : HarperCollins Brasil, 2023.

  Tradução original: Murder in the Mews
  ISBN 978-65-6005-071-6

  1. Ficção de suspense 2. Ficção inglesa I. Título.

23-166935   CDD: 823

Eliane de Freitas Leite – Bibliotecária – CRB-8/8415

Os pontos de vista desta obra são de responsabilidade de seu autor, não refletindo necessariamente a posição da HarperCollins Brasil, da HarperCollins Publishers ou de sua equipe editorial.

HarperCollins Brasil é uma marca licenciada à Casa dos Livros Editora LTDA.
Todos os direitos reservados à Casa dos Livros Editora LTDA.
Rua da Quitanda, 86, sala 601A – Centro
Rio de Janeiro, RJ – CEP 20091-005
Tel.: (21) 3175-1030
www.harpercollins.com.br

Para Sybil Heeley, minha velha amiga, com carinho

Contos

Assassinato no beco 9
O roubo inacreditável 69
O espelho do morto 123
O triângulo em Rhodes 205

Assassinato no beco

Publicado originalmente na revista *Woman's Journal*, em 1936, e mais tarde na coletânea da Collins de 1937, *Murder in the Mews*.

I

— Um pêni para o boneco do Guy Fawkes, senhor?

Um garotinho com o rosto sujo sorriu de um jeito persuasivo.

— Claro que não! — retrucou o Inspetor-chefe Japp. — Aliás, escute aqui, meu rapaz...

E se seguiu um breve sermão. Consternado, o menino bateu em uma retirada precipitada, comentando de forma breve e sucinta com seus coleguinhas:

— Minha nossa, se não é um policial à paisana!

O bando saiu correndo, entoando a cantiga:

Tu lembras, eu lembro
Cinco de novembro
Parlamento explodido
Não vemos razão
Porque o complô
Deveria ser esquecido

O companheiro do inspetor-chefe, um homenzinho idoso com cabeça oval e um bigodão de aparência militar, sorria para si mesmo.

— *Três bien*, Japp — observou ele. — Muito bom o sermão que você prega! Meus parabéns.

— Desculpa esfarrapada para a mendicância, foi isso que virou o Dia de Guy Fawkes! — retrucou Japp.

— Um jeito interessante de sobreviver — refletiu Hercule Poirot. — Os fogos de artifício explodem... pá... pá... muito depois que o homem e os feitos que eles homenageiam são esquecidos.

O homem da Scotland Yard concordou.

— Não acho que muitos daqueles garotos saibam de verdade quem foi Guy Fawkes.

— E logo, sem dúvida, os pensamentos se confundirão. Os *feu d'artifice* de 5 de novembro são lançados para honrar ou execrar o que aconteceu? Explodir o parlamento inglês foi um pecado ou um ato de nobreza?

Japp soltou uma risadinha.

— Sem dúvida, algumas pessoas diriam que foi um ato de nobreza.

Saindo da rua principal, os dois homens entraram no relativo silêncio de um beco. Haviam jantado juntos e agora pegavam um atalho para chegar ao apartamento de Hercule Poirot.

Enquanto caminhavam, vez ou outra ouviam o som de explosões acompanhado de uma chuva que iluminava o céu de dourado.

— É uma noite boa para um assassinato — observou Japp, com interesse profissional. — Veja bem, ninguém ouviria um tiro em uma noite como esta.

— Sempre me pareceu estranho que mais criminosos não se aproveitassem desse fato — comentou Hercule Poirot.

— Sabe de uma coisa, Poirot, às vezes quase desejo que *você* cometa um assassinato.

— *Mon cher!*

— Sim, gostaria de ver como você faria.

— Meu caro Japp, *se* eu cometesse um assassinato, você não teria a menor chance de descobrir como eu o realizei! Provavelmente nem mesmo saberia que um assassinato foi cometido.

Japp riu de forma bem-humorada e afetuosa.

— Que diabinho arrogante você, não é? — disse ele, cheio de condescendência.

Às 11h30 do dia seguinte, o telefone de Hercule Poirot tocou.

— Alô?

— Alô?

— Oi, é você, Poirot?

— *Oui, c'est moi.*

— Japp quem fala. Lembra que voltamos para casa ontem à noite pelo beco de Bardsley Gardens?
— Lembro.
— E que conversamos sobre como seria fácil atirar em uma pessoa com todos aqueles fogos, bombas e tudo o mais?
— Sim, sim.
— Bem, houve um suicídio lá. No número 14. Uma jovem viúva, Mrs. Allen. Estou indo para lá agora, gostaria de me acompanhar?
— Desculpe, meu caro amigo, mas alguém de sua importância costuma ser enviado para verificar casos de suicídio?
— Camarada esperto. Não é costume. Na verdade, parece que nosso médico-legista pensa que há algo suspeito no caso. Vem comigo? Tenho o pressentimento de que você deveria participar.
— Sim, sim, eu irei. No número 14, certo?
— Isso mesmo.

Poirot chegou ao número 14 do beco de Bardsley Gardens quase no mesmo momento em que um carro estacionou, trazendo Japp e três outros homens.

O número 14 já se destacava como o centro de interesse. Um grande círculo de pessoas, chofere s e suas esposas, garotos de recados, vagabundos, transeuntes bem-apessoados e inúmeras crianças foram atraídos e encaravam o local boquiabertos e fascinados.

Um policial uniformizado estava parado no degrau e fazia o possível para afastar os curiosos. Jovens à espreita com câmeras já estavam trabalhando ali e avançaram quando Japp desceu.

— Nada a declarar para vocês no momento — soltou Japp, abrindo caminho entre eles. Em seguida, acenou com a cabeça para Poirot. — Então, você veio. Vamos entrar.

Entraram sem demora, a porta se fechou atrás dos dois e eles se viram espremidos ao pé de um lance estreito de escadas.

Um homem surgiu no topo da escada, reconheceu Japp e disse:

— Aqui em cima, senhor.

Japp e Poirot subiram as escadas.

O homem no alto da escada abriu uma porta à esquerda, e eles se viram em um pequeno quarto.

— Imagino que queira que eu repasse os pontos principais, senhor.

— Tem toda razão, Jameson — disse Japp. — Diga lá, o que temos aqui?

O inspetor divisional Jameson começou o relato.

— A falecida se chama Mrs. Allen, senhor. Morava aqui com uma amiga, uma tal Miss Plenderleith, que estava no interior e voltou esta manhã. Entrou com sua chave e ficou surpresa ao não encontrar nem sequer uma pessoa ao chegar. Tem uma mulher que geralmente chega às nove para cuidar dos afazeres domésticos. Ela subiu as escadas, indo primeiro ao próprio quarto, que é este aqui, e então cruzou o patamar até o quarto da amiga. A porta estava trancada por dentro. Sacudiu a maçaneta, bateu e chamou, mas não obteve resposta. Por fim, como ficou alarmada, chamou a polícia às 10h45. Viemos imediatamente e arrombamos a porta. Mrs. Allen estava caída no chão com um tiro na cabeça. Havia uma automática em sua mão, uma Webley .25, e parecia um caso óbvio de suicídio.

— Onde está Miss Plenderleith agora?

— Está lá embaixo, na sala de estar, senhor. Posso dizer que é uma jovem muito calma e eficiente. Tem a cabeça no lugar.

— Vou falar com ela daqui a pouco, mas é melhor ter uma conversa com Brett antes.

Acompanhado por Poirot, ele atravessou o patamar e entrou no outro aposento. Um homem alto e idoso ergueu os olhos para eles e acenou com a cabeça.

— Olá, Japp, que bom que você chegou. Muito intrigante, isso tudo.

Japp foi até ele. Hercule Poirot não demorou a lançar um olhar perscrutador ao redor do cômodo.

Era muito maior que o quarto do qual tinham acabado de sair. Tinha uma janela saliente e enquanto o outro cômodo era apenas um quarto simples, aquele era, sem dúvida, um quarto disfarçado de sala de estar.

As paredes eram prateadas, e o teto, verde-esmeralda. Havia cortinas de padrão modernista em prata e verde, um divã coberto com uma colcha de seda brilhante verde-esmeralda e inúmeras almofadas douradas e prateadas. Tinha uma escrivaninha alta e antiga de nogueira, uma cômoda alta da mesma madeira e várias cadeiras modernas cromadas. Sobre uma mesa baixa de vidro, havia um grande cinzeiro cheio de pontas de cigarro.

Com delicadeza, Hercule Poirot farejou o ar. Em seguida, se juntou a Japp, que estava olhando para o corpo.

Jogado no chão, deitado como se tivesse caído de uma das cadeiras cromadas, estava o corpo de uma jovem de uns 27 anos. Tinha cabelos claros e feições delicadas, sem muita maquiagem. Era um rosto bonito, melancólico, talvez um pouco abobado. No lado esquerdo da cabeça, havia uma massa de sangue coagulado. Os dedos da mão direita estavam agarrados a uma pequena pistola. A mulher estava usando um vestido verde-escuro simples, fechado até o pescoço.

— Bem, Brett, qual é o problema?

Japp continuou olhando também para a figura caída.

— Está tudo bem com a posição — começou o legista. — Se ela tivesse atirado em si mesma, provavelmente teria escorregado da cadeira desse mesmo jeito. A porta estava trancada, e a janela, aferrolhada por dentro.

— Você está me dizendo que está tudo bem. Então, qual o problema?

— Dê uma olhada na pistola. Não mexi nela, esperando pelo pessoal das impressões digitais. Mas é possível ver muito bem o que quero dizer.

Juntos, Poirot e Japp se ajoelharam e examinaram a pistola de perto.

— Entendo o que quer dizer — disse Japp, levantando-se. — Está na curva da mão. *Parece* que ela está segurando a pistola, mas, na verdade, *não está*. Mais alguma coisa?

— Muitas. Ela está com a pistola na mão *direita*. Agora, dê uma olhada no ferimento. A pistola foi mantida perto da cabeça logo acima da orelha esquerda... orelha *esquerda*, está ouvindo?

— Hum — disse Japp. — Isso parece solucionar a questão. Ela não poderia segurar uma pistola e disparar naquela posição com a mão direita?

— Impossível, eu diria. É até possível curvar o braço assim, mas duvido que consiga efetuar um disparo.

— Parece bastante óbvio, então. Alguém atirou nela e tentou fazer com que parecesse suicídio. Mas o que me diz da porta e da janela trancadas?

A essa questão, veio a resposta do inspetor Jameson.

— A janela estava fechada e trancada, senhor, mas, embora a porta estivesse trancada, *não conseguimos encontrar a chave*.

Japp assentiu com a cabeça.

— Sim, aí está um revés. Seja lá quem tenha cometido o crime trancou a porta quando saiu e esperou que a ausência da chave não fosse notada.

Poirot murmurou:

— *C'est bête, ça!*

— Ora essa, meu caro Poirot, não se deve julgar todo mundo pelo prisma de seu intelecto brilhante! Na verdade, esse é o tipo de detalhe que pode passar despercebido. A porta está trancada. As pessoas a arrombam. Uma mulher é encontrada morta com uma pistola na mão, um caso óbvio de suicídio: ela se trancou para ir até o fim. Ninguém sai à caça das chaves. Na verdade, Miss Plenderleith ter chamado a polícia foi sorte. Ela poderia ter pedido para um ou dois dos choferes virem arrombar a porta, e, então, a questão da chave teria sido totalmente ignorada.

— Sim, suponho que seja verdade — disse Hercule Poirot.

— Teria sido a reação natural de muitas pessoas. A polícia é o último recurso, certo?

Ele ainda estava olhando para o corpo.

— Alguma coisa chamou sua atenção? — perguntou Japp.

A pergunta foi casual, mas os olhos dele eram astutos e atentos.

Hercule Poirot balançou a cabeça devagar.

— Eu estava olhando o relógio de pulso dela.

Ele se curvou e o tocou apenas com a ponta do dedo. Era uma joia delicada presa a uma pulseira de chamalote preta no pulso da mão que segurava a pistola.

— Um relógio pomposo, esse — observou Japp. — Deve ter custado uma nota! — Ele inclinou a cabeça para Poirot de um jeito interrogador. — Alguma coisa aí, talvez?

— Sim... é possível.

Poirot foi até a escrivaninha, que era do tipo que tem uma tampa frontal que desce. Era feita de um jeito delicado para combinar com o esquema geral de cores.

Havia um pesado tinteiro prateado no centro e, na frente dele, um belo mata-borrão de laca verde. À esquerda do mata-borrão havia um porta-canetas de vidro esmeralda contendo uma caneta-tinteiro prateada, um bastão de cera verde para lacrar envelopes, um lápis e dois selos. À direita do mata-borrão havia um calendário móvel com o dia da semana, data e mês. Havia também um pequeno frasco de vidro rajado e, dentro dele, uma extravagante pena verde. Poirot parecia interessado na caneta. Ele a pegou e olhou para ela, mas a pena estava sem tinta. Era claramente decorativa, nada mais. A caneta-tinteiro de prata com a ponta manchada de tinta era o que estava em uso. Seus olhos desviaram-se para o calendário.

— Terça-feira, 5 de novembro — disse Japp. — Ontem. Está tudo correto.

Ele se virou para Brett.

— Há quanto tempo ela está morta?

— Ela foi morta às 23h33 de ontem — disse Brett prontamente.

Então, sorriu ao ver o rosto surpreso de Japp.

— Desculpe, meu velho — disse ele. — Tive que bancar o superlegista da ficção! Na verdade, onze horas é o mais próximo que posso dizer, com uma margem de cerca de uma hora para mais ou para menos.

— Ah, pensei que o relógio de pulso tivesse parado... ou algo assim.

— Está parado, sim, mas parou às 04h15.

— E suponho que ela não possa ter sido morta às 04h15.

— De jeito nenhum.

Poirot virou a tampa do mata-borrão.

— Boa ideia — comentou Japp. — Mas sem sorte.

O mata-borrão trazia uma folha branca imaculada. Poirot virou as folhas, mas eram todas iguais.

Ele voltou sua atenção para o cesto de lixo, no qual havia duas ou três cartas e circulares rasgadas. Foram rasgadas apenas uma vez e reconstruídas sem dificuldade. Um pedido de dinheiro de alguma sociedade para ajudar ex-militares, um convite para um coquetel no dia 3 de novembro, um compromisso com uma costureira. As circulares eram um anúncio de liquidação de um peleteiro e um catálogo de uma loja de departamentos.

— Não há nada aí — disse Japp.

— Não mesmo, é estranho... — confirmou Poirot.

— Quer dizer que costumam deixar uma carta quando se trata de suicídio?

— Exatamente.

— Na verdade, mais uma prova de que *não foi* um suicídio.

Ele se afastou.

— Vou mandar meus homens ao trabalho agora. É melhor descermos e entrevistarmos esta Miss Plenderleith. Você vem, Poirot?

Poirot ainda parecia fascinado pela escrivaninha e seus objetos.

Ele saiu da sala, mas, na porta, seus olhos se voltaram mais uma vez para a exuberante caneta de pena esmeralda.

II

Ao pé do estreito lance de escadas, uma porta dava acesso a uma grande sala de estar — na verdade, um estábulo convertido. Na sala, cujas paredes tinham acabamento em argamassa texturizada e sobre as quais pendiam gravuras e xilogravuras, havia duas pessoas sentadas.

Uma delas, em uma cadeira perto da lareira com as mãos estendidas para a chama, era uma jovem de cabelos escuros e aparência eficiente de 27 ou 28 anos. A outra, uma idosa de proporções amplas que carregava uma bolsa de treliça, falava com a respiração pesada quando os dois homens entraram na sala.

— ...e, como eu disse, senhorita, me deu tamanho susto que quase caí ali mesmo, onde estava. E em pensar que justamente nesta manhã...

A outra interrompeu-a.

— Já basta, Mrs. Pierce. Acredito que esses senhores sejam policiais.

— Miss Plenderleith? — perguntou Japp, avançando.

A garota assentiu com a cabeça.

— Sou eu mesma. Esta é Mrs. Pierce, que trabalha conosco todos os dias.

A irreprimível Mrs. Pierce disparou a falar mais uma vez.

— Como eu estava dizendo para Miss Plenderleith, e pensar que justamente nesta manhã minha irmã, Louisa Maud, acabou passando mal, e eu era a única pessoa disponível, e, como eu digo, ela é sangue do meu sangue, então não achei que Mrs. Allen se importaria, embora eu nunca goste de decepcionar minhas queridas senhoras...

Japp interrompeu com um tanto de destreza.

— Ótimo, Mrs. Pierce. Agora, talvez a senhora deva levar o inspetor Jameson até a cozinha e lhe dar uma breve declaração.

Depois de se livrar da tagarela Mrs. Pierce, que partiu com Jameson, falando pelos cotovelos, Japp voltou sua atenção de novo para a moça.

— Sou o Inspetor-chefe Japp. Agora, Miss Plenderleith, gostaria de saber de tudo o que conseguir me contar sobre o acontecido.

— Claro. Por onde devo começar?

Seu autocontrole era admirável. Não havia sinais de pesar ou choque, exceto por uma rigidez quase afetada nos modos.

— A senhorita chegou a que horas esta manhã?

— Acho que era pouco antes das 10h30. Mrs. Pierce, aquela velha mentirosa, não estava aqui, e achei que...

— Isso acontece com frequência?

Jane Plenderleith deu de ombros.

— Cerca de duas vezes por semana ela aparece por volta do meio-dia... ou nem aparece. Ela deveria chegar às nove. Na verdade, como eu disse, duas vezes por semana ela "se sente mal" ou então algum membro de sua família é acometido por uma doença. Todas as diaristas são assim... de vez em quando deixam a gente na mão. Nem é a pior delas.

— Faz tempo que ela trabalha com vocês?

— Pouco mais de um mês. A última afanava coisas.

— Por favor, continue, Miss Plenderleith.

— Paguei o táxi, trouxe minha mala para dentro, procurei por Mrs. Pierce, não a vi e subi para meu quarto. Arrumei algumas coisas, então fui ter com Barbara, Mrs. Allen, e encontrei a porta trancada. Girei a maçaneta e bati, mas não obtive resposta. Desci e liguei para a polícia.

— *Pardon!* — interrompeu Poirot com uma pergunta rápida e hábil. — Não lhe ocorreu tentar arrombar a porta... com a ajuda de um dos choferes do beco, por exemplo?

Os olhos dela se voltaram para ele, frios, verde-acinzentados. Seu olhar pareceu varrê-lo de um jeito rápido e escrutinador.

— Não, não acho que eu tenha pensado nisso. Se algo estava errado, me pareceu que o melhor era chamar a polícia.

— Então, a senhorita pensou... *pardon, mademoiselle...* que *havia* algo errado?

— Claro.

— Porque não conseguiu uma resposta com suas batidas à porta? Mas era possível que sua amiga pudesse ter tomado alguma beberagem sonífera ou algo do tipo...

— Ela não tomava soníferos.
A resposta veio bruscamente.
— Ou ela talvez pudesse ter saído e deixado a porta trancada?
— Por que faria isso? De qualquer modo, ela teria me deixado um bilhete.
— E ela não... deixou um bilhete para a senhorita? Tem certeza?
— Claro que tenho certeza. Eu teria visto logo que cheguei.
A rispidez de seu tom se acentuou.
Japp disse:
— A senhorita não tentou olhar pelo buraco da fechadura, Miss Plenderleith?
— Não — disse Jane Plenderleith, pensativa. — Nem pensei nisso. Mas eu não teria visto nada, certo? Já que a chave estava na fechadura.
Seu olhar indagador, inocente e arregalado encontrou o de Japp. De repente, Poirot sorriu para si mesmo.
— Fez muito bem, é claro, Miss Plenderleith — disse Japp. — Suponho que a senhorita não tenha motivos para acreditar que sua amiga cometeria suicídio.
— Ah, não!
— Ela não parecia preocupada ou angustiada de alguma forma?
Houve uma pausa considerável antes de a garota responder.
— Não.
— Sabia que ela estava de posse de uma pistola?
Jane Plenderleith assentiu com a cabeça.
— Sim, ela a trouxe da Índia. Deixava-a sempre em uma gaveta do quarto.
— Hum. Tinha porte de arma?
— Imagino que sim. Não tenho certeza.
— Agora, Miss Plenderleith, por obséquio, conte-me tudo o que puder sobre Mrs. Allen: há quanto tempo a conhece, onde estão os parentes dela... tudo mesmo.
Jane Plenderleith assentiu com a cabeça.
— Conheço Barbara há uns cinco anos. Eu a conheci em uma viagem para o exterior... ao Egito, para ser exata. Ela estava voltando da Índia. Eu havia passado um tempo na

Escola Britânica em Atenas e fui até o Egito por algumas semanas antes de voltar para casa. Estávamos juntas em um barco no Nilo. Ficamos amigas, decidimos que gostávamos uma da outra. Eu estava à procura de alguém para dividir um apartamento ou uma casinha comigo. Barbara era sozinha no mundo. Achamos que nos daríamos bem.

— E vocês se davam bem? — questionou Poirot.

— Muito bem. Cada uma de nós tinha seus amigos... Barbara era mais sociável, meus amigos eram mais do tipo artístico. Talvez fosse melhor assim.

Poirot assentiu com a cabeça, e Japp continuou:

— O que a senhorita sabe sobre a família de Mrs. Allen e de sua vida antes de conhecê-la?

Jane Plenderleith deu de ombros.

— Não muito, na verdade. Acredito que seu nome de solteira era Armitage.

— E o marido dela?

— Não imagino que ele tenha sido tão especial assim. Acho que bebia. Penso que morreu um ou dois anos depois do casamento. Houve um bebê, uma garotinha que morreu aos 3 anos de idade. Barbara não falava muito sobre o marido. Acredito que ela se casou com ele na Índia quando tinha cerca de 17 anos. Então, foram para Bornéu ou para um desses lugares esquecidos por Deus aos quais se enviam vagabundos, mas, como parecia ser um assunto doloroso, eu não o mencionava.

— Sabe se Mrs. Allen estava com alguma dificuldade financeira?

— Não, tenho certeza de que não.

— Não tinha dívidas... ou algo assim?

— Ah, não! Tenho certeza de que não enfrentava esse tipo de problema.

— Agora, há outra pergunta que preciso fazer... e espero que não fique chateada com isso, Miss Plenderleith. Mrs. Allen tinha algum amigo homem ou amigos homens em especial?

Jane Plenderleith respondeu com frieza:

— Bem, se isso responder a sua pergunta, ela estava prestes a se casar.

— Qual é o nome do noivo dela?
— Charles Laverton-West. Ele é parlamentarista de algum lugar em Hampshire.
— Ela o conhecia há muito tempo?
— Há pouco mais de um ano.
— E ela estava noiva dele há quanto tempo?
— Dois... não... quase três meses.
— Pelo que a senhorita sabe, não houve qualquer briga?

Miss Plenderleith fez que não com a cabeça.

— Não. Eu me surpreenderia se houvesse algo assim. Barbara não era de brigar.
— Qual foi a última vez que a senhorita viu Mrs. Allen?
— Sexta-feira passada, pouco antes de eu sair para passar o fim de semana fora.
— Mrs. Allen permaneceu na cidade?
— Sim. Ela ia sair com o noivo no domingo, acredito eu.
— E a senhorita, onde passou o fim de semana?
— Em Laidells Hall, Laidells, Essex.
— E o nome das pessoas com quem estava?
— Mr. e Mrs. Bentinck.
— Você só voltou nesta manhã?
— Sim.
— Deve ter saído muito cedo, suponho.
— Mr. Bentinck me trouxe de carro. Ele sai cedo porque precisa chegar à cidade por volta das dez.
— Entendo.

Japp assentiu de um jeito compreensivo. As respostas de Miss Plenderleith tinham sido todas claras e convincentes.

Poirot, por sua vez, fez mais uma pergunta.

— Qual é sua opinião sobre Mr. Laverton-West?

A moça deu de ombros.

— Isso importa?
— Não, talvez não importe, mas gostaria de saber sua opinião.
— Não sei se pensei nele de uma forma ou de outra. Ele é jovem... não tem mais de 31 ou 32 anos... ambicioso... fala muito bem em público... pretende progredir neste mundo.
— Essas são as características boas... e as ruins?

— Bem — Miss Plenderleith ponderou por um momento ou dois. — Na minha opinião, ele é prosaico... suas ideias não são especialmente originais... e ele é um tanto pomposo.

— Não são defeitos muito graves, *mademoiselle* — comentou Poirot, sorrindo.

— Não acha?

O tom dela carregava uma leve ironia.

— Talvez sejam para a senhorita.

Ele a encarava, viu seu olhar um pouco desconcertado e se aproveitou da situação.

— Mas para Mrs. Allen... não, ela não os notaria.

— O senhor tem toda razão. Barbara o achava maravilhoso... a opinião que ela tinha dele seguia a própria estima do rapaz.

Poirot disse com gentileza:

— A senhorita gostava de sua amiga?

Ele viu a mão apertar-se no joelho dela, a linha do maxilar tensionado, mas a resposta veio em uma voz direta, sem qualquer emoção.

— O senhor está certo. Eu gostava dela.

Japp disse:

— Só mais uma coisa, Miss Plenderleith. A senhorita e ela não brigaram? Não houve algum desentendimento entre vocês?

— Não, nenhum.

— Nem por conta desse noivado?

— De jeito nenhum. Adorei o fato de ela ter ficado tão feliz com ele.

Houve um momento de silêncio e, então, Japp perguntou:

— A senhorita por acaso sabia se Mrs. Allen tinha algum inimigo?

Desta vez houve, sem dúvida, um intervalo antes de Jane Plenderleith responder. Quando falou, seu tom mudou ligeiramente.

— O que o senhor quer dizer com inimigos?

— Alguém, por exemplo, que se beneficiaria com a morte dela?

— Ah, não, isso seria ridículo. De qualquer forma, sua renda era muito pequena.

— E quem vai herdar essa renda?

A voz de Jane Plenderleith pareceu um tanto surpresa quando respondeu:

— Sabe que eu não sei, de verdade. Não me surpreenderia se fosse eu a herdeira. Quer dizer, se é que ela tinha um testamento.

— E nenhum inimigo em qualquer outro sentido? — Japp passou para outro aspecto da conversa com agilidade. — Pessoas que nutriam algum ressentimento por ela?

— Acho que ninguém se sentia assim sobre ela. Era uma criatura muito gentil, sempre ansiosa para agradar. Era, por natureza, muito doce e amável.

Pela primeira vez aquela voz dura e direta cedeu um pouco. Poirot assentiu com a cabeça suavemente.

Japp, por sua vez, comentou:

— Então, tudo se resume a isto: nos últimos tempos, Mrs. Allen andava de bom humor, não tinha nenhuma dificuldade financeira, estava noiva e feliz com seu noivado. Não havia nada no mundo que pudesse levá-la a cometer suicídio. É isso, não é?

Houve um silêncio momentâneo antes de Jane dizer:

— Isso mesmo.

Japp levantou-se.

— Com licença, preciso falar com o inspetor Jameson.

Ele saiu da sala.

Hercule Poirot permaneceu no tête-à-tête com Jane Plenderleith.

III

Por alguns minutos, houve silêncio.

Jane Plenderleith examinou o homenzinho em um relance, mas, em seguida, olhou para a frente e não falou mais. Ainda assim, a consciência da presença dele se demonstrava em uma certa tensão. O corpo dela estava parado, mas não relaxava. Quando Poirot por fim rompeu o silêncio, apenas o som da voz dele pareceu dar a ela certo alívio. Com um tom de voz agradável e familiar, ele perguntou:

— Quando a senhorita acendeu a lareira, *mademoiselle*?
— Lareira? — Sua voz pareceu distante e um tanto distraída. — Ah, assim que cheguei pela manhã.
— Antes de ir lá para cima ou depois?
— Antes.
— Entendi. Sim, claro... E já estava pronta... ou a senhorita teve que aprontar?
— Estava pronta. Só precisei acender um fósforo.

Havia uma leve impaciência em sua voz. Claramente ela suspeitava que ele estava tentando puxar conversa, e era possível que fosse isso que estava fazendo. De qualquer forma, Poirot continuou em tom calmo e sem cerimônias.

— Mas sua amiga... notei que no quarto dela só havia uma lareira a gás, certo?

Jane Plenderleith respondeu de forma mecânica.

— Esta é a única lareira a carvão que temos... as outras são todas a gás.

— E a senhorita cozinha com gás também?
— Acho que todo mundo cozinha com gás hoje em dia.
— Verdade. Economiza bastante trabalho.

A pequena conversa arrefeceu. Jane Plenderleith bateu o pé no chão algumas vezes e, então, disse de forma abrupta:

— Aquele homem, o Inspetor-chefe Japp, é considerado inteligente?

— Ele é muito bom. Sim, ele é bem respeitado por todos. Trabalha de forma árdua e meticulosa, e muito pouco lhe escapa.

— Será que... — murmurou a garota.

Poirot observou-a. Os olhos dele pareciam muito verdes à luz do fogo. Ele perguntou baixinho:

— Foi um grande choque para a senhorita a morte de sua amiga?

— Terrível.

Ela falou com sinceridade repentina.

— A senhorita não esperava... certo?
— Claro que não.
— Então, a princípio, talvez lhe parecesse que era impossível... que não poderia ser?

A simpatia tranquila de seu tom pareceu derrubar as defesas de Jane Plenderleith. Ela respondeu de um jeito ansioso, natural, suave.

— Exatamente. Mesmo que Barbara *se matasse*, não consigo imaginá-la se matando *dessa maneira*.

— Ainda que tivesse uma pistola?

Jane Plenderleith fez um gesto impaciente.

— Sim, mas aquela pistola era... Ah! Uma lembrança do passado. Ela esteve em lugares estranhos e a mantinha por hábito... não pensava em usá-la. Tenho certeza disso.

— Ah! E como a senhorita pode ter certeza?

— Ora, por causa das coisas que ela dizia.

— Por exemplo...?

A voz bastante gentil e amigável dele a convenceu, de forma sutil, a falar.

— Bem, por exemplo, estávamos conversando sobre suicídio certa vez, e ela disse que a maneira mais fácil seria ligar o gás, tapar todas as frestas do quarto e simplesmente ir dormir. Comentei que achava impossível ficar ali, deitada, esperando. Falei que preferia me dar um tiro e acabar com tudo. E ela disse que não, que nunca conseguiria atirar em si mesma. Ficaria com muito medo no caso de não dar certo e, de qualquer forma, disse que odiaria o barulho do disparo.

— Entendo — comentou Poirot. — Como a senhorita diz, é estranho... Porque, como a senhorita acabou de me dizer, *havia uma lareira a gás no quarto dela*.

Jane Plenderleith olhou para ele um tanto sobressaltada.

— Sim, havia... Não consigo entender... não, não consigo entender por que ela não fez dessa forma.

Poirot balançou a cabeça.

— Sim, parece... estranho... incomum.

— A coisa toda não parece normal. Ainda não acredito que ela tenha se matado. *Suponho* que tenha sido suicídio, certo?

— Bem, há outra possibilidade.

— Como assim?

Poirot encarou-a.

— Talvez tenha sido... um assassinato.

— Ah, não! — Jane Plenderleith recuou. — Ah, não! Que sugestão horrível.

— Horrível, talvez, mas não lhe parece possível?

— Mas a porta estava trancada por dentro. A janela também.

— A porta estava trancada... sim. Mas não há nada que demonstre se foi trancada por dentro ou por fora. Veja bem, *a chave não estava lá.*

— Mas então... se não está lá... — Ela demorou um ou dois minutos. — Então, talvez tenha sido trancada *por fora.* Caso contrário, a chave estaria em algum lugar do quarto.

— Ora, mas talvez esteja. Lembre-se, o aposento ainda não foi revistado por completo. Ou ela pode ter sido jogada pela janela, e alguém pode tê-la pegado.

— Assassinato! — exclamou Jane Plenderleith. Ela considerou a possibilidade, aquele rosto anuviado e esperto ansioso por uma pista para seguir. — Acho que o senhor tem razão.

— Mas, se foi assassinato, deve ter havido um motivo. A senhorita sabe de algum motivo, *mademoiselle*?

Devagar, ela negou com a cabeça. E, no entanto, apesar da negação, Poirot teve de novo a impressão de que Jane Plenderleith deliberadamente escondia alguma coisa. A porta abriu-se e Japp entrou.

Poirot levantou-se.

— Sugeri à Miss Plenderleith — disse ele —, que a morte de sua amiga não foi suicídio.

Por um momento, Japp pareceu desconcertado e lançou um olhar de reprovação a Poirot.

— Um pouco cedo para dizer algo definitivo — comentou.

— Sempre precisamos levar em conta todas as possibilidades, entende? É tudo o que há neste momento.

Jane Plenderleith respondeu em voz baixa.

— Compreendo.

Japp aproximou-se dela.

— Então, Miss Plenderleith, a senhorita já viu isto aqui antes?

Na palma da mão, ele segurava um pequeno objeto oval azul-escuro esmaltado.

Jane Plenderleith fez que não com a cabeça.

— Não, nunca.

— Não é nem seu nem de Mrs. Allen?
— Não. Não é o tipo de coisa que mulheres usam, certo?
— Ah! Então, a senhorita sabe o que é.
— Bem, é bastante óbvio, não é? É metade de uma abotoadura masculina.

IV

— Aquela jovem é um tanto convencida — reclamou Japp.
Os dois homens voltaram ao quarto de Mrs. Allen. O corpo foi fotografado e removido, e o rapaz das impressões digitais fez seu trabalho e partiu.
— Não seria aconselhável tratá-la como uma tola — concordou Poirot. — Sem dúvida, ela *não é* tola. Na verdade, é uma jovem especialmente astuta e competente.
— Acha que foi ela? — perguntou Japp com um momentâneo lampejo de esperança. — Pode ter sido, sabe? Precisaremos investigar o álibi dela. Alguma briga por causa desse jovem... esse deputado em ascensão. Acho que ela é severa *demais* com ele! Parece suspeito. Como se ela tivesse se apaixonado, e ele a tivesse rejeitado. Ela é do tipo que derrubaria qualquer um, se quisesse, e manteria a cabeça fria durante o ato. É, teremos que investigar esse álibi. A moça estava com a história pronta e, no fim das contas, Essex não fica tão longe. Há muitos trens para lá. Ou talvez tenha pegado um carro veloz. Vale a pena descobrir se, por exemplo, ela foi para a cama com dor de cabeça ontem à noite.
— Você está certo — concordou Poirot.
— De qualquer forma — continuou Japp —, ela está escondendo alguma coisa. Não acha? Não teve esse pressentimento? Essa jovem sabe de alguma coisa.
Pensativo, Poirot assentiu com a cabeça.
— É, isso está bem claro.
— Sempre tem uma dificuldade nesses casos — reclamou Japp. — As pessoas *fecham* o bico... às vezes pelos motivos mais honrosos.
— Dificilmente se pode culpá-los por isso, meu amigo.

— É, mas dificulta muito mais as coisas para nós — resmungou Japp.

— Isso apenas destaca ao máximo sua genialidade — Poirot o consolou. — Por falar nisso, e as impressões digitais?

— Bem, foi mesmo um assassinato. Nenhuma impressão digital na pistola. Foi limpa antes de ser colocada na mão da mulher. Mesmo que ela conseguisse passar o braço em volta da cabeça de uma maneira acrobática surpreendente, não teria podido disparar a pistola sem segurá-la com firmeza, nem conseguiria limpá-la depois que estivesse morta.

— Não, não, sem dúvida há ação de um agente externo.

— Aliás, não há digitais em lugar algum, nem na maçaneta da porta, nem na janela. Sugestivo, não é? Já as de Mrs. Allen estão por toda parte.

— Jameson conseguiu alguma coisa?

— Da diarista? Não. Ela falou muito, mas na verdade não sabia tanto assim. Confirmou o fato de que Allen e Plenderleith se davam bem. Enviei Jameson para fazer interrogatórios no beco. Também vamos ter que dar uma palavrinha com Mr. Laverton-West, descobrir onde estava e o que estava fazendo ontem à noite. Enquanto isso, daremos uma olhada na papelada dela.

Sem mais delongas, ele começou a fuçar os papéis. Às vezes, grunhia e jogava alguma coisa para Poirot. A busca não demorou muito, não havia muitos papéis na escrivaninha, e os que havia estavam cuidadosamente organizados e arquivados.

Por fim, Japp se recostou e suspirou.

— Não temos muita coisa, não é?

— Não mesmo.

— A maior parte das coisas é bem comum, contas quitadas, algumas ainda não pagas, nada de muito notável. Convites para eventos sociais, bilhetes de amigos. Estas cartas... — ele pousou a mão sobre uma pilha de sete ou oito cartas... —, o talão de cheques e a caderneta de poupança. Alguma coisa chamou sua atenção?

— Sim, ela estava com a conta no vermelho.

— Mais alguma coisa?

Poirot sorriu.

— Por acaso, você está me interrogando? Mas, sim, notei aquilo em que você está pensando. Duzentas libras sacadas para si três meses atrás... e duzentas libras sacadas ontem...

— E nada no canhoto do talão de cheques. Nenhum outro cheque para si, exceto pequenas quantias... quinze libras no máximo. E vou lhe dizer uma coisa: não existe essa quantidade de dinheiro na casa. Quatro libras e dez xelins em uma bolsa e um ou dois xelins em outra. Está bem claro, eu acho.

— Significa que ela pagou aquela quantia ontem.

— Exato. Agora, a quem ela pagou?

A porta se abriu, e o inspetor Jameson entrou.

— Bem, Jameson, conseguiu alguma coisa?

— Sim, senhor, várias coisas. Para começar, de fato, ninguém ouviu o tiro. Duas ou três mulheres dizem que ouviram porque querem acreditar que ouviram... mas isso é tudo. Com todos aqueles fogos de artifício estourando, não há a menor chance de ser verdade.

Japp resmungou.

— Não suponho que haja. Continue!

— Mrs. Allen ficou em casa a maior parte da tarde e da noite de ontem. Chegou por volta das dezessete horas. Então, saiu de novo por volta das dezoito, mas apenas para ir até a caixa de correio no final da rua. Por volta das 21h30, um carro estacionou, um sedã Standard Swallow, e dele desceu um cavalheiro de cerca de 45 anos, com aparência militar bem-constituída, sobretudo azul-escuro, chapéu-coco, bigode tipo escovinha. James Hogg, motorista do número dezoito, diz que já o tinha visto visitar Mrs. Allen antes.

— Quarenta e cinco... — repetiu Japp. — Não pode ser Laverton-West.

— Esse homem, quem quer que fosse, ficou aqui por pouco menos de uma hora. Saiu por volta das 22h20. Parou à porta para falar com Mrs. Allen. Um garotinho, Frederick Hogg, estava por perto e ouviu o que ele disse.

— E o que ele disse?

— "Bem, pense no assunto e me avise." Em seguida, ela disse algo, e ele respondeu: "Tudo bem. Até logo". Depois disso, ele entrou no carro e foi embora.

— Isso foi 22h20 — disse Poirot, pensativo.

Japp esfregou o nariz.

— Então, às 22h20 Mrs. Allen ainda estava viva — deduziu ele. — O que mais?

— Nada mais, senhor, pelo que pude averiguar. O motorista do número 22 chegou às 22h30 e prometeu aos filhos soltar alguns fogos de artifício. Eles o esperavam, e todas as outras crianças do beco também. Ele soltou os fogos, e todos ao redor estavam distraídos, observando-os. Depois disso, foram dormir.

— E ninguém mais foi visto entrando no número catorze?

— Não... mas isso não quer dizer que não tenham entrado. Ninguém teria notado.

— Hum — disse Japp. — É verdade. Bem, teremos que encontrar esse "cavalheiro militar com bigode escovinha". Está bem claro que foi a última pessoa a vê-la viva. Quem era ele?

— Miss Plenderleith talvez nos diga — sugeriu Poirot.

— Talvez possa — retrucou Japp, melancólico. — Por outro lado, talvez não. Não tenho dúvidas de que ela poderia nos contar muitas coisas, se quisesse. E você, Poirot, meu velho? Você ficou um pouco sozinho com ela. Não bancou o padre confessor, o que às vezes traz tão bons resultados?

Poirot abriu os braços.

— Infelizmente, falamos apenas de lareiras a gás.

— Lareiras a gás... lareiras a gás. — Japp pareceu enojado. — O que há com você, camarada? Desde que você chegou, as únicas coisas que chamaram sua atenção foram canetas de pena e cestos de lixo. Ah, sim, vi você dando uma olhada silenciosa em um cesto do andar de baixo. Encontrou alguma coisa nele?

Poirot suspirou.

— Um catálogo de plantas e uma revista velha.

— Afinal, o que você acha? Se alguém quiser jogar fora um documento incriminador ou o que quer que você tenha em mente, provavelmente não vai jogá-lo em um cesto de lixo.

— Você disse apenas verdades. Somente alguma coisa sem importância seria jogada fora dessa forma.

Poirot falou de um jeito manso, mas Japp olhou para ele com desconfiança.

— Bem — disse ele. — Sei o que vou fazer agora. E você?

— *Eh bien* — disse Poirot. — Vou concluir minha busca pelo que não importa. Ainda há o latão de lixo.

Ele saiu do quarto com agilidade. Japp acompanhou-o com os olhos, indignado.

— Doido — disse ele. — Completamente doido.

O inspetor Jameson manteve um respeitoso silêncio, mas em seu rosto se estampava uma superioridade britânica: "Estrangeiros!".

No entanto, em voz alta, ele disse:

— Então, esse é o Monsieur Hercule Poirot! Já ouvi falar dele.

— Um velho amigo meu — explicou Japp. — Cuidado, pois ele não é tão abobado quanto parece. Apesar de estar indo nessa direção agora.

— Ficou um pouco gagá, como dizem, senhor — sugeriu o inspetor Jameson. — Bem, só o tempo dirá.

— Mesmo assim — disse Japp —, gostaria de saber o que ele está tramando.

Ele caminhou até a escrivaninha e olhou inquieto para a caneta de pena verde-esmeralda.

V

Japp estava iniciando uma conversa com a esposa do terceiro chofer quando Poirot, esgueirando-se como um gato, apareceu de repente a seu lado.

— Ora, que susto você me deu — disse Japp. — Encontrou alguma coisa?

— Não o que eu estava procurando.

Japp voltou-se para Mrs. James Hogg.

— E a senhora diz que já viu esse cavalheiro antes?

— Ah, sim, senhor. E meu marido também. Nós o reconhecemos de cara.

— Veja bem, Mrs. Hogg, a senhora é uma mulher esperta, pelo que vejo. Não tenho dúvidas de que sabe tudo sobre todos neste beco. E é uma mulher de bom senso... um bom senso incomum, posso dizer... — Sem nem corar, ele repetiu essa observação pela terceira vez. Mrs. Hogg estremeceu por um instante e assumiu uma expressão de inteligência sobre-humana. — Conte-me um pouco sobre as duas jovens, Mrs. Allen e Miss Plenderleith. Como eram? Alegres? Davam muitas festas? Esse tipo de coisa?

— Ah, não, senhor, nada disso. Elas saíam bastante, especialmente Mrs. Allen, mas são de *classe*, se é que me entende. Não como algumas lá da outra ponta da rua que eu poderia nomear. Tenho certeza de que Mrs. Stevens... se é que é uma mulher respeitável, o que eu duvido... bem, eu não gostaria de lhe contar o que acontece por lá... eu...

— Tudo bem — disse Japp, interrompendo a verborragia com habilidade. — Agora, o que a senhora me disse é muito importante. As pessoas por aqui gostavam muito de Mrs. Allen e Miss Plenderleith, certo?

— Ah, sim, senhor, muito simpáticas as duas... especialmente Mrs. Allen. Sempre tinha uma palavra gentil para as crianças. Acho que perdeu uma filhinha, coitadinha. Bem, eu mesma enterrei três. E o que eu digo é...

— Sim, sim, muito triste. E Miss Plenderleith?

— Bem, é claro que também era gentil, mas muito mais brusca, se é que me entende. Vem até aqui apenas com um aceno de cabeça e não se detém para passar o tempo. Mas não tenho nada contra ela... nada mesmo.

— Ela e Mrs. Allen se davam bem?

— Ah, sim, senhor. Sem brigas, nada disso. Eram muito felizes e contentes. Tenho certeza de que Mrs. Pierce confirmará o que eu digo.

— Sim, conversamos com ela. A senhora conhece o noivo de Mrs. Allen de vista?

— O cavalheiro com quem ela vai se casar? Ah, sim. Ele passa aqui de vez em quando. Dizem que é parlamentar.

— Não foi ele quem passou aqui ontem à noite?
— Não, senhor, *não* foi. — Mrs. Hogg empertigou-se. Uma nota de agitação disfarçada sob intenso pudor surgiu em sua voz. — E se me perguntar, senhor, está *muito* errado no que está pensando. Mrs. Allen não era *esse* tipo de mulher, tenho certeza. É *verdade* que não havia ninguém na casa, mas *não acredito* em nada disso... eu disse isso a Hogg esta manhã mesmo. "Não, Hogg", falei, "Mrs. Allen era uma dama, uma dama de verdade, então não saia por aí insinuando coisas." Já que sei como é a mente de um homem, me desculpe por dizê-lo. Sempre maldosos em seus pensamentos.

Ignorando o insulto, Japp prosseguiu:
— A senhora o viu chegar e o viu partir... não é?
— Isso mesmo, senhor.
— E não ouviu mais nada? Algum som de briga?
— Não, senhor, nem daria. Quer dizer, não que essas coisas não pudessem ser ouvidas... porque sabemos bem que podem... e lá no fim da rua todo mundo sabe como Mrs. Stevens maltrata aquela pobre criada assustada dela... e todos nós a aconselhamos a não aguentar isso, mas o salário é bom... talvez tenha o temperamento de um diabo, mas ela paga por isso... trinta xelins por semana...

Japp disse sem perder tempo:
— Mas a senhora não ouviu nada desse tipo no número catorze?
— Não, senhor. Nem daria com fogos de artifício explodindo por todo lado. Até chamuscaram as sobrancelhas do meu Eddie.
— Esse homem saiu às 22h20... não foi?
— Pode ser, senhor. Eu mesma não poderia confirmar. Mas Hogg diz que foi isso, e ele é um homem muito confiável.
— A senhora realmente o viu sair. Ouviu o que ele disse?
— Não, senhor. Eu não estava perto o suficiente para ouvir. Apenas o vi de minha janela, parado à porta, conversando com Mrs. Allen.
— A senhora a viu também?
— Sim, senhor, ela estava parada perto da porta.
— Reparou no que estava vestindo?

— Agora, de fato, o senhor me pegou. Quer dizer, não fico reparando nesse tipo de coisa.

Poirot perguntou:

— Nem notou se ela estava usando vestido de dia ou vestido de noite?

— Não, senhor, não sei dizer mesmo.

Poirot olhou pensativo para a janela acima dele e, em seguida, para o número catorze. Ele sorriu e, por um momento, seu olhar encontrou o de Japp.

— E o cavalheiro?

— Ele estava com um sobretudo azul-escuro e um chapéu-coco. Muito elegante e bem-apessoado.

Japp fez mais algumas perguntas e passou para o próximo interrogatório. Foi com Frederick Hogg, um menino de rosto travesso e olhos brilhantes, muito cheio de si.

— Sim, senhor. Eu ouvi como conversavam. "Bem, pense no assunto e me avise", disse o cavalheiro. De um jeito agradável, sabe? E, então, ela disse alguma coisa, e ele respondeu: "Tudo bem. Até logo". E entrou no carro... eu estava segurando a porta aberta, mas ele não me deu nada — disse o pequeno Hogg com um leve desapontamento na voz. — E ele partiu.

— Você não ouviu o que Mrs. Allen disse?

— Não, senhor, não consegui ouvir.

— Consegue me dizer o que ela estava vestindo? A cor da roupa, por exemplo?

— Não sei dizer, senhor. Veja bem, eu não a vi de fato. Ela devia estar atrás da porta.

— Muito bem — disse Japp. — Agora, olhe aqui, rapaz, quero que você pense bem e responda minha próxima pergunta com muito cuidado. Se não souber e não conseguir se lembrar, me diga. Está bem?

— Sim, senhor.

O jovem Hogg olhou para ele, ávido.

— Quem fechou a porta, Mrs. Allen ou o cavalheiro?

— A porta da frente?

— A porta da frente, claro.

O rapazinho refletiu. Seus olhos apertaram-se em um esforço de lembrança.

— Acho que provavelmente foi a senhora... Não, não foi ela. Ele fechou a porta. Puxou-a com força, fazendo a porta bater, e saltou rápido para dentro do carro. Parecia que tinha um compromisso em algum lugar.

— Certo. Bem, meu jovem, você parece ser um garotinho brilhante. Aqui, um *sixpence* para você.

Dispensando o rapazinho, Japp voltou-se para o amigo. Devagar, eles assentiram com a cabeça juntos.

— Talvez! — disse Japp.

— Há uma possibilidade — concordou Poirot.

Seus olhos verdes cintilaram como os de um gato.

VI

Ao entrar de novo na sala de estar do número 14, Japp não fez rodeio algum. Foi direto ao ponto.

— Muito bem, Miss Plenderleith, não acha que é melhor falar tudo de uma vez, aqui e agora? No fim das contas, vai ter que falar.

Jane Plenderleith ergueu as sobrancelhas. Ela estava em pé ao lado da lareira, aquecendo gentilmente um dos pés ao fogo.

— De verdade, não sei o que o senhor quer dizer com isso.

— É mesmo, Miss Plenderleith?

Ela deu de ombros.

— Respondi a todas as perguntas. Não vejo mais o que posso fazer.

— Bem, na minha opinião, a senhorita poderia fazer muito mais... se quisesse.

— Mas é apenas uma opinião, não é, inspetor-chefe?

Japp ficou com o rosto bastante enrubescido.

— Acho — disse Poirot — que a *mademoiselle* avaliaria melhor o motivo dessas perguntas se contássemos para ela exatamente em que pé está o caso.

— É muito simples. Miss Plenderleith, os fatos são os seguintes: sua amiga foi encontrada baleada na cabeça, com uma pistola na mão e a porta e a janela trancadas. Parecia um caso simples de suicídio, *mas não foi*. Por si só, o laudo do legista comprova o contrário.

— Como?

Toda a frieza irônica dela havia desaparecido. Ela inclinou-se para a frente, atenta, observando o rosto de Japp.

— A pistola estava em sua mão... *mas os dedos não a seguravam*. Além disso, não havia *impressões digitais* na pistola. E o ângulo do ferimento impossibilita que ele tenha sido infligido por ela mesma. E ela também não deixou uma carta... algo bastante incomum em um suicídio. E, embora a porta estivesse trancada, a chave não foi encontrada.

Jane Plenderleith virou-se devagar e se sentou em uma cadeira de frente para eles.

— Então é isso! — exclamou ela. — O tempo todo eu senti que era *impossível* que ela tivesse se matado! Eu tinha razão! Ela *não* se matou. Alguém a matou.

Por alguns instantes, ela permaneceu absorta em pensamentos. Então, levantou a cabeça de uma vez.

— Façam-me as perguntas que quiserem — disse ela. — Vou respondê-las da melhor maneira possível.

Japp começou:

— Ontem à noite, Mrs. Allen recebeu uma visita. Pela descrição, era um homem de 45 anos, porte militar, bigode escovinha, vestido de um jeito elegante e dirigindo um sedã Standard Swallow. A senhorita sabe quem é ele?

— Bem, não tenho certeza, mas parece ser Major Eustace.

— Quem é Major Eustace? Conte-me tudo o que puder sobre ele.

— Era um homem que Barbara tinha conhecido no exterior... na Índia. Ele apareceu há cerca de um ano e, desde então, o vemos por aqui de vez em quando.

— Era amigo de Mrs. Allen?

— Comportava-se como amigo — disse Jane, seca.

— E como ela o tratava?

— Não acho que ela realmente gostasse dele... na verdade, tenho certeza de que não.

— Mas ela o tratava com simpatia aparente?

— Sim.

— Alguma vez pareceu... pense bem, Miss Plenderleith... que ela estava com medo dele?

Jane Plenderleith pensou na questão por um minuto ou dois. Então, ela disse:

— Sim... acho que estava. Sempre ficava nervosa quando ele estava por perto.

— Ele e Mr. Laverton-West se encontraram alguma vez?

— Só uma vez, acho eu. Eles não gostavam muito um do outro. Quer dizer, Major Eustace se mostrou da forma mais agradável possível para Charles, mas Charles não comprou a amabilidade dele. Charles tem um faro muito bom para quem não é boa pessoa.

— E o Major Eustace não era... como a senhorita disse... boa pessoa? — perguntou Poirot.

A garota disse de um jeito seco:

— Não, não era. Não era flor que se cheirasse. Sem dúvida, não fazia parte das altas rodas.

— Infelizmente... não conheço essas duas expressões. Quer dizer que ele não era um cavalheiro?

Um sorriso fugaz passou pelo rosto de Jane Plenderleith, mas ela respondeu com seriedade:

— Não.

— A senhorita ficaria deveras surpresa, Miss Plenderleith, se eu sugerisse que esse homem estava chantageando Mrs. Allen?

Japp inclinou-se para observar o resultado de sua sugestão e ficou bem satisfeito.

A garota teve um sobressalto, sua face enrubesceu, ela jogou a mão com força no braço da cadeira.

— Então era isso! Que tola eu fui por não ter imaginado. Claro!

— Acha a sugestão viável, *mademoiselle*? — perguntou Poirot.

— Fui tola por não ter pensado nisso! Barbara me pediu emprestadas pequenas quantias várias vezes nos últimos seis meses. E eu a via ali, sentada, examinando sua caderneta bancária. Sabia que ela estava vivendo bem com sua renda, por isso não me incomodei, mas, claro, se ela estava pagando quantias em dinheiro...

— E isso estaria de acordo com o comportamento normal dela, certo? — questionou Poirot.

— Claro. Ela estava nervosa. Bastante agitada, às vezes. Bem diferente do que costumava ser.

Poirot disse com suavidade:

— Desculpe-me, mas não foi isso que a senhorita nos disse antes.

— É diferente. — Jane Plenderleith fez um aceno impaciente com a mão. — Ela não estava *deprimida*. Quer dizer, ela não estava tendo pensamentos suicidas ou algo assim. Mas sendo chantageada... sim. Queria que ela tivesse *me* contado. Eu o teria mandado ao diabo que lhe carregasse.

— Mas ele pode ter ido... não carregado pelo diabo, mas até Mr. Charles Laverton-West? — indagou Poirot.

— Pode — disse Jane Plenderleith, bem devagar. — Sim... é verdade...

— A senhorita não tem ideia de como esse homem pode tê-la chantageado? — perguntou Japp.

A moça negou com a cabeça.

— Não tenho ideia. Conhecendo Barbara, não consigo acreditar que possa ter sido algo realmente sério. Por outro lado... — Ela fez uma pausa e continuou. — O que quero dizer é que Barbara era meio boba em alguns aspectos. Era muito fácil deixá-la apavorada. Na verdade, era o tipo de moça que seria um prato cheio para um chantagista! Aquele brutamontes imundo!

Ela soltou as últimas três palavras com verdadeira maldade.

— Infelizmente — disse Poirot —, o crime parece ter ocorrido às avessas. A vítima que deveria matar o chantagista, não o contrário.

Jane Plenderleith franziu a testa de leve.

— Não... isso é verdade... mas posso imaginar as circunstâncias...

— Por exemplo?

— Suponha que Barbara tenha se desesperado. Ela pode tê-lo ameaçado com aquela pequena pistola. Ele tenta arrancá-la das mãos dela e, durante a luta, ele atira e a mata. Fica horrorizado com o que fez e tenta simular um suicídio.

— Pode ser — disse Japp. — Mas há uma dificuldade aí.

Ela lhe lançou um olhar interrogativo.

— Major Eustace, se é que foi ele, saiu daqui ontem à noite às 22h20 e se despediu de Mrs. Allen na soleira da porta.

— Ah. — A moça pareceu desapontada. — Entendi. — Ela fez uma pausa de uns dois minutos. — Mas ele pode ter voltado mais tarde — propôs ela, devagar.

— Sim, é possível — concordou Poirot.

Japp continuou:

— Diga-me, Miss Plenderleith, onde Mrs. Allen costumava receber seus convidados, aqui ou no quarto, lá em cima?

— Nos dois lugares. Mas este cômodo aqui era usado para reuniões com convidados das duas ou para meus amigos especiais. Veja, o combinado era que Barbara ficaria com o quarto grande e o usaria como sala de estar também, e eu ficaria com o quarto pequeno e usaria este aposento.

— Se o Major Eustace veio com hora marcada ontem à noite, em que cômodo a senhorita acha que Mrs. Allen o teria recebido?

— Acho que ela provavelmente o traria até aqui. — A moça pareceu um tanto indecisa. — Seria um encontro menos íntimo. Por outro lado, se quisesse preencher um cheque ou qualquer coisa assim, talvez o levasse para cima. Não há nada para escrever aqui.

Japp balançou a cabeça.

— Não parece haver um cheque. Mrs. Allen sacou duzentas libras em dinheiro ontem. E até agora não conseguimos encontrar vestígio algum desse montante na casa.

— E ela entregou para aquele brutamontes? Ah, coitadinha da Barbara! Coitada, pobrezinha!

Poirot tossiu.

— A menos que, como a senhorita sugere, tenha sido mais ou menos um acidente, ainda parece notável que ele tenha exterminado uma fonte de renda aparentemente regular.

— Acidente? Não foi um acidente. Ele perdeu a paciência, ficou cego de raiva e atirou nela.

— Foi assim que a senhorita acha que aconteceu?
— Exato. — Ela acrescentou com veemência: — Foi um assassinato... um *assassinato*!

Poirot disse com firmeza:
— Não direi que a senhorita está errada, *mademoiselle*.

Japp, por sua vez, comentou:
— Que cigarro Mrs. Allen fumava?
— Daqueles baratos mais fortes. Tem alguns naquela caixa.

Japp abriu a caixa, tirou um cigarro e assentiu com a cabeça. Ele enfiou o cigarro no bolso.
— E a senhorita, *mademoiselle*? — indagou Poirot.
— O mesmo.
— A senhorita não fuma tabaco turco?
— Nunca.
— Nem Mrs. Allen?
— Não. Ela não gostava deles.

Poirot perguntou:
— E o Sr. Laverton-West? O que ele fuma?

Ela olhou diretamente para ele.
— Charles? Importa mesmo o que ele fuma? Não vai insinuar que *ele* a matou?

Poirot deu de ombros.
— Não seria o primeiro homem a matar a mulher que ama, *mademoiselle*.

Jane balançou a cabeça, impaciente.
— Charles não mataria ninguém. É um homem muito cuidadoso.
— Mesmo assim, *mademoiselle*, são os homens cuidadosos que cometem os assassinatos mais astutos.

Ela encarou-o.
— Mas não pelo motivo que acabou de apresentar, Mr. Poirot.

Ele abaixou a cabeça.
— Não, é verdade.

Japp levantou-se.
— Bem, acho que não há muito mais que eu possa fazer aqui. Eu gostaria de dar mais uma olhada pela casa.

— Caso esse dinheiro esteja escondido em algum lugar? Claro. Procure onde quiser. E em meu quarto também... embora seja improvável que Barbara o escondesse lá.

A busca de Japp foi rápida, mas eficiente. A sala revelou todos os seus segredos em poucos minutos. Então, ele subiu. Jane Plenderleith estava sentada no braço de uma poltrona, fumando um cigarro e franzindo a testa para o fogo. Poirot a observava.

Depois de alguns minutos, perguntou com tranquilidade:

— A senhorita sabe se Mr. Laverton-West está em Londres no momento?

— Não sei. Imagino que esteja em Hampshire com o pessoal dele. Acho que eu deveria ter telegrafado para ele. Que terrível. Eu me esqueci.

— Não é fácil se lembrar de tudo, *mademoiselle*, quando uma catástrofe acontece. E, afinal, notícias ruins voam. Logo se fica sabendo de tudo.

— Sim, é verdade — disse a moça, distraída.

Ouviram os passos de Japp descendo as escadas. Jane saiu da sala para encontrá-lo.

— Então?

Japp fez que não com a cabeça.

— Infelizmente, não havia nada de útil, Miss Plenderleith. Revirei a casa toda. Ah, acho melhor eu dar uma olhada neste armário embaixo da escada.

Ele segurou a maçaneta enquanto falava e puxou.

Jane Plenderleith disse:

— Está trancado.

Algo na voz da moça fez os dois homens olharem de súbito para ela.

— Sim — disse Japp em um tom agradável. — Agora sei que está trancado. Talvez a senhorita esteja com a chave.

A moça parou como se fosse esculpida em pedra.

— Eu... não sei ao certo onde está.

Japp lançou um rápido olhar para ela. A voz dele manteve a firmeza agradável e descontraída.

— Minha nossa, que chato. Não quero lascar a madeira, forçando para abrir a porta. Vou mandar Jameson buscar algumas chaves-mestras.

Tensa, ela avançou.

— Ah — disse ela. — Só um minuto. Pode ser que...

Ela voltou para a sala de estar e reapareceu um momento depois com uma chave de bom tamanho na mão.

— Nós o mantemos trancado — explicou ela — porque os guarda-chuvas e outras coisas às vezes somem.

— Precaução muito sábia — disse Japp, aceitando a chave com satisfação.

Ele enfiou-a na fechadura e abriu a porta com tudo. O armário estava escuro. Japp pegou a lanterna de bolso e a usou para iluminar o interior.

Poirot sentiu a tensão da moça a seu lado aumentar e sua respiração parar por um segundo. Os olhos dele seguiram o movimento da lanterna de Japp.

Não havia muitas coisas no armário. Três guarda-chuvas, sendo que um estava quebrado, quatro bengalas, um conjunto de tacos de golfe, duas raquetes de tênis, um tapete dobrado com esmero e várias almofadas de sofá em diferentes estágios de degradação. Sobre estas últimas repousava uma pequena maleta de aparência elegante.

Quando Japp estendeu a mão para ela, Jane Plenderleith disse rapidamente:

— É minha. Eu... ela voltou comigo esta manhã. Então, não pode ter algo dentro dela.

— É bom garantir — disse Japp, aumentando um pouco a amabilidade alegre.

Ele abriu as travas da maleta. Dentro dela havia escovas de couro, frascos de produtos de toucador, duas revistas e nada mais.

Japp examinou todos os objetos com atenção meticulosa. Quando por fim fechou a maleta e começou a examinar as almofadas, a garota soltou um suspiro audível de alívio.

Não havia algo mais no armário além do que era possível ver ali. A busca logo terminou.

Ele trancou a porta e entregou a chave para Jane Plenderleith.

— Bem — disse ele —, isso encerra o assunto. A senhorita pode me dar o endereço de Mr. Laverton-West?

— Farlescombe Hall, Little Ledbury, Hampshire.

— Obrigado, Miss Plenderleith. Por enquanto é só. Talvez eu passe por aqui mais tarde. Aliás, não comente nada com ninguém. Com relação ao público em geral, deixe que pensem que foi suicídio.

— Claro, entendo perfeitamente.

Ela apertou a mão de ambos.

Enquanto caminhavam pelo beco, Japp explodiu:

— Ora essa... que diabos havia dentro daquele armário? Tinha *alguma coisa* lá.

— Sim, tinha alguma coisa.

— E aposto que tinha algo a ver com a maleta! Mas como sou um imbecil de marca maior, não consegui encontrar nada. Procurei em todos os frascos, tateei o forro... que droga poderia ser?

Pensativo, Poirot balançou a cabeça.

— Aquela moça está envolvida de alguma forma — continuou Japp. — Trouxe a maleta nesta manhã? Nem aqui, nem na China! Reparou que havia duas revistas nela?

— Sim.

— Bem, uma delas era uma edição de *julho passado*!

VII

No dia seguinte, Japp entrou no apartamento de Poirot, jogou o chapéu sobre a mesa com profundo desgosto e se deixou cair em uma poltrona.

— Bem — rosnou ele. — *Ela* está fora da questão!

— Quem está fora?

— Plenderleith. Jogou bridge até meia-noite. Anfitrião, anfitriã, um comandante naval convidado e dois criados, todos podem confirmar. Sem dúvida, temos que desistir de qualquer ideia de que ela esteja envolvida no caso. Mesmo assim, gostaria de saber por que ficou tão agitada com aquela maleta no armário embaixo da escada. Acho que cabe a *você*, Poirot. Você gosta de resolver essas trivialidades que não dão em nada. O Mistério da Maletinha. Parece bastante promissor!

— Vou lhe dar outra sugestão de título: O Mistério do Cheiro de Fumaça de Cigarro.

— Um título meio estranho. Cheiro... hein? Por isso que estava fungando tanto quando examinamos o corpo pela primeira vez? Eu vi... e *ouvi* você! Funga para lá, funga para cá. Achei que estivesse resfriado.

— Seu palpite foi inteiramente errado.

Japp suspirou.

— Sempre achei que fossem as pequenas células cinzentas de seu cérebro. Não vá me dizer que as células de seu nariz também são superiores às dos meros mortais.

— Não, não. Acalme-se.

— *Eu* não senti cheiro de fumaça de cigarro — continuou Japp, desconfiado.

— Nem eu, meu amigo.

Japp olhou para ele, confuso. Então, tirou um cigarro do bolso.

— Esse é o tipo que Mrs. Allen fumava... cigarros baratos. Seis dessas pontas eram dela. *Os outros três eram turcos.*

— Exatamente.

— Seu nariz maravilhoso soube disso sem olhar para elas, suponho!

— Garanto que meu nariz não vem ao caso. Meu nariz não registrou nada.

— Mas as células cerebrais registraram muita coisa?

— Bem... havia alguns indícios... não acha?

Japp olhou para ele de soslaio.

— Por exemplo...?

— *Eh bien*, sem dúvida havia algo faltando no quarto. Também acho que algo foi adicionado... E, então, sobre a escrivaninha...

— Eu sabia! Estamos chegando àquela pena maldita!

— *Du tout*. A pena desempenha um papel puramente negativo.

Japp recuou para um terreno mais seguro.

— Convidei Charles Laverton-West para me encontrar na Scotland Yard em meia hora. Achei que gostaria de me acompanhar.

— Gostaria bastante.

— E vai ficar feliz em saber que localizamos o Major Eustace. Mora em um flat na Cromwell Road.
— Excelente.
— E ainda temos muito a recolher lá. Esse tal Major Eustace não é boa pessoa. Depois de conversarmos com Laverton--West iremos vê-lo. Pode ser?
— Claro.
— Bem, vamos lá.

Às 11h30, Charles Laverton-West foi conduzido à sala do Inspetor-chefe Japp. Japp levantou-se e apertou-lhe a mão.
O deputado era um homem de estatura mediana com uma personalidade bem definida. Estava bem barbeado, tinha a boca ágil de um ator e os olhos ligeiramente protuberantes que tantas vezes acompanham o dom da oratória. Era bem-apessoado de um jeito tranquilo e educado.
Embora parecesse pálido e um tanto angustiado, suas maneiras eram de formalidade e compostura perfeitas.
Sentou-se, deixou luvas e chapéu sobre a mesa, e olhou para Japp.
— Em primeiro lugar, Mr. Laverton-West, gostaria de dizer que compreendo como isso deve ser angustiante para o senhor.
Laverton-West fez um gesto, como se rejeitasse aquelas palavras.
— Não vamos discutir meus sentimentos. Diga-me, inspetor-chefe, tem alguma ideia do que levou minha... Mrs. Allen a tirar a própria vida?
— O senhor mesmo não consegue nos ajudar de forma alguma?
— Na verdade, não.
— Não houve uma discussão? Uma desavença de qualquer espécie entre vocês?
— Nada desse gênero. Foi o maior choque para mim.
— Talvez seja mais compreensível, senhor, se eu lhe disser que não foi suicídio... mas assassinato!
— Assassinato? — Os olhos de Charles Laverton-West quase saltaram das órbitas. — O senhor disse *assassinato*?

— Exato. Agora, Mr. Laverton-West, o senhor tem alguma ideia de quem pode ter assassinado Mrs. Allen?

Laverton-West gaguejou sua resposta.

— Não... não, de fato... nenhuma! Não consigo nem sequer... *imaginar*!

— Ela nunca mencionou um inimigo? Alguém que pudesse ter algum ressentimento dela?

— Nunca.

— O senhor sabia que Mrs. Allen tinha uma pistola?

— Não, não estava ciente disso.

Ele pareceu um pouco assustado.

— Miss Plenderleith disse que Mrs. Allen trouxe essa pistola do exterior há alguns anos.

— Sério?

— Claro, temos apenas a palavra de Miss Plenderleith. É bem possível que Mrs. Allen se sentisse em perigo por algum motivo e mantivesse a pistola à mão por motivos pessoais.

Charles Laverton-West balançou a cabeça em dúvida. Parecia bastante confuso e atordoado.

— Qual é sua opinião sobre Miss Plenderleith, Mr. Laverton-West? Quer dizer, ela lhe parece uma pessoa confiável, verdadeira?

O outro ponderou por um minuto.

— Acho que sim... sim, devo dizer que sim.

— O senhor não gosta dela? — questionou Japp, que o observava com atenção.

— Eu não diria isso. Ela não é o tipo de moça que admiro. Esse tipo sarcástico e independente não me atrai, mas devo dizer que é bastante sincera.

— Hum — disse Japp. — O senhor conhece o Major Eustace?

— Eustace? Eustace... Ah, sim, eu me lembro do nome. Eu o encontrei uma vez na casa de Barbara... de Mrs. Allen. Um camarada bem suspeito, em minha opinião. Eu disse isso para minha... para Mrs. Allen. Não era o tipo de homem que eu teria chamado para vir à nossa casa depois que estivéssemos casados.

— E o que Mrs. Allen disse sobre isso?

— Ah, ela concordou! De forma implícita, confiava em meu julgamento. Um homem conhece outros homens melhor que qualquer mulher. Ela explicou que não conseguia ser grosseira com um homem que não via há um tempo... acho que tinha mesmo horror de ser *esnobe*! Claro que, como minha esposa, ela acharia muitos de seus antigos companheiros bem... inadequados, certo?

— Quer dizer que, ao se casar com o senhor, ela estaria ascendendo socialmente? — perguntou Japp sem rodeios.

Laverton-West ergueu a mão com unhas bem cortadas.

— Não, não, não é bem isso. Na verdade, a mãe de Mrs. Allen era uma parente distante de minha família. Éramos semelhantes nesse aspecto. Mas é claro que, na minha posição, devo ter um cuidado especial ao escolher meus amigos... e minha esposa ao escolher os dela. Até certo ponto, um de nós estaria no centro das atenções.

— Ah, sim — disse Japp em tom seco. Ele continuou: — Então, o senhor não pode nos ajudar de forma alguma?

— Na verdade, não. Estou totalmente perdido. Barbara! Assassinada! Parece inacreditável.

— Agora, Mr. Laverton-West, pode me informar seu paradeiro na noite de 5 de novembro?

— Meu paradeiro? *Meu* paradeiro?

A voz de Laverton-West elevou-se em um protesto estridente.

— É uma mera questão de rotina — explicou Japp. — Nós... hum... precisamos perguntar a todo mundo.

Charles Laverton-West olhou para ele cheio de si.

— Acreditei que um homem em minha posição estaria isento desse tipo de coisa.

Japp apenas esperou.

— Eu estava... agora, me deixe pensar... Ah, sim. Eu estava na Câmara. Saí de lá às 22h30, fui dar um passeio às margens do rio. Vi alguns dos fogos de artifício.

— É bom pensar que não existem conspirações desse tipo hoje em dia — comentou Japp com bom humor.

Laverton-West lançou para ele um olhar apático de peixe morto.

— Então eu... hum... voltei caminhando para casa.

— Chegou em casa... seu endereço em Londres é Onslow Square, creio... a que horas?
— Não sei ao certo.
— Onze? 23h30?
— Mais ou menos isso.
— Talvez alguém tenha recebido o senhor.
— Não, eu tenho minha chave.
— Encontrou alguém enquanto caminhava?
— Não... hum... veja bem, inspetor-chefe, eu me ressinto *muito* dessas perguntas!
— Garanto que é uma mera questão de rotina, Mr. Laverton--West. Não é nada pessoal, acredite.

A resposta pareceu acalmar o deputado irado.
— Se isso é tudo...
— É tudo por ora, Mr. Laverton-West.
— Vai me manter informado...
— Claro, senhor. A propósito, deixe-me apresentar o Monsieur Hercule Poirot. Deve ter ouvido falar dele.

Os olhos de Mr. Laverton-West fixaram-se com interesse no pequeno belga.
— Sim... sim... conheço de nome.
— Monsieur — disse Poirot, seus modos ficando muito estranhos de repente. — Acredite em mim, sinto muitíssimo pelo senhor. Que perda! Tal a agonia que o senhor deve estar aguentando! Ah, mas não direi mais nada. Com que magnificência os ingleses escondem suas emoções. — Ele sacou a cigarreira. — Permita-me... Ah, está vazio. Japp?

Japp bateu nos bolsos e negou com a cabeça.
Laverton-West pegou sua própria cigarreira e murmurou:
— Hum... pegue um dos meus, Monsieur Poirot.
— Obrigado... obrigado. — O homenzinho se serviu.
— Como o senhor diz, Monsieur Poirot — retomou o outro —, nós, ingleses, não ostentamos nossas emoções. Enfrentar tudo de cabeça erguida... esse é o nosso lema.

Ele fez uma reverência aos dois homens e saiu.
— Sujeitinho arrogante — disse Japp, indignado. — *E* todo estufado! Aquela mocinha, Plenderleith, tinha razão sobre

ele. Mas é um sujeito bem-apessoado... pode se dar bem com uma mulher sem nenhum senso de humor. E o cigarro?

Poirot entregou-o, balançando a cabeça.

— Egípcio. De um tipo caro.

— Não, isso não é bom. Uma pena, pois nunca vi um álibi tão fraco! Na verdade, nem foi um álibi... Sabe, Poirot, é uma pena que não estivessem um no lugar do outro. Se *ela* o estivesse chantageando... Ele é um tipo certeiro para se chantagear... pagaria sem pestanejar! Qualquer coisa para evitar um escândalo.

— Meu amigo, é muito bom reconstruir o caso como você gostaria que fosse, mas não é bem nosso trabalho.

— Não, nosso trabalho é com Eustace. Fiz algumas notas sobre ele. Sem dúvida, um sujeito desagradável.

— A propósito, você fez o que eu sugeri sobre Miss Plenderleith?

— Fiz. Espere um segundo, vou telefonar para saber as novidades.

Pegou o gancho do telefone e falou.

Após uma breve troca de palavras, ele recolocou o aparelho no lugar e ergueu os olhos para Poirot.

— Que sujeitinha sem coração. Saiu para jogar golfe. Uma atividade excelente quando sua amiga acabou de ser assassinada.

Poirot soltou uma exclamação.

— Qual é o problema agora? — perguntou Japp.

No entanto, Poirot estava murmurando para si mesmo.

— Claro... é claro... mas sem dúvida... Que imbecil eu sou... ora, estava a um palmo do meu nariz!

Japp perdeu a paciência e disse:

— Pare de tagarelar aí sozinho e vamos lidar com Eustace.

Ele ficou surpreso ao ver o sorriso radiante que se espalhou pelo rosto de Poirot.

— Bem... sim... com certeza vamos lidar com ele. Por ora, veja bem, eu sei de tudo... de tudo mesmo!

VIII

Major Eustace recebeu os dois homens com a tranquilidade de um homem experiente.

Seu apartamento era pequeno, um mero *pied-à-terre*,* como ele explicou. Ofereceu uma bebida aos dois homens e, quando declinaram, ele pegou sua cigarreira.

Tanto Japp quanto Poirot aceitaram um cigarro. Eles trocaram olhares rápidos.

— Pelo visto, o senhor fuma tabaco turco — disse Japp enquanto rolava o cigarro entre os dedos.

— Fumo. Desculpe, prefere um mais forte? Tenho um aqui em algum lugar.

— Não, não, este aqui vai me servir muito bem. — Então, ele se inclinou para a frente, mudando de tom. — Talvez o senhor consiga imaginar o motivo de minha visita, Major Eustace?

O outro negou com a cabeça. Seus modos eram indiferentes. Major Eustace era um homem alto, com uma beleza um tanto grosseira. Havia um inchaço ao redor de seus olhos — pequenos olhos astutos que desmentiam a cordialidade bem-humorada de seus modos.

Ele disse:

— Não… não faço ideia do que traz até aqui um figurão tão importante quanto um inspetor-chefe. Tem alguma coisa a ver com meu carro?

— Não, não é seu carro. Acho que o senhor conheceu Mrs. Barbara Allen, certo?

O major recostou-se, soltou uma nuvem de fumaça e disse com voz clara:

— Ah, então é isso! Claro, eu podia ter imaginado. Que coisa mais triste.

— O senhor soube?

— Vi no jornal ontem à noite. Que lástima.

— O senhor conheceu Mrs. Allen na Índia, acredito.

---

* Expressão francesa que designa um apartamento, em geral alugado, usado como residência temporária para férias ou trabalho. [N. do T.]

— Sim, faz alguns anos.
— Também conheceu o marido dela?

Houve uma pausa — uma mera fração de segundo —, mas durante essa fração os olhinhos de conta se voltaram rapidamente para o rosto dos dois homens. Então, ele respondeu:

— Não, na verdade, nunca conheci Allen.
— Mas sabe alguma coisa sobre ele?
— Ouvi dizer que era um homem de maus bofes. Claro, eram apenas boatos.
— Mrs. Allen não disse nada?
— Nunca falou dele.
— O senhor tinha intimidade com ela?

O Major Eustace deu de ombros.

— Éramos velhos amigos, veja bem. Mas não nos víamos com tanta frequência.
— Mas o senhor a viu naquela última noite? Na noite de 5 de novembro?
— Sim, na verdade, eu a vi.
— Passou pela casa dela, creio eu.

O Major Eustace assentiu com a cabeça. A voz dele assumiu um tom gentil e pesaroso.

— Sim, ela me pediu para aconselhá-la sobre alguns investimentos. Claro que consigo enxergar aonde os senhores querem chegar... o estado mental dela, esse tipo de coisa. Bem, de fato, é muito difícil dizer. Seus modos pareciam bastante normais e, ainda assim, se bem me lembro, ela *estava* um pouco nervosa.

— Mas ela não lhe deu pista alguma sobre o que estava pensando em fazer?
— Nenhuma. Na verdade, quando me despedi, disse que ligaria para ela em breve para irmos a um espetáculo juntos.
— O senhor disse que ligaria para ela. Essas foram suas últimas palavras?
— Sim.
— Curioso. Tenho informações de que o senhor disse algo bem diferente.

Eustace mudou de cor.

— Bem, claro, não consigo me lembrar das palavras exatas.

— Minha informação é que suas verdadeiras palavras foram: "Bem, pense no assunto e me avise".

— Deixe-me ver, sim, acredito que o senhor esteja certo. Não foi bem isso. Acho que estava sugerindo que ela me avisasse quando estivesse livre.

— Não é exatamente a mesma coisa, certo? — disse Japp.

O Major Eustace deu de ombros.

— Meu caro amigo, não se pode esperar que um homem se lembre palavra por palavra do que disse em determinada ocasião.

— E o que Mrs. Allen respondeu?

— Ela disse que me ligaria. Pelo menos é o que me lembro.

— E, então, você disse: "Tudo bem. Até logo".

— Provavelmente. Algo assim.

Japp disse em um tom baixo:

— O senhor diz que Mrs. Allen lhe pediu para aconselhá-la sobre seus investimentos. *Por acaso ela lhe confiou a soma de duzentas libras em dinheiro para investir para ela?*

O rosto de Eustace assumiu um tom roxo-escuro. Ele inclinou-se para a frente e rosnou:

— Que absurdo o senhor está querendo dizer com isso?

— Confiou ou não?

— Isso é problema meu, senhor inspetor-chefe.

Japp continuou em um tom baixo:

— Mrs. Allen sacou a soma de duzentas libras em dinheiro do banco. Parte do montante foi em notas de cinco libras. Claro que o número de série delas pode ser rastreado.

— E se ela tiver confiado?

— O dinheiro *era* para investimento... ou era... de chantagem, Major Eustace?

— Essa ideia é absurda. Qual será a próxima insinuação?

Japp proferiu de forma oficial:

— Acredito, Major Eustace, que neste momento devo perguntar-lhe se está disposto a vir à Scotland Yard e prestar esclarecimentos. Claro, não há obrigação alguma e o senhor pode, se preferir, levar seu advogado.

— Advogado? O que eu ia querer com a porcaria de um advogado? E por que está me advertindo?

— Estou investigando as circunstâncias da morte de Mrs. Allen.

— Meu Deus, camarada, você não está supondo que... Ora, que loucura! Olha aqui, o que aconteceu foi isso. Marquei um horário e passei na casa de Barbara para vê-la...

— Foi a que horas?

— Por volta das 21h30. Nós nos sentamos e conversamos...

— E fumaram?

— Sim, e fumamos. Algum problema? — perguntou o major em um tom beligerante.

— Onde essa conversa aconteceu?

— Na sala de estar. À esquerda da porta quando se entra. Conversamos de um jeito bastante amigável, como eu disse. Saí um pouco antes das 22h30. Parei um minuto na soleira da porta para dizer as últimas palavras...

— Últimas palavras... precisamente — murmurou Poirot.

— Gostaria de saber, quem é *você*? — Eustace virou-se e rosnou as palavras para ele. — Um maldito estrangeiro! *Por que* está se intrometendo?

— Meu nome é Hercule Poirot — disse o homenzinho com dignidade.

— Não quero saber nem que você seja a estátua de Aquiles. Como eu disse, Barbara e eu nos despedimos de um jeito amigável. Parti direto para o Far East Club. Cheguei lá às 22h35 e fui direto para a sala de carteado. Fiquei lá jogando bridge até 1h30. Então, pegue essa informação e a engula.

— Não costumo engolir informações — retrucou Poirot. — É um belo *álibi* o do senhor.

— Deve ser um álibi bem sólido, de qualquer forma! Pois bem, senhor — olhou para Japp. — Está satisfeito?

— O senhor permaneceu na sala de estar durante sua visita?

— Sim.

— O senhor não subiu para o *boudoir* de Mrs. Allen?

— Não subi, garanto. Ficamos em um aposento apenas e não saímos dele.

Japp olhou para ele pensativo por um minuto ou dois. Então, disse:

— Quantos conjuntos de abotoaduras o senhor tem?

— Abotoaduras? Abotoaduras? O que isso tem a ver?

— O senhor não é obrigado a responder à pergunta, é claro.

— Responder? Não me importo de responder. Não tenho nada a esconder. E vou exigir um pedido de desculpas. Tenho estas... — Ele esticou os braços.

Japp notou o ouro e a platina com um aceno de cabeça.

— E estas.

Levantou-se, abriu uma gaveta e tirou de lá uma caixa, abriu-a e estendeu-a de forma grosseira quase debaixo do nariz de Japp.

— Modelo muito bonito — disse o inspetor-chefe. — Vejo que um está quebrado... um pedaço de esmalte lascado.

— E daí?

— O senhor não se lembra de quando isso aconteceu, suponho?

— Um ou dois dias atrás, não mais que isso.

— Ficaria surpreso ao saber que aconteceu *quando o senhor estava visitando Mrs. Allen*?

— Por que ficaria? Não neguei que estive lá. — O major falou com arrogância. Continuou a vociferar, fazendo o papel do homem justamente indignado, mas suas mãos tremiam.

Japp inclinou-se para a frente e disse com ênfase:

— Sim, mas esse pedaço da abotoadura *não foi encontrado na sala de estar*. Foi encontrado *lá em cima*, no quarto de Mrs. Allen, no quarto onde ela foi morta e onde um homem estava sentado fumando *o mesmo tipo de cigarro que o senhor fuma*.

Essas palavras foram o tiro de misericórdia. Eustace caiu para trás em sua poltrona. Os olhos dispararam de um lado para o outro. O colapso do valentão e o surgimento do covarde não eram visões bonitas.

— Vocês não têm nada contra mim. — A voz dele era quase um gemido. — Estão tentando me incriminar... Mas não podem fazer isso. Eu tenho um álibi... Não cheguei de novo nem perto da casa dela naquela noite...

Por sua vez, Poirot tomou a palavra.

— Não, o senhor não se aproximou da casa de novo... *Não precisava...* Pois talvez Mrs. Allen *já estivesse morta quando o senhor saiu.*

— É impossível... impossível... Ela estava atrás da porta... falou comigo... As pessoas devem tê-la ouvido... visto...

Poirot disse baixinho:

— Eles ouviram o senhor falando com ela... e fingindo esperar pela resposta dela e depois falando de novo... Um velho truque. As pessoas podem ter *pensado* que ela estava lá, mas não a *viram*, porque *não podiam nem dizer se ela estava usando vestido de noite ou não... nem mesmo puderam mencionar a cor de roupa que ela estava usando...*

— Meu Deus... não é verdade... não é verdade...

Ele estava tremendo agora, em colapso...

Japp olhou para ele de forma indignada. Falou claramente.

— Terei de pedir ao senhor que me acompanhe.

— O senhor está me prendendo?

— O senhor está detido para investigação... vamos colocar dessa forma.

O silêncio foi rompido com um suspiro longo e trêmulo. A voz desesperada do Major Eustace, antes furiosa, disse:

— Estou arruinado...

Hercule Poirot esfregou as mãos e sorriu com alegria. Parecia estar se divertindo.

IX

— Muito bom o jeito como ele desmoronou — disse Japp mais tarde naquele dia com apreciação profissional.

Ele e Poirot estavam dirigindo um carro pela Brompton Road.

— Ele sabia que o jogo tinha acabado — comentou Poirot, distraído.

— Temos muitas coisas contra ele — disse Japp. — Duas ou três alcunhas diferentes, uma questão complicada sobre um cheque e um caso muito bom de quando se hospedou no Ritz e se autodenominou coronel de Bathe. Enganou meia dúzia de comerciantes de Piccadilly. No momento, vamos detê-lo por essa acusação... até finalmente resolvermos o caso. Qual a ideia dessa corrida para a cena do crime, meu velho?

— Meu amigo, um caso deve ser encerrado de forma adequada. Tudo precisa ser explicado. Estou em busca do mistério que você sugeriu. O Mistério da Maleta Desaparecida.

— O Mistério da Maletinha... é assim que eu o chamo... Que eu saiba não está desaparecida.

— Espere, *mon ami.*

— O carro entrou no beco. Na porta do número 14, Jane Plenderleith tinha acabado de desembarcar de um pequeno automóvel Austin Seven. Usava trajes de golfe.

Correu o olhar entre os dois homens, em seguida pegou uma chave e abriu a porta.

— Entrem, por favor.

Ela seguiu à frente. Japp seguiu-a até a sala de estar. Poirot permaneceu por um ou dois minutos no corredor, resmungando:

— *C'est embêtant...* que complicado se livrar dessas mangas.

Em seguida, ele também entrou na sala de estar sem o sobretudo, e os lábios de Japp se contraíram embaixo do bigode. Ele ouviu o rangido muito fraco de uma porta de armário se abrindo.

Japp lançou a Poirot um olhar questionador, e o outro assentiu de um jeito quase imperceptível.

— Não vamos segurá-la, Miss Plenderleith — disse Japp, rápido. — Só viemos perguntar se poderia nos dizer o nome do advogado de Mrs. Allen.

— O advogado dela? — A moça balançou a cabeça. — Nem sabia que ela tinha um.

— Bem, quando ela alugou esta casa com a senhorita, alguém redigiu um contrato?

— Não, acho que não. Veja bem, eu aluguei a casa, o aluguel está em meu nome. Barbara me pagava metade do valor. Era bastante informal.

— Entendi. Ah! Muito bem, suponho que não há nada a fazer, então.

— Lamento não poder ajudá-lo — disse Jane com educação.

— Realmente não importa muito. — Japp voltou-se para a porta. — Estava jogando golfe?

— Sim. — Ela corou. — Suponho que lhe pareça um tanto insensível. Mas, na verdade, ficar nesta casa estava me deprimindo um pouco. Senti que precisava sair e fazer alguma coisa... me cansar... ou sufocaria! — falou de um jeito intenso.

Poirot acrescentou com rapidez:

— Compreendo, *mademoiselle*. É mais que compreensível... mais que natural. Ficar aqui nesta casa com seus pensamentos... não, não seria agradável.

— Ainda bem que o senhor entende — disse Jane, lacônica.

— A senhorita é associada a um clube?

— Sim, jogo no Wentworth.

— Tem sido um dia agradável — disse Poirot.

— Infelizmente, restam poucas folhas nas árvores agora! Uma semana atrás o bosque estava magnífico.

— O dia foi bem bonito hoje.

— Tenha uma boa tarde, Miss Plenderleith — disse Japp em um tom formal. — Avisarei quando houver algo definitivo. Na verdade, temos um homem detido sob suspeita.

— Que homem?

Ela olhou para eles com avidez.

— Major Eustace.

Ela assentiu com a cabeça e se virou, abaixando-se para jogar um fósforo aceso na lareira.

— Bem? — perguntou Japp quando o carro saiu do beco, virando a esquina.

Poirot abriu um sorrisinho.

— Foi bem simples. A chave estava na porta desta vez.

— E...?

Poirot sorriu.

— *Eh, bien*, os tacos de golfe tinham sumido...

— Claro. A garota pode ser qualquer coisa, menos boba. *Mais alguma coisa sumiu?*

Poirot assentiu com a cabeça.

— Sim, meu amigo... *a maletinha*!

O acelerador saltou sob o pé de Japp.

— Que desgraça! — exclamou ele. — Sabia que tinha *alguma coisa*. Mas que diabo tinha lá? Revirei a tal maleta de cabo a rabo.

— Ora, ora, Japp... mas é... como se diz, "elementar, meu caro Watson?"

Japp lançou-lhe um olhar exasperado.

— Aonde estamos indo? — perguntou ele.

Poirot consultou o relógio.

— Ainda não são nem dezesseis horas. Creio que podemos chegar a Wentworth antes de escurecer.

— Acha que ela realmente foi lá?

— Acho que sim... Ela sabia que poderíamos fazer perguntas. Ah, sim, acho que descobriremos que esteve lá.

Japp resmungou.

— Ora, muito bem, vamos. — Ele abriu caminho habilmente pelo tráfego. — Embora não consiga nem imaginar o que esse negócio da maleta tem a ver com o crime. Não consigo enxergar a relação que ela tem com a coisa toda.

— Exato, meu amigo, concordo com você... não tem nada a ver com isso.

— Então por que... Não, não me diga! É preciso ter ordem, método e tudo bem acertado! Ah, está um belo dia.

O carro era rápido. Chegaram ao Wentworth Golf Club pouco depois das 16h30. Não havia muitas pessoas ali em um dia de semana.

Poirot foi direto ao chefe dos *caddies* e pediu os tacos de Miss Plenderleith. Ele explicou que ela jogaria em um campo diferente amanhã.

O chefe dos *caddies* chamou em voz alta, e um menino recolheu alguns tacos de golfe parados em um canto. Por fim, ele trouxe uma sacola com as iniciais J.P..

— Obrigado — disse Poirot. Ele afastou-se, se virou de um jeito descuidado e perguntou: — Ela não deixou uma maleta com o senhor também, não é?

— Hoje não, senhor. Talvez tenha deixado na sede do clube.

— Ela esteve aqui hoje?

— Ah, sim, eu a vi.

— Com qual *caddie* esteve, o senhor sabe? Ela perdeu uma maleta e não consegue se lembrar de onde a deixou.

— Ela não pegou um *caddie*. Veio aqui e comprou algumas bolas. Só pegou alguns tacos. Acho que a vi carregando uma maletinha.

Poirot afastou-se, agradecendo. Os dois homens andaram em volta da sede do clube. Poirot parou por um momento para admirar a vista.

— É lindo, não é mesmo, os pinheiros escuros... e depois o lago. Sim, o lago...

Japp lançou-lhe um rápido olhar.

— Essa é a ideia, não é?

Poirot sorriu.

— Acho possível que alguém tenha visto alguma coisa. Se eu fosse você, já começaria com esses interrogatórios.

X

Poirot deu um passo para trás, com a cabeça um pouco inclinada para o lado, enquanto examinava a disposição do quarto. Uma cadeira aqui, outra cadeira lá. Sim, era tudo muito bom. E, então, um toque da campainha — poderia ser Japp.

O homem da Scotland Yard entrou em alerta.

— Muito bem, meu velho! Informações recém-saídas do forno. Uma jovem foi vista jogando alguma coisa no lago de Wentworth ontem. A descrição se encaixa com a de Jane Plenderleith. Conseguimos tirar o objeto do lago sem muita dificuldade. Há muita vegetação ali.

— E era o quê?

— Era a tal maleta! Mas *por quê*, pelo amor de Deus? Bem, estou chocado! Não havia nada dentro dela, nem mesmo as revistas. Por que uma jovem aparentemente sã ia querer jogar uma maleta tão cara no lago... sabe, passei a noite toda pensando para tentar entender o que aconteceu.

— *Mon pauvre Japp!* Não precisa mais se preocupar. A resposta está prestes a chegar. A campainha acabou de tocar.

George, o impecável criado de Poirot, abriu a porta e anunciou:

— Miss Plenderleith.

A garota entrou na sala com seu habitual ar de autoconfiança e cumprimentou os dois homens.

— Pedi para a senhorita vir até aqui... — explicou Poirot. — Sente-se aqui, sim, e você aqui, Japp... pois tenho uma notícia para lhes dar.

A garota sentou-se. Olhou de um para o outro, tirando o chapéu, para deixá-lo de lado, com impaciência.

— Bem — disse ela. — Major Eustace foi preso.

— A senhorita soube disso, imagino, pelo jornal da manhã?

— Exato.

— No momento, ele está sendo acusado de um delito menor — continuou Poirot. — Enquanto isso, estamos reunindo provas relacionadas ao assassinato.

— Foi assassinato, então? — perguntou a garota com ansiedade.

Poirot assentiu com a cabeça.

— Foi — confirmou ele. — Foi um assassinato. A destruição voluntária de um ser humano por outro ser humano.

Ela estremeceu um pouco.

— Não diga uma coisa dessas — murmurou ela. — Parece horrível quando é dito dessa forma.

— Sim... mas é horrível!

Ele fez uma pausa, e então disse:

— Agora, Miss Plenderleith, vou lhe contar exatamente como cheguei à verdade neste assunto.

Ela olhou de Poirot para Japp. Este último estava sorrindo.

— Ele tem seus métodos, Miss Plenderleith — disse. — Eu costumo ceder aos caprichos dele, sabe? Acho que podemos ouvir o que tem a dizer.

Poirot começou:

— Como sabe, *mademoiselle*, cheguei com meu amigo ao local do crime na manhã de 6 de novembro. Entramos na sala onde o corpo de Mrs. Allen foi encontrado e fiquei imediatamente impressionado com vários detalhes significativos. Havia coisas naquele quarto que eram sem dúvida estranhas.

— Vá em frente — disse a garota.

— Para começar — disse Poirot —, havia o cheiro de fumaça de cigarro.

— Acho que você está exagerando, Poirot — interveio Japp. — Não senti cheiro de nada.

Poirot virou-se para ele em um piscar de olhos.

— Exato. *Você não sentiu cheiro de fumaça antiga. Nem eu.* E isso foi muito, muito estranho... porque a porta e a janela estavam fechadas, e em um cinzeiro havia pontas de nada menos que dez cigarros. Era estranho, muito estranho, que o quarto cheirasse... como cheirava quando perfeitamente ventilado.

— Então era aí aonde queria chegar! — Japp suspirou. — Sempre precisa fazer as coisas de uma forma tão tortuosa.

— Seu Sherlock Holmes fazia da mesma forma. Ele chamou a atenção, lembre-se, para o curioso incidente do cachorro durante a noite... e a resposta para isso foi que não houve nenhum incidente curioso. O cachorro não havia feito nada durante a noite. Para prosseguir: a próxima coisa que chamou minha atenção foi um relógio de pulso usado pela defunta.

— O que tem ele?

— Nada de especial nele, mas estava sendo usado no pulso *direito*. Agora, pela minha experiência, é mais comum usar um relógio no pulso esquerdo.

Japp deu de ombros. Antes que pudesse falar, Poirot se apressou em continuar:

— Mas, como você diz, não há nada muito definitivo quanto a *isso*. Algumas pessoas *preferem* usar no pulso direito. E, agora, chego a algo realmente interessante... chego, meus amigos, à escrivaninha.

— É, imaginei — disse Japp.

— Era de fato *muito* estranho... *muito* notável! Por dois motivos. O primeiro foi que algo faltava naquela escrivaninha.

Jane Plenderleith perguntou.

— O que estava faltando?

Poirot voltou-se para ela.

— *Uma folha de mata-borrão, mademoiselle*. O mata-borrão estava com uma folha limpa e intocada.

Jane deu de ombros.

— Realmente, Monsieur Poirot. Às vezes, as pessoas arrancam uma folha muito usada!

— Sim, mas o que fazem com ela? Jogam-na no cesto de lixo, não é? *Mas ela não estava no cesto de lixo.* Eu verifiquei.

Jane Plenderleith parecia estar impaciente.

— Porque é provável que já tivesse sido jogado fora no dia anterior. A folha estava limpa porque Barbara não havia escrito nenhuma carta naquele dia.

— Dificilmente seria esse o caso, *mademoiselle*, pois Mrs. Allen tinha sido vista indo até caixa postal naquela noite. *Portanto, ela deve ter escrito algumas cartas.* Não podia escrever lá embaixo, pois não havia material para isso. É pouco provável que fosse a *seu* quarto para escrever. Então, o que aconteceu com a folha de mata-borrão na qual ela secou as cartas? É verdade que, às vezes, as pessoas jogam coisas no fogo e não no cesto de lixo, mas havia apenas uma lareira a gás na sala. *E o fogo lá embaixo não estava aceso no dia anterior, pois a senhorita me disse que a lareira estava arrumada quando jogou um fósforo nela.*

Ele fez uma pausa.

— Um probleminha curioso. Vasculhei todos os lugares, as cestas de lixo, a lata de lixo, mas não consegui encontrar uma folha de mata-borrão usada... e isso me pareceu muito relevante. Parecia que alguém havia deliberadamente tirado aquela folha de mata-borrão. Por quê? Porque havia algo escrito nela que poderia ser lido com facilidade ao segurá--la contra um espelho.

"Mas havia um segundo ponto curioso sobre a escrivaninha. Talvez, Japp, você se lembre mais ou menos de como ela estava arranjada? Mata-borrão e tinteiro no centro, porta-canetas à esquerda, calendário e caneta de pena à direita. *Eh bien*? Não enxerga? A caneta de pena, lembra que eu a examinei, era apenas um enfeite... não havia sido usada. Ah! Você *ainda* não enxerga? Vou falar de novo. Mata-borrão no centro, porta-canetas à esquerda... à *esquerda*, Japp. Mas não é comum encontrar um porta-canetas *à direita*, conveniente para a *mão direita*?

"Ah, agora você compreende, não é? O porta-canetas *à esquerda*, o relógio no pulso *direito*, a folha de mata-borrão arrancada, e outra coisa *trazida* para a sala... o cinzeiro com as pontas de cigarro!

64 · AGATHA CHRISTIE ·

"Aquele quarto tinha um cheiro de lugar fresco e ventilado, Japp, um quarto em que a janela ficara aberta, não fechada a noite toda... Então, montei um cenário para mim mesmo."

Ele se virou e encarou Jane.

— Um cenário com a senhorita, *mademoiselle*, chegando em seu táxi, pagando, subindo as escadas correndo, talvez até chamando por Barbara... e você abre a porta e encontra sua amiga morta com a pistola na mão... na mão esquerda, claro, *já que ela é canhota* e, portanto, também a bala entrou pelo *lado esquerdo da cabeça*. Há uma nota ali endereçada à senhorita. Ela registra o que a levou a tirar a própria vida. Era, imagino, uma carta muito comovente... Uma mulher jovem, gentil e infeliz, levada a tirar a própria vida por conta de chantagem...

"Acho que, quase imediatamente, a ideia passou pela sua cabeça. Foi obra de um certo homem. Que ele seja punido, punido de forma completa e adequada! Você pega a pistola, limpa a arma e a coloca na mão *direita*. Você pega a nota e rasga a folha de cima do mata-borrão com a qual ela foi seca. Você desce, acende a lareira e joga os dois papéis nas chamas. Então, leva para cima o cinzeiro — para aumentar a ilusão de que duas pessoas estavam sentadas conversando ali — e também um fragmento de abotoadura esmaltada que está no chão. É um achado de sorte, e a senhorita espera que resolva o problema. Em seguida, a senhorita fecha a janela e tranca a porta. Não pode haver suspeita de que a senhorita mexeu no quarto. A polícia deve ver exatamente como está, então, você não procura ajuda no beco, mas liga para a polícia naquele mesmo momento.

"E assim vai. Você desempenha o papel escolhido com bom senso e frieza. A princípio, você se recusa a dizer qualquer coisa, mas com habilidade sugere dúvidas sobre suicídio. Mais tarde, estará pronta para nos colocar no rastro do Major Eustace...

"Sim, *mademoiselle*, foi inteligente... um assassinato muito inteligente... pois é isso que é. A tentativa de assassinato do Major Eustace."

Jane Plenderleith pôs-se de pé.

— Não foi assassinato... foi justiça. Aquele homem *perseguiu* a coitada da Barbara até a morte! Ela era tão doce e indefesa. Veja bem, a pobre coitada se envolveu com um homem na Índia quando viajou pela primeira vez. Tinha apenas 17 anos, e ele era um homem casado, bem mais velho que ela. Então, ela teve um bebê. Poderia tê-lo colocado em um orfanato, mas não quis nem saber disso. Partiu para algum lugar bem distante e voltou chamando a si mesma de Mrs. Allen. Mais tarde, a criança morreu. Ela voltou para cá e se apaixonou por Charles, aquele arrogante pomposo; ela o adorava, e ele acolhia sua adoração com muita tranquilidade. Se ele fosse um homem diferente, eu a teria aconselhado a lhe contar tudo. Mas, do jeito que eram as coisas, insisti para que ela fechasse o bico. Afinal, ninguém sabia sobre essa história, a não ser eu.

"E, então, aquele demônio do Eustace apareceu! O restante o senhor sabe. Ele começou a extorqui-la de forma rotineira, mas foi apenas naquela última noite que ela percebeu que estava expondo também Charles ao risco de um escândalo. Assim que estivesse casada com Charles, Eustace a teria onde queria... casada com um homem rico e apavorada frente a qualquer escândalo! Quando Eustace saiu com o dinheiro que ela conseguiu para ele, Barbara ficou pensando nisso. Então, ela subiu para o quarto e escreveu uma carta para mim. Disse que amava Charles e não podia viver sem ele, mas que, pelo bem dele, não deveria se casar. Ela disse que estava saindo de cena da melhor maneira possível."

Jane jogou a cabeça para trás.

— O senhor se surpreende por eu ter feito o que fiz? E fica aí, chamando de *assassinato*!

— Porque é assassinato — disse Poirot com voz severa. — Às vezes, o assassinato pode parecer justificado, *mas não deixa de ser um assassinato*. Você é sincera e esclarecida... encare a verdade, *mademoiselle*! Sua amiga morreu, em última instância, *porque não teve coragem para viver*. Podemos sentir compaixão por ela, podemos ter pena dela, mas permanece o fato: o ato foi dela, não de outra pessoa.

Ele fez uma pausa.

— E a senhorita? Aquele homem está na prisão agora e cumprirá uma longa sentença por outras questões. A senhorita realmente deseja, por vontade própria, destruir a vida... a *vida*, veja bem... de *qualquer* ser humano?

Ela encarou-o com os olhos nublados. De repente, murmurou:

— Não, o senhor tem razão. Não desejo.

Então, dando meia-volta, ela saiu depressa da sala. A porta da frente bateu...

Japp deu um assobio longo, muito prolongado.

— Ora essa, estou em choque! — disse ele.

Poirot sentou-se e sorriu para ele de um jeito amigável. Passou-se muito tempo antes que o silêncio fosse quebrado. Então, Japp disse:

— Não foi um assassinato disfarçado de suicídio, mas um suicídio que fizeram parecer um assassinato!

— Sim, e fizeram muito bem-feito. Nada muito exagerado.

De repente, Japp perguntou:

— Mas e a maleta? Onde ela entra no caso?

— Ora, meu querido, meu amigo querido, eu já lhe disse que *ela não entrou no caso*.

— Então, por quê...

— Os tacos de golfe. Os tacos de golfe, Japp. *Eram os tacos de golfe de um canhoto*. Jane Plenderleith deixou seus tacos em Wentworth. Aqueles eram os tacos de Barbara Allen. Não é de se admirar que a moça tenha ficado, como você disse, nervosa quando abrimos aquele armário. Todo o plano dela poderia ter sido arruinado. Mas ela é rápida e percebeu que, por um breve momento, havia se entregado. *Ela* viu que *nós* vimos. Então, fez a melhor coisa em que conseguiu pensar no calor do momento. Tentou concentrar nossa atenção no *objeto errado*. Ela fala da maleta... "É minha. Eu... ela voltou comigo esta manhã. Então, não pode ter nada dentro dela." E, como ela esperava, lá vai você, perseguir a pista falsa. Pelo mesmo motivo, quando ela sai no dia seguinte para se livrar dos tacos de golfe, continua a usar a maleta como uma... como se diz? Cortina defumada?

— Cortina de fumaça. Quer dizer que o verdadeiro objetivo dela era...?

— Pense bem, meu amigo. Onde é o melhor lugar para se livrar de uma bolsa cheia de tacos de golfe? Não se pode queimá-los ou colocá-los em uma caçamba de lixo. Se alguém os deixar em algum lugar, eles podem ser devolvidos. Miss Plenderleith levou-os a um campo de golfe. Ela os deixa na sede do clube enquanto pega alguns tacos de sua própria bolsa e depois sai sem um *caddie*. Sem dúvida, em intervalos bem pensados, ela quebra um taco ao meio e o lança em meio ao mato alto e termina por jogar fora a bolsa vazia. Se alguém encontrar um taco de golfe quebrado aqui e ali, não causará alarde. Sabe-se que as pessoas quebram e jogam fora *todos* os seus tacos em um estado de intensa exasperação durante o jogo! É, de fato, esse tipo de jogo!

"Mas, quando ela percebe que suas ações ainda podem chamar a atenção, ela joga aquela cortina de fumaça útil, a maleta, de uma maneira um tanto espetacular dentro do lago... e essa, meu amigo, é a verdade sobre O Mistério da Maleta.

Japp olhou para o amigo por alguns momentos, em silêncio. Então, se levantou, deu um tapinha no ombro dele e caiu na gargalhada.

— Nada mal para um burro velho como você! Juro, você merece uma medalha! Vamos almoçar em algum lugar?

— Com prazer, meu amigo, mas eu não quero medalha nenhuma. Na verdade, quero uma *omelette aux champignons*, *blanquette de veau*, *petits pois à la française* e, de sobremesa, *baba au rhum*.

— Então, vamos lá — disse Japp.

O roubo inacreditável

Publicado originalmente em uma versão estendida intitulada "The Submarine Plans", dividida em seis partes no *Daily Express* em 1937. A edição atual foi lançada na coletânea *Murder in the Mews* em 1937, no Reino Unido, mas não na edição americana até 1987.

I

Enquanto o mordomo servia o suflê, Lorde Mayfield inclinou-se para sua vizinha da direita, Lady Julia Carrington, com ares de confidência. Conhecido por ser um anfitrião perfeito, Lorde Mayfield se esforçava para fazer jus a sua reputação. Embora fosse solteiro, sempre lançava seu charme para as mulheres.

Lady Julia Carrington era uma mulher de 40 anos, alta, morena e vivaz, muito muito magra, mas ainda bonita. Suas mãos e pés, em especial, eram muito belos. Seus modos eram bruscos e inquietos, os de uma mulher que vivia com os nervos à flor da pele.

Mais ou menos diante dela, à mesa redonda, estava seu marido, o Marechal do Ar Sir George Carrington. Sua carreira havia começado na Marinha, e ele ainda mantinha a vivacidade franca de um ex-oficial naval. Estava rindo e provocando a bela Mrs. Vanderlyn, sentada do outro lado de seu anfitrião.

Mrs. Vanderlyn era uma loira extremamente bonita. Sua voz mantinha um pouco do sotaque norte-americano, apenas o suficiente para ser agradável, sem exageros indevidos.

Do outro lado de Sir George Carrington estava Mrs. Macatta, que era deputada e uma grande autoridade em Habitação e Bem-Estar Infantil. Gritava frases curtas em vez de pronunciá-las e, em geral, tinha um ar um tanto alarmado em suas feições. Talvez fosse natural que o marechal do ar considerasse a vizinha à direita mais agradável para conversar.

Mrs. Macatta, que sempre falava de trabalho onde quer que estivesse, soltava curtas enxurradas de informações sobre seus assuntos especiais ao vizinho da esquerda, o jovem Reggie Carrington.

Reggie Carrington tinha 21 anos e não se interessava nem por habitação, tampouco por bem-estar infantil ou, na verdade, por qualquer assunto político. Dizia em determinados intervalos: "Que terrível!" e "Eu concordo absolutamente com a senhora", tendo a mente, sem dúvida, em outro lugar. Mr. Carlile, secretário particular de Lorde Mayfield, estava sentado entre o jovem Reggie e sua mãe. Jovem pálido, de pince-nez e ar de inteligência reservada, falava pouco, mas estava sempre pronto a se embrenhar em qualquer oportunidade de conversa. Percebendo que Reggie Carrington estava sofrendo para segurar um bocejo, ele se inclinou para a frente e perguntou com habilidade a Mrs. Macatta sobre seu esquema de "exercícios físicos para crianças".

Ao redor da mesa, movendo-se em silêncio sob a branda luz âmbar, um mordomo e dois serviçais aprontavam os pratos e enchiam as taças de vinho. Lorde Mayfield pagava um salário bem alto ao chef e era um conhecido apreciador de vinhos.

A mesa era redonda, mas não havia dúvidas sobre quem era o anfitrião: onde Lorde Mayfield estava sentado era sem dúvida a cabeceira. Um homem grande, de ombros quadrados, cabelos grisalhos e grossos, nariz grande e reto e queixo um tanto proeminente. Um rosto que facilmente se prestava à caricatura. Como Sir Charles McLaughlin, Lorde Mayfield somou à carreira política a chefia de uma grande empresa de engenharia. Ele próprio era um engenheiro de excelência. Seu título de nobreza havia chegado um ano antes e, ao mesmo tempo, ele fora nomeado o Primeiro-Ministro de Armamentos, um ministério que tinha acabado de nascer.

A sobremesa foi posta na mesa. Todos já tinham tomado uma dose de vinho do Porto. Capturando o olhar de Mrs. Vanderlyn, Lady Julia levantou-se. As três mulheres saíram da sala.

Mais uma dose de vinho do Porto, e Lorde Mayfield fez uma referência animada aos faisões. Por cerca de cinco minutos a conversa foi sobre caça, até Sir George dizer:

— Reggie, meu rapaz, imagino que você queira se juntar aos outros na sala de estar. Lorde Mayfield não vai se importar.

O rapaz compreendeu a indireta sem dificuldade nenhuma.
— Obrigado, Lorde Mayfield, acho que farei isso.
Mr. Carlile murmurou:
— Se me der licença, Lorde Mayfield... tenho certos memorandos e outros trabalhos para terminar...

Lorde Mayfield assentiu com a cabeça. Os dois jovens saíram da sala. Os criados haviam se retirado algum tempo antes. O Ministro de Armamentos e o chefe da Força Aérea ficaram sozinhos.

Depois de um minuto ou dois, Carrington disse:
— Bem... está tudo certo?
— Sem dúvida. Não há nada que se compare a o novo bombardeiro em nenhum país da Europa.
— Muito superior aos outros, hein? Foi o que eu pensei.
— Supremacia do ar — disse Lorde Mayfield de um jeito decidido. Sir George Carrington soltou um suspiro profundo.
— Já não era sem tempo. Sabe, Charles, passamos por um período periclitante, muita pólvora nas mãos de todo mundo na Europa, e nós não estávamos preparados, porcaria! Escapamos por um triz e ainda não saímos da situação de risco, por mais que nos apressemos na construção.

Lorde Mayfield murmurou:
— No entanto, George, há algumas vantagens em começar depois. Muito do equipamento europeu já está desatualizado e eles perigam estar à beira da falência.
— Não acredito que isso importe de alguma forma — disse Sir George, melancólico. — Sempre corre à boca pequena que essa ou aquela nação está falida! Mas elas avançam do mesmo jeito. Você sabe, finanças são um mistério absoluto para mim.

Os olhos de Lorde Mayfield cintilaram de leve. Sir George Carrington sempre foi o antiquado "velho cão do mar honesto e simplório". Havia quem dissesse que era uma pose que ele adotava deliberadamente.

Mudando de assunto, Carrington comentou de maneira um tanto casual:
— Mrs. Vanderlyn é uma mulher muito atraente, não é?
Lorde Mayfield respondeu:
— Está imaginando o que ela faz aqui?

Seus olhos eram de pilhéria.

Carrington parecia um pouco confuso.

— De jeito nenhum... de jeito nenhum.

— Ah, sim, você estava! Não seja um velho mentiroso, George. Estava se perguntando, um pouco consternado, se eu era a última vítima!

Carrington disse, bem devagar:

— Admito que me pareceu um pouco *estranho* que ela estivesse aqui... bem, neste fim de semana em particular.

Lorde Mayfield assentiu com a cabeça.

— Os abutres se reúnem onde a carcaça está. Temos uma carcaça bem definida, e Mrs. Vanderlyn pode ser descrita como o abutre número um.

O marechal do ar disse de repente:

— Sabe alguma coisa sobre essa mulher, a tal Vanderlyn?

Lorde Mayfield cortou a ponta de um charuto, acendeu-o com precisão e, jogando a cabeça para trás, soltou as palavras com cuidadosa deliberação.

— O que sei sobre Mrs. Vanderlyn? Sei que ela é uma cidadã norte-americana. Sei que teve três maridos, um italiano, um alemão e um russo, e que por isso fez o que chamamos de "contatos" úteis nesses três países. Sei que ela consegue comprar roupas muito caras e viver de maneira bastante luxuosa e que há uma leve incerteza quanto à origem da renda que lhe permite fazê-lo.

Com um sorriso, Sir George Carrington murmurou:

— Pelo que vejo, seus espiões estão em plena atividades, Charles.

— Eu sei — continuou Lorde Mayfield — que, além de ter um tipo de beleza sedutora, Mrs. Vanderlyn também é uma ótima ouvinte e que consegue demonstrar um interesse fascinante naquilo que chamamos de "trabalho". Ou seja, um homem pode contar para ela tudo sobre seu trabalho e sentir que está sendo um assunto de elevado interessante para a senhora! Vários jovens oficiais foram um pouco longe demais em seu afã para serem interessantes e, como consequência, suas carreiras foram prejudicadas. Contaram a Mrs. Vanderlyn um pouco mais do que deveriam. Quase todos os amigos dela estão nas Forças Armadas, mas, no inverno passado, ela estava caçando em determinado condado perto de uma de nossas maiores empresas de armamento e travou várias amizades que nada tinham a ver com a caça em si. Resumindo, Mrs. Vanderlyn é uma pessoa muito útil para... — Ele descreveu um círculo no ar com seu charuto. — Talvez seja melhor não dizermos para quem! Diremos apenas que é para uma potência europeia... e talvez até para mais de uma potência europeia.

Carrington respirou fundo.

— Você tira um grande peso de meus ombros, Charles.

— Achou que eu havia me apaixonado pela beldade? Meu caro George! Mrs. Vanderlyn é um pouco óbvia demais em seus métodos para um lobo velho e cauteloso como eu. Além disso, ela não é, como dizem, tão jovem quanto antes. Seus jovens líderes de esquadrão não perceberiam isso, mas tenho 56 anos, meu rapaz. Daqui a quatro anos provavelmente serei um velho desagradável, sempre indo atrás da companhia de moças desinteressadas.

— Tolice a minha — disse Carrington, desculpando-se —, mas me pareceu um pouco estranho...

— Pareceu-lhe estranho que ela estivesse aqui, em uma festa familiar e um tanto íntima, bem no momento em que você e eu teríamos uma conferência não oficial sobre uma descoberta que tem grande chance de revolucionar todo o problema da defesa aérea?

Sir George Carrington assentiu.

Lorde Mayfield disse, sorrindo:

— É exatamente isso. Essa é a isca.

— A isca?

— Veja só, George, para sermos bem sinceros nessa questão, não temos nada de concreto contra a mulher. E queremos alguma coisa! Ela se safou com muito mais do que deveria no passado e tem sido cuidadosa, extremamente cuidadosa. Sabemos o que tem feito, mas não temos nenhuma prova definitiva. Temos que atraí-la com alguma coisa grande.

— Sendo esse algo grande a especificação do novo bombardeiro?

— Isso mesmo. Precisa ser alguma coisa grande o bastante para induzi-la a correr um risco... a se expor. E então... *nós a pegamos!*

Sir George resmungou.

— Ah, bem — disse ele. — Atrevo-me a dizer que está tudo bem. Mas suponha que ela não corra esse risco...

— Seria uma pena — respondeu Lorde Mayfield. Em seguida, acrescentou: — Mas eu acho que ela vai correr...

Ele se levantou.

— Vamos nos juntar às senhoras na sala de estar? Não devemos privar sua esposa de uma partida de bridge.

Sir George voltou a resmungar:

— Julia é viciada no bridge, gasta demais nas partidas. Ela não pode se dar ao luxo de jogar tais boladas, já lhe disse isso. O problema é que Julia é uma jogadora nata.

Contornando a mesa para se juntar ao anfitrião, ele disse:

— Bem, espero que seu plano dê certo, Charles.

II

Na sala de estar, a conversa havia parado mais de uma vez. Mrs. Vanderlyn geralmente ficava em desvantagem quando deixada sozinha com outras mulheres. Aquele jeito simpático e encantador dela, tão apreciado pelos membros do sexo masculino, por uma razão ou outra não era recebido com entusiasmo pelas mulheres. Lady Julia era uma mulher cujos modos eram ou muito bons ou muito ruins. Nessa ocasião, ela não gostou de Mrs. Vanderlyn, ficou entediada com Mrs. Macatta e não se fez de rogada com seus sentimentos. A conversa definhou e podia ter cessado por completo não fosse por Mrs. Macatta.

Era uma mulher que carregava propositalmente grande seriedade, descartou de imediato Mrs. Vanderlyn como um tipo inútil e parasita. Tentou fazer Lady Julia interessar-se pelo próximo evento de entretenimento beneficente que ela estava organizando, mas a outra respondeu sem entusiasmo algum, abafou um bocejo ou dois e se retirou para lidar com os próprios problemas. Por que Charles e George não haviam chegado ainda? Como os homens eram cansativos. Seus comentários ficaram ainda mais superficiais à medida que ela se absorvia nos próprios pensamentos e preocupações.

As três mulheres estavam sentadas em silêncio quando os homens finalmente entraram na sala.

Lorde Mayfield pensou consigo mesmo: "Julia parece doente esta noite. A mulher está uma pilha de nervos".

Em voz alta, ele disse:

— Que tal uma partidinha... hein?

Lady Julia iluminou-se no mesmo momento. Para ela, o bridge era como um sopro de vida.

Reggie Carrington entrou na sala naquele minuto, e duas duplas foram combinadas. Lady Julia, Mrs. Vanderlyn, Sir George e o jovem Reggie sentaram-se à mesa de jogo. Lorde Mayfield dedicou-se à tarefa de entreter Mrs. Macatta.

Depois de duas partidas, Sir George olhou de forma ostensiva para o relógio na prateleira sobre a lareira.

— Não vale a pena começar outra — observou ele.

Sua esposa pareceu aborrecida.

— São apenas 22h45. Uma mais curta?

— Elas nunca são, minha querida — respondeu Sir George, bem-humorado. — De qualquer forma, Charles e eu temos trabalho a fazer.

Mrs. Vanderlyn murmurou:

— Parece muito importante! Suponho que os senhores, homens inteligentes que estão à frente das coisas, nunca descansem de verdade.

— Nada de 48 horas semanais para nós — comentou Sir George.

Mrs. Vanderlyn murmurou:

— Sabe, fico um pouco envergonhada de mim mesma por ser uma norte-americana tão caipira, mas me *emociona* bastante conhecer pessoas que controlam os destinos de um país. Imagino que pareça um ponto de vista muito ingênuo para o senhor, Sir George.

— Minha querida Mrs. Vanderlyn, nunca pensaria na senhora como "ingênua" ou "caipira".

Ele sorriu, encarando os olhos da mulher. Talvez houvesse um toque de ironia na voz dele que ela não deixou de perceber. Com habilidade, ela se virou para Reggie, sorrindo com doçura nos olhos.

— Sinto muito por não continuarmos nossa parceria. Essa sua jogada de quatro sem trunfo foi extremamente inteligente.

Corado e satisfeito, Reggie murmurou:

— Foi pura sorte.

— Ah, não, foi de fato uma dedução inteligente de sua parte. Deduziu, a partir do leilão, bem onde as cartas deviam estar e jogou de acordo. Achei que foi brilhante.

Lady Julia se levantou de repente.

"Essa daí é uma bajuladora", pensou ela, cheia de desgosto.

Então, seus olhos se suavizaram quando pousaram no filho. Ele acreditava em tudo. Parecia um jovem patético e satisfeito consigo mesmo, e como era ingênuo. Não tinha sido à toa que se metera em apuros, pois confiava demais nos outros. A verdade era que tinha uma natureza muito gentil. George não o entendia nem um pouco. Os homens eram tão insensíveis em seus julgamentos. Esqueciam-se de que eles próprios já tinham sido jovens. George era muito rígido com Reggie.

Mrs. Macatta havia se levantado. Despediram-se.

As três mulheres saíram da sala. Lorde Mayfield serviu-se de uma bebida depois de servir uma a Sir George, em seguida ergueu os olhos quando Mr. Carlile apareceu na porta.

— Carlile, poderia pegar os arquivos e todos os papéis? Incluindo os planos e as plantas. O marechal do ar e eu voltaremos em breve. Vamos dar uma volta lá fora primeiro, certo, George? Já parou de chover.

Mr. Carlile, virando-se para partir, murmurou um pedido de desculpas quando quase trombou com Mrs. Vanderlyn.

Ela aproximou-se deles, murmurando:

— O livro que eu estava lendo antes do jantar.

Reggie adiantou-se e ergueu um livro.

— Este aqui? No sofá?

— Ah, sim. *Muito* obrigada.

Ela sorriu com doçura, disse boa noite de novo e saiu da sala.

Sir George abrira uma das portas francesas.

— Que linda a noite está agora — anunciou ele. — Uma boa ideia essa de dar uma volta.

Reggie comentou:

— Bem, boa noite, senhor. Já vou cambaleando para a cama.
— Boa noite, meu rapaz — disse Lorde Mayfield.

Reggie pegou um livro com uma história de detetive que havia começado no início da noite e saiu da sala.

Lorde Mayfield e Sir George saíram para o terraço. Estava uma noite linda, com céu claro salpicado de estrelas. Sir George respirou fundo.

— Ufa, aquela mulher usa muito perfume — comentou ele.

Lorde Mayfield riu.

— De qualquer forma, não é um perfume barato. Posso dizer que é uma das marcas mais caras do mercado.

Sir George fez uma careta.

— Suponho que devamos agradecer.

— Realmente, você deveria. Acho que uma mulher banhada em perfume barato é uma das maiores abominações conhecidas pela humanidade.

Sir George olhou para o céu.

— Extraordinário como está limpo. Ouvi a chuva caindo quando estávamos jantando.

Os dois homens deram um passeio tranquilo pelo terraço, que percorria toda a extensão da casa. Abaixo dele, o terreno assumia uma inclinação leve, permitindo uma vista magnífica sobre o bosque de Sussex.

Sir George acendeu um charuto.

— Sobre essa liga de metal... — começou ele.

A conversa embrenhou-se no mundo técnico.

Ao aproximarem-se do outro lado do terraço pela quinta vez, Lorde Mayfield disse com um suspiro:

— Ah, muito bem, acho melhor irmos direto ao assunto.

— É mesmo, temos um bocado de trabalho para terminar.

Os dois homens viraram-se, e Lorde Mayfield soltou uma exclamação de surpresa.

— Olá! Viu aquilo?

— Vi o quê? — perguntou Sir George.

— Pensei ter visto alguém se esgueirar para o terraço vindo da janela de meu gabinete.

— Que bobagem, meu velho. Eu não vi nada.

— Bem, eu vi... ou pensei ter visto.

— Seus olhos estão pregando peças em você. Eu estava olhando diretamente para o terraço e teria visto qualquer coisa que acontecesse ali. Há muito pouco que *eu* não consiga ver, mesmo quando preciso afastar o jornal para ler.

Lorde Mayfield riu.

— Nesse quesito eu estou na vantagem, George. Não tenho problemas para ler sem óculos.

— Mas nem sempre consegue distinguir o colega do outro lado da Câmara. Ou esses seus óculos são apenas para intimidar os outros?

Rindo, os dois homens entraram no gabinete de Lorde Mayfield, cuja janela estava aberta.

Mr. Carlile estava ocupado, organizando alguns papéis em um arquivo perto do cofre.

Ergueu a cabeça quando eles entraram.

— Então, Carlile, tudo pronto?

— Sim, Lorde Mayfield, todos os papéis estão em sua mesa.

A mesa em questão era uma escrivaninha de mogno grandiosa posta em um canto perto da janela. Lorde Mayfield foi até lá e começou a examinar os vários documentos.

— Linda noite agora — disse Sir George.

Mr. Carlile concordou.

— É mesmo. Incrível como o céu ficou limpo depois da chuva.

Guardando a pasta, Mr. Carlile perguntou:

— O senhor vai precisar de mim ainda esta noite, Lorde Mayfield?

— Não, acho que não, Carlile. Eu guardo tudo isso sozinho. Provavelmente nos estenderemos até tarde. É melhor você se recolher.

— Obrigado. Boa noite, Lorde Mayfield. Boa noite, Sir George.

— Boa noite, Carlile.

Quando o secretário estava prestes a sair da sala, Lorde Mayfield disse de súbito:

— Só um minuto, Carlile. Você esqueceu o mais importante de tudo.

— Como?

— Os verdadeiros planos do bombardeiro, homem.

O secretário ficou olhando para ele.
— Estão bem em cima, senhor.
— Não estão aqui.
— Mas acabei de colocá-los aí.
— Ora, veja você mesmo.

Com uma expressão perplexa, o jovem avançou e se juntou a Lorde Mayfield na escrivaninha.

Um tanto impaciente, o ministro apontou a pilha de papéis. Carlile examinou-os, sua expressão de perplexidade cada vez maior.

— Está vendo, não estão aí.

O secretário gaguejou:

— Mas... mas isso é impossível. Eu os deixei aqui faz menos de três minutos.

Lorde Mayfield disse com bom humor:

— Você deve ter se enganado, ainda devem estar no cofre.

— Não vejo como... *sei* que os coloquei ali!

Lorde Mayfield passou por ele e seguiu em direção ao cofre aberto. Sir George juntou-se aos dois. Poucos minutos bastaram para mostrar que os planos do bombardeiro não estavam lá.

Aturdidos e incrédulos, os três homens voltaram à escrivaninha e, mais uma vez, reviraram os papéis.

— Meu Deus! — disse Mayfield. — Desapareceram!

Mr. Carlile berrou:

— Mas é impossível!

— Quem esteve nesta sala? — ralhou o ministro.

— Ninguém. Ninguém mesmo.

— Olhe aqui, Carlile, esses planos não desapareceram no ar. Alguém pegou esses papéis. Mrs. Vanderlyn esteve aqui?

— Mrs. Vanderlyn? Ah, não, senhor.

— Não esteve mesmo — disse Carrington. Ele fungou o ar. — Logo sentiríamos o cheiro se ela tivesse. Ela tem um aroma único.

— Ninguém entrou aqui — insistiu Carlile. — Não sei o que aconteceu.

— Veja bem, Carlile — disse Lorde Mayfield. — Controle-se. Precisamos resolver essa questão. Tem certeza absoluta de que os planos estavam no cofre?

— Sem dúvida.

— Você os viu de verdade? Não supôs que estivessem entre os outros papéis?

— Não, não, Lorde Mayfield. Eu os vi. Deixei-os em cima dos outros na escrivaninha.

— E, desde então, segundo você diz, ninguém entrou na sala. Você saiu da sala?

— Não... pelo menos... sim.

— A-há! — exclamou Sir George. — Agora vamos chegar a algum lugar!

— Que diabo... — disse Lorde Mayfield com rispidez quando Carlile interrompeu.

— Em uma situação típica, Lorde Mayfield, eu não deveria, claro, ter sonhado em sair da sala quando papéis importantes estivessem espalhados, mas ao ouvir o grito de uma mulher...

— Um grito de mulher? — exclamou Lorde Mayfield com voz surpresa.

— Sim, senhor. Ele quase me matou de susto. Eu estava pondo os papéis sobre a mesa quando ouvi e, claro, corri até o corredor.

— Quem gritou?

— A empregada francesa de Mrs. Vanderlyn. Estava parada no meio da escada, parecendo muito pálida, nervosa e toda trêmula. Disse que tinha visto um fantasma.

— Um fantasma?

— Sim, uma mulher alta toda vestida de branco que se movia em silêncio e flutuava no ar.

— Que história ridícula!

— Sim, Lorde Mayfield, foi o que eu lhe disse. Devo dizer que ela parecia bastante envergonhada de si mesma. Ela subiu as escadas, e eu voltei para cá.

— Faz quanto tempo que isso aconteceu?

— Apenas um ou dois minutos antes de o senhor e Sir George entrarem.

— E você ficou fora da sala... por quanto tempo?

O secretário ponderou.

— Dois minutos, no máximo três.

— Tempo suficiente — grunhiu Lorde Mayfield. De repente, ele agarrou o braço do amigo.

— George, aquela sombra que eu vi... fugindo por esta janela. Era isso! Assim que Carlile saiu da sala, ele entrou, pegou os planos e fugiu.

— Que trabalho sujo — disse Sir George.

Em seguida, agarrou o amigo pelo braço.

— Olhe aqui, Charles, foi um inferno isso ter acontecido. Que diabos vamos fazer agora?

III

— Dê uma chance mesmo assim, Charles.

Meia hora havia se passado. Os dois homens estavam no escritório de Lorde Mayfield. Sir George vinha tentando a todo custo persuadir o amigo a adotar certa estratégia para lidar com a situação.

Lorde Mayfield, inicialmente relutante, aos poucos foi ficando menos avesso à ideia.

Sir George continuou:

— Não seja tão teimoso, Charles.

Lorde Mayfield respondeu devagar:

— Por que trazer o desgraçado de um estrangeiro de quem não sabemos nada?

— Mas por acaso eu sei muito sobre ele. O camarada é um gênio.

Ele resmungou.

— Veja bem, Charles. É uma chance! A discrição é a essência deste negócio. Se isso vazar...

— *Quando* vazar é o que você quis dizer!

— Não necessariamente. Este homem, Hercule Poirot...

— Vai vir até aqui e apresentar os planos como um ilusionista que tira coelhos da cartola, suponho eu?

— Ele chegará à verdade. E a verdade é o que queremos. Veja, Charles, eu assumo total responsabilidade.

Lorde Mayfield disse devagar:

— Ah, muito bem, faça do seu jeito, mas não vejo o que o sujeito pode fazer...

Sir George pegou o telefone.

— Vou chamá-lo... agora mesmo.

— Ele vai estar dormindo.

— Ele pode acordar. Que se dane, Charles, não podemos deixar aquela mulher se safar.

— Mrs. Vanderlyn, você quer dizer?

— Ela mesma. Você não duvida de que ela esteja por trás disso, certo?

— Não, eu não. Ela me deu um golpe violento. Não gosto de admitir, George, que uma mulher foi mais esperta que nós. Vai contra a natureza. Mas é verdade. Não poderemos provar nada contra ela, mas nós dois sabemos que ela foi a principal responsável por essa situação.

— As mulheres são demoníacas — comentou Carrington, emocionado.

— Não há nada para relacioná-la ao caso. Inferno! Podemos acreditar que ela combinou com a garota para que gritasse, e que o homem à espreita lá fora era seu cúmplice, mas o diabo é que não podemos provar.

— Talvez Hercule Poirot possa.

De repente, Lorde Mayfield soltou uma gargalhada.

— Pelo amor de Deus, George, pensei que você fosse um velho patriota demais para confiar em um francês, por mais esperto que seja.

— Ele nem é francês, é belga — corrigiu Sir George, de um jeito um tanto envergonhado.

— Bem, traga seu belga. Deixe que ele tente usar sua inteligência nesta situação. Aposto que não conseguirá fazer mais do que nós.

Sem responder, Sir George estendeu a mão para o telefone.

IV

Piscando um pouco, Hercule Poirot olhou de um homem para o outro, segurando delicadamente um bocejo.

Eram duas e meia da manhã. Ele fora acordado e levado desabalado pela escuridão em um grande Rolls Royce. Naquele momento, tinha acabado de ouvir o que os dois homens tinham para lhe dizer.

— Esses são os fatos, Monsieur Poirot — disse Lorde Mayfield.

Ele recostou-se na cadeira e devagar fixou o monóculo em um olho. Através dele, um astuto olho azul-claro observou Poirot com atenção. Além de astuto, esse olho era definitivamente cético. Poirot lançou um rápido olhar para Sir George Carrington, que estava inclinado para a frente com uma expressão esperançosa, quase infantil, no rosto.

Poirot disse devagar:

— Tenho os fatos, sim. A empregada grita, o secretário sai, o larápio sem nome entra, os planos estão ali em cima da escrivaninha, ele os pega e vai embora. Os fatos... são todos muito convenientes.

Alguma coisa na maneira como ele pronunciou a última frase pareceu atrair a atenção de Lorde Mayfield. Ele se sentou um pouco mais empertigado, e seu monóculo caiu. Era como se tivesse sido acometido por um novo estado de alerta.

— Como, Monsieur Poirot?

— Eu disse, Lorde Mayfield, que todos os fatos eram muito convenientes... para o ladrão. A propósito, o senhor tem certeza de que viu um *homem*?

Lorde Mayfield fez que não com a cabeça.

— Isso eu não poderia afirmar, pois era apenas uma sombra. Na verdade, quase fiquei em dúvida se tinha mesmo visto alguém.

Poirot voltou o olhar para o marechal do ar.

— E o senhor, Sir George? Poderia dizer se era um homem ou uma mulher?

— Eu mesmo não vi ninguém.

Poirot assentiu, pensativo, em seguida, se levantou de repente e foi até a escrivaninha.

— Posso assegurar ao senhor que os planos não estão aí — confirmou Lorde Mayfield. — Nós três examinamos esses papéis uma dúzia de vezes.

— Todos os três? Quer dizer, seu secretário também?

— Sim, Carlile também.

De súbito, Poirot virou-se.

— Diga, Lorde Mayfield, qual dos papéis estava por cima quando o senhor foi até a mesa?

Mayfield franziu a testa um pouco quando se esforçou para lembrar.

— Deixe-me ver... sim, era o rascunho de um memorando de algum tipo de posição de nossa defesa aérea.

Com rapidez, Poirot pegou um papel e o estendeu.

— É este, Lorde Mayfield?

Lorde Mayfield tomou o papel e deu uma olhada.

— Sim, é este mesmo.

Poirot levou-o para Carrington.

— O senhor notou este papel sobre a mesa?

Sir George pegou-o, afastou-o dos olhos e colocou o *pince-nez*.

— Sim, notei. Eu também examinei essa papelada com Carlile e Mayfield. Estava por cima.

Poirot assentiu com a cabeça, pensativo, e recolocou o papel na mesa. Mayfield olhou para ele como se estivesse um tanto confuso.

— Se houver qualquer outra questão... — começou a falar.

— Mas claro, sem dúvida há uma questão. Carlile. Carlile é a questão!

Lorde Mayfield ficou um pouco exaltado.

— Monsieur Poirot, Carlile está acima de qualquer suspeita! Ele é meu secretário particular há nove anos. Tem acesso a todos os meus papéis particulares, e posso enfatizar ao senhor que ele poderia ter feito uma cópia dos planos e um rastreamento das especificações com bastante facilidade, sem que ninguém soubesse.

— Agradeço seu esclarecimento — disse Poirot. — Se ele fosse culpado, não haveria necessidade de encenar um roubo desajeitado.

— Em todo caso — disse Lorde Mayfield —, tenho plena confiança em Carlile. Eu garanto.

— Carlile — disse Carrington com rispidez — é muito confiável.

Poirot estendeu graciosamente as mãos.

— E essa Mrs. Vanderlyn... ela não é nada confiável, certo?

— Ela não é nada confiável, isso mesmo — respondeu Sir George.

Lorde Mayfield confirmou em tons mais comedidos:

— Acredito, Monsieur Poirot, que não pode haver dúvida quanto às... bem... atividades de Mrs. Vanderlyn. O Ministério das Relações Exteriores pode lhe fornecer dados mais preciosos nesse sentido.

— E a criada, o senhor sabe se está com a patroa nessa?

— Sem dúvida — disse Sir George.

— Parece-me uma suposição plausível — comentou Lorde Mayfield com mais cautela.

Houve uma pausa. Poirot suspirou e, distraído, reorganizou um ou dois artigos em uma mesa a sua direita. Então, disse:

— Suponho que esses papéis representavam dinheiro? Ou seja, os papéis roubados definitivamente valeriam uma grande quantia em dinheiro.

— Se apresentados em um determinado lugar... valeriam.

— Por exemplo?

Sir George mencionou os nomes de duas potências europeias, e Poirot assentiu com a cabeça.

— Esse fato seria de conhecimento público, imagino eu?

— Seria do conhecimento de Mrs. Vanderlyn, sem dúvida.

— De conhecimento *público*?

— Acredito que sim.

— Qualquer um com um mínimo de inteligência saberia do valor em dinheiro dos planos?

— Sim, mas, Monsieur Poirot... — Lorde Mayfield pareceu bastante desconfortável.

Poirot ergueu a mão.

— Preciso explorar todas as possibilidades existentes.

De repente, ele se levantou de novo, saiu com agilidade pela janela e, com uma lanterna, examinou as margens do gramado do outro lado do terraço.

Os dois homens observaram-no.

Ele voltou, sentou-se e disse:

— Diga, Lorde Mayfield, esse malfeitor, esse canalha que se espreita nas sombras, vocês não o perseguiram?

Lorde Mayfield deu de ombros.

— Pelos jardins do fundo ele conseguiria sair para uma estrada principal. Se tivesse um carro esperando por ele lá, logo estaria fora de alcance...

— Mas há a polícia... os patrulheiros...

Sir George interrompeu.

— O senhor se esqueceu, Monsieur Poirot. *Não podemos arriscar publicidade neste caso.* Se houvesse uma divulgação de que esses planos foram roubados, o resultado seria extremamente desfavorável ao partido.

— Ah, sim — disse Poirot. — É preciso ter *La Politique* em mente. Deve-se observar uma grande discrição e, por isso, os senhores entram em contato comigo. Bem, talvez seja mais simples.

— Podemos esperar algum sucesso, Monsieur Poirot? — Lorde Mayfield parecia um tanto incrédulo.

O homenzinho deu de ombros.

— Por que não? Basta raciocinar... refletir.

Ele fez uma pausa e então disse:

— Agora, gostaria de falar agora com Mr. Carlile.

— Sim, sim. — Lorde Mayfield levantou-se. — Pedi a ele que esperasse acordado. Ele deve estar por perto, em algum lugar.

Ele saiu da sala.

Poirot olhou para Sir George.

— *Eh bien* — disse ele. — E esse homem no terraço?

— Meu caro Monsieur Poirot. Nem me pergunte! Não o vi e não consigo descrevê-lo.

Poirot inclinou-se para a frente.

— Isso o senhor já disse. Mas é um pouco diferente, não é?

— O que o senhor quer dizer? — perguntou Sir George de súbito.

— Como devo dizê-lo? Sua descrença, ela é mais profunda.

Sir George fez menção de falar, mas parou.

— Sim — disse Poirot, incentivando-o. — Diga. Os senhores estão na ponta do terraço. Lorde Mayfield vê uma sombra se esgueirar janela afora e atravessar a grama. Por que o senhor não enxerga tal sombra?

Carrington encarou-o.

— O senhor acertou, Monsieur Poirot. Estou preocupado com isso desde então. Veja bem, poderia jurar que ninguém saiu daquela janela. Achei que Mayfield tivesse imaginado, sei lá, um galho de árvore balançando, alguma coisa assim.

E, então, quando chegamos aqui e descobrimos que houve um roubo, parecia que Mayfield podia estar certo, e eu, errado. E, ainda assim...

Poirot sorriu.

— E, ainda assim, no fundo do seu coração, o senhor ainda acredita na prova, no que seus olhos não viram?

— O senhor tem razão, Monsieur Poirot, acredito nisso.

Poirot abriu um sorriso repentino.

— É bastante sábio de sua parte.

Sir George disse de um jeito ríspido:

— Não havia pegadas na beirada da grama?

Poirot assentiu.

— Exato. Lorde Mayfield, ele imaginou ter visto uma sombra. Então, vem o roubo e ele tem certeza, mas claro! Não se trata mais de imaginação... ele realmente *viu* o homem. Mas não é bem assim. Eu mesmo, eu não me preocupo muito com pegadas e esse tipo de coisa, mas o importante aqui é a prova negativa. *Não havia nenhuma pegada na grama.* Choveu bastante esta noite. Se um homem tivesse atravessado o terraço e pisado na grama, veríamos suas pegadas.

Sir George disse, encarando o outro:

— Mas então... digamos que...

— Isso nos traz de volta à casa. Às pessoas dentro da casa.

Ele parou de falar quando a porta se abriu e Lorde Mayfield entrou com Mr. Carlile.

Embora ainda parecesse muito pálido e preocupado, o secretário havia recuperado certa compostura. Ajeitando o pince-nez, ele se sentou e olhou para Poirot com ar indagador.

— O senhor estava neste quarto fazia quanto tempo quando ouviu o grito, *monsieur*?

Carlile ponderou.

— Posso dizer que entre cinco e dez minutos.

— E antes disso não houve nenhum tipo de perturbação?

— Não.

— Pelo que entendi, a reunião na casa aconteceu em apenas um cômodo durante a maior parte da noite, certo?

— Sim, na sala de estar.

Poirot consultou sua caderneta.

— Sir George Carrington e a esposa. Mrs. Macatta. Mrs. Vanderlyn. Mr. Reggie Carrington. Lorde Mayfield e o senhor. Está correto?

— Eu mesmo não estava na sala de estar. Fiquei trabalhando aqui a maior parte da noite.

Poirot voltou-se para Lorde Mayfield.

— Quem foi para a cama primeiro?

— Lady Julia Carrington, acho. Na verdade, as três senhoras saíram juntas.

— E em seguida?

— Mr. Carlile entrou e eu lhe pedi para pegar os papéis, pois Sir George e eu chegaríamos em um minuto.

— Foi então que resolveu dar uma volta no terraço?

— Foi.

— Alguma coisa foi dita ao alcance dos ouvidos de Mrs. Vanderlyn sobre seu trabalho no escritório?

— Sim, o assunto foi mencionado.

— Mas ela não estava na sala quando o senhor instruiu Mr. Carlile a pegar os papéis?

— Não.

— Perdão, Lorde Mayfield — interveio Carlile. — Logo depois que o senhor disse isso, esbarrei com ela na porta. Ela voltou para pegar um livro.

— Então, o senhor acha que ela pode ter ouvido?

— Acho bem possível que sim.

— Ela voltou para pegar um livro — refletiu Poirot. — O senhor encontrou o livro para ela, Lorde Mayfield?

— Sim, Reggie o devolveu.

— Ah, sim, é o que vocês chamam de velha queixa... não, *pardon*, a velha deixa... isso mesmo... para voltar e pegar um livro. É útil muitas vezes!

— Acha que foi deliberado?

Poirot deu de ombros.

— E, depois disso, vocês dois cavalheiros saem para o terraço. E Mrs. Vanderlyn?

— Se retirou com o livro dela.

— E o jovem Monsieur Reggie também foi para a cama?

— Foi.

— E Mr. Carlile veio para cá e, em algum momento entre cinco e dez minutos depois, ouviu um grito. Continue, Monsieur Carlile. O senhor ouviu um grito e saiu para o corredor. Ah, talvez fosse mais simples se reproduzisse exatamente suas ações.

Mr. Carlile levantou-se um tanto desajeitado.

— Aqui estou eu, gritando — disse Poirot para ajudá-lo. Abriu a boca e emitiu um balido estridente. Lorde Mayfield virou a cabeça para esconder sua risada, e Mr. Carlile pareceu muitíssimo desconfortável.

— *Allez!* Vamos lá! Avante! — exclamou Poirot. — É sua deixa que estou dando aqui.

Mr. Carlile caminhou com passos rígidos até a porta, abriu-a e saiu. Poirot seguiu-o. Os outros dois vieram atrás.

— A porta, o senhor a fechou depois de sair ou a deixou aberta?

— Não consigo me lembrar, de verdade. Acho que devo tê-la deixado aberta.

— Não importa. Prossiga.

Ainda com rigidez extrema, Mr. Carlile caminhou até o final da escada e ficou olhando para cima.

Poirot disse:

— O senhor disse que a criada estava na escada. Onde?

— Mais ou menos na metade.

— E parecia angustiada.

— Sem dúvida.

— *Eh bien*, farei o papel da empregada. — Poirot subiu com agilidade as escadas. — Mais ou menos aqui?

— Um degrau ou dois acima.

— Aqui?

Poirot fez uma pose.

— Bem... hum... não foi bem assim.

— Então, como foi?

— Bem, ela estava com as mãos na cabeça.

— Ah, as mãos na *cabeça*. Muito interessante. Desse jeito? — Poirot ergueu os braços, as mãos apoiadas na cabeça logo acima de cada orelha.

— Sim, isso mesmo.

— A-há! E, me diga uma coisa, Monsieur Carlile, era uma moça bonita... certo?

— Na verdade, não percebi.

A voz de Carlile tinha um tom de repreensão.

— A-há, o senhor não percebeu? Mas o senhor é jovem. Um jovem não percebe quando uma garota é bonita?

— Realmente, Monsieur Poirot, posso apenas repetir que *eu* não o fiz.

Carlile lançou um olhar angustiado para seu patrão. Sir George Carrington soltou uma risadinha repentina.

— Monsieur Poirot parece determinado a fazer de você um conquistador, Carlile — comentou.

Mr. Carlile lançou para ele um olhar frio.

— No meu caso, eu sempre percebo quando uma garota é bonita — anunciou Poirot enquanto descia as escadas.

O silêncio com que Mr. Carlile recebeu esta observação foi um tanto cáustico. Poirot continuou:

— E foi então que ela contou a história de ter visto um fantasma?

— Foi.

— O senhor acreditou na história?

— Ora, é difícil acreditar, Monsieur Poirot!

— Não estou insinuando que o senhor acredita em fantasmas. Estou dizendo que não lhe ocorreu que a própria garota de fato pensou ter visto alguma coisa?

— Ah, quanto a isso, não sei dizer. Sem dúvida ela estava ofegante e parecia apavorada.

— O senhor não viu ou ouviu nada sobre a patroa dela?

— Sim, para falar a verdade, sim. Ela saiu do quarto na galeria acima e gritou: "Leonie".

— E, então?

— A garota correu até ela, e eu voltei ao gabinete.

— Enquanto o senhor estava parado ao pé da escada aqui, alguém poderia ter entrado no gabinete pela porta que o senhor deixou aberta?

Carlile fez que não com a cabeça.

— Não sem antes passar por mim. A porta do gabinete fica no final do corredor, como o senhor está vendo.

Poirot assentiu com a cabeça, pensativo. Mr. Carlile continuou com sua voz cuidadosa e precisa.

— Posso dizer que fico muito agradecido por Lorde Mayfield realmente ter visto o ladrão saindo pela janela. Caso contrário, eu mesmo estaria em uma posição muito desagradável.

— Que besteira, meu caro Carlile — interrompeu Lorde Mayfield com impaciência. — Ninguém poderia suspeitar de você.

— É muita gentileza de sua parte dizer isso, Lorde Mayfield, mas fatos são fatos e consigo ver aqui que os fatos não estão me favorecendo. De qualquer forma, espero que meus pertences e eu sejamos revistados.

— Que besteira, meu caro amigo — insistiu Mayfield.

Poirot murmurou:

— Está falando sério, deseja isso mesmo?

— Preferiria mil vezes.

Por um ou dois minutos, Poirot olhou para ele pensativo e então murmurou:

— Entendo.

Em seguida, ele perguntou:

— Onde fica o quarto de Mrs. Vanderlyn em relação ao gabinete?

— Fica exatamente sobre ele.

— Com uma janela que dá para o terraço?

— Sim.

Mais uma vez, Poirot assentiu com a cabeça. Então, disse:

— Vamos para a sala de estar.

Ali, ele vagou pelo aposento, examinou as travas das janelas, olhou para os marcadores na mesa de bridge e, por fim, se dirigiu a Lorde Mayfield.

— Este caso — disse ele — é mais complicado do que parece. Mas uma coisa é certa. Os planos roubados não saíram desta casa.

Lorde Mayfield encarou-o.

— Mas, meu caro Monsieur Poirot, o homem que vi saindo do escritório...

— Não houve homem algum.

— Mas eu o *vi*...

— Com todo respeito, Lorde Mayfield, o senhor imaginou que o viu. A sombra projetada pelo galho de uma árvore o enganou. O fato de ter ocorrido um roubo pareceu, naturalmente, uma prova de que a sombra que o senhor imaginou fosse verdadeira.

— De verdade, Monsieur Poirot, meus olhos nunca...

— Confio mais em meus olhos que nos seus, meu velho — interveio Sir George.

— Permita-me ser bastante incisivo nesse aspecto, Lorde Mayfield. *Ninguém cruzou o terraço até a grama.*

Parecendo muito pálido e falando de um jeito tenso, Mr. Carlile disse:

— Nesse caso, se Monsieur Poirot estiver certo, a suspeita recai sobre mim automaticamente. Sou a única pessoa que poderia ter cometido o roubo.

Lorde Mayfield levantou-se de uma vez.

— Que bobagem. Seja lá o que Monsieur Poirot pense sobre essa questão, não concordo com ele. Estou convencido de sua inocência, meu caro Carlile. Na verdade, estou disposto a garanti-la.

Poirot murmurou baixinho:

— Mas eu não disse que suspeito de Monsieur Carlile.

Carlile retrucou:

— Não, mas deixou bem claro que ninguém mais teve chance de cometer o roubo.

— *Du tout! Du tout!*

— Mas já disse ao senhor que ninguém passou por mim no corredor para chegar à porta do gabinete.

— Concordo. Mas alguém pode ter entrado *pela janela* do gabinete.

— Mas foi exatamente o que o senhor disse que não aconteceu, não é?

— Eu disse que ninguém de *fora* poderia ter entrado e saído sem deixar marcas na grama. Mas que o crime pode ter sido cometido *dentro* da casa. Alguém pode ter saído do quarto por uma dessas janelas, se esgueirado pelo terraço, entrado pela janela do escritório e voltado para cá.

Mr. Carlile contestou:

— Mas Lorde Mayfield e Sir George Carrington estavam no terraço.

— Estavam no terraço, sim, mas estavam *passeando*. Os olhos de Sir George Carrington talvez sejam os mais confiáveis — Poirot fez uma pequena reverência —, mas eles não estão na nuca do homem! A janela do gabinete fica na extrema esquerda do terraço, as janelas desse cômodo vêm em seguida, mas o terraço continua à direita depois de um, dois, três, talvez quatro aposentos?

— Sala de jantar, sala de bilhar, sala matinal e biblioteca — explicou Lorde Mayfield.

— E os senhores andaram de um lado para o outro no terraço quantas vezes?

— Pelo menos cinco ou seis.

— Vejam, é bastante fácil, bastava o ladrão esperar pelo momento certo!

Carlile disse devagar:

— O senhor quer dizer que quando eu estava no corredor conversando com a francesa, o ladrão estava à espreita na sala de estar?

— Essa é minha sugestão. Claro, é apenas uma sugestão.

— Não me parece muito provável — comentou Lorde Mayfield. — Arriscado demais.

O marechal do ar contestou.

— Não concordo com você, Charles. É perfeitamente possível. É de se admirar que eu não tenha tido a inteligência de pensar nisso sozinho.

— Então vocês veem — disse Poirot —, por que acredito que os planos ainda estão dentro da casa. O problema agora é encontrá-los!

Sir George bufou.

— É bastante simples. Reviste a todos.

Lorde Mayfield fez um movimento de oposição, mas Poirot falou antes que o outro pudesse se pronunciar.

— Não, não, não é tão simples assim. A pessoa que pegou esses planos terá antecipado que uma busca será feita e garantirá que não sejam encontrados entre seus pertences. Eles estarão escondidos em terreno neutro.

— O senhor sugere que devemos brincar de esconde-esconde por toda a maldita casa?

Poirot sorriu.

— Não, não, não precisamos ser tão grosseiros assim. Podemos chegar ao esconderijo (ou, melhor, à identidade do culpado) por reflexão, o que simplificará as coisas. Pela manhã, gostaria de interrogar todas as pessoas da casa. Acho que seria imprudente fazer esses interrogatórios agora.

Lorde Mayfield assentiu com a cabeça.

— Até porque seria um disse me disse se tirássemos todo mundo da cama às três da manhã. De qualquer modo, o senhor terá que ser muito discreto, Monsieur Poirot. Este assunto deve ser mantido em segredo.

Poirot acenou a mão com leveza.

— Deixem com Hercule Poirot. As mentiras que invento são sempre as mais delicadas e as mais convincentes. Então, amanhã, conduzo minhas investigações. Mas, esta noite, gostaria de começar por entrevistá-lo, Sir George, e ao senhor, Lorde Mayfield.

Ele se curvou para os dois.

— O senhor quer dizer... sozinhos?

— Foi o que eu quis dizer.

Lorde Mayfield ergueu um pouco os olhos e disse:

— Claro. Vou deixá-lo sozinho com Sir George. Quando o senhor quiser falar comigo, estarei em meu gabinete. Venha, Carlile.

Ele e o secretário saíram, fechando a porta.

Sir George sentou-se, procurando um cigarro com um gesto mecânico. Ele voltou o rosto perplexo para Poirot.

— O senhor sabe — disse ele devagar. — Não entendi muito bem.

— Ficará claro de um jeito muito simples — falou Poirot com um sorriso. — Em duas palavras, para ser preciso. Mrs. Vanderlyn!

— Ah — disse Carrington. — Acho que entendi. Mrs. Vanderlyn?

— Exato. Pode ser que não seja muito delicado fazer a pergunta que quero fazer a Lorde Mayfield, você entende. *Por que* Mrs. Vanderlyn? Essa senhora, ela é conhecida por ser uma personagem suspeita. Por que, então, estaria aqui? Digo a mim mesmo que há três explicações. Uma, que Lorde Mayfield tem uma *queda* pela dama, e é por isso que estou falando a sós com o senhor, pois não quero envergonhá-lo. Duas, que Mrs. Vanderlyn talvez seja a amiga querida de outra pessoa que esteja na casa.

— Pode me tirar dessa lista! — declarou Sir George com um sorriso.

— Então, se nenhum desses casos for verdadeiro, a questão retorna com força redobrada. *Por que Mrs. Vanderlyn?* E me parece que percebo uma resposta sombria. Houve um *motivo*. A presença dela nesse momento particular foi definitivamente desejada por Lorde Mayfield por uma razão especial. Estou certo?

Sir George assentiu com a cabeça.

— O senhor está certo — comentou ele. — Mayfield é um lobo velho demais para cair nas artimanhas dela. Ele a queria aqui por outro motivo. E assim foi.

Ele relatou a conversa que havia ocorrido na mesa de jantar. Poirot ouviu com atenção.

— Ah — disse ele. — Agora eu compreendo. No entanto, parece que a dama passou a perna em vocês dois bem direitinho!

Sir George praguejou a plenos pulmões.

Poirot observou-o com uma expressão de leve diversão e disse:

— O senhor não tem dúvida de que esse roubo foi obra dela... quer dizer, de que ela é responsável por ele, quer tenha desempenhado um papel ativo ou não?

Sir George encarou-o.

— Claro que não! Não há nenhuma dúvida disso. Ora, quem mais teria interesse em roubar esses planos?

— Ah! — exclamou Hercule Poirot. Ele se recostou e olhou para o teto. — E, no entanto, Sir George, não se passaram nem quinze minutos desde que concordamos que esses papéis com certeza representam dinheiro. Talvez não de uma forma tão óbvia quanto notas de banco, ouro ou joias, mas, de qualquer forma, tinham o potencial de se transformar em dinheiro. Se houvesse alguém aqui que estivesse passando dificuldades...

O outro interrompeu-o com um suspiro debochado.

— Quem não está hoje em dia? Suponho que posso dizê-lo sem me incriminar.

Ele sorriu, e Poirot respondeu com um sorriso educado e murmurou:

— *Mais oui*, o senhor pode dizer o que quiser, pois tem um álibi incontestável neste caso, Sir George.

— Mas também estou passando maus bocados!

Poirot balançou a cabeça com tristeza.

— Sim, de fato, um homem em sua posição tem uma vida bastante cara. Então, o senhor tem um filho jovem na idade que mais demanda dinheiro...

Sir George gemeu.

— A educação já é bem ruim e, ainda por cima, vêm as dívidas. No entanto, ele não é um mau rapaz.

Poirot ouviu de forma compreensiva as muitas queixas acumuladas do marechal do ar. A falta de coragem e resistência na geração mais jovem, a maneira fantástica como as mães mimavam seus filhos e sempre ficavam do lado deles, a maldição da jogatina quando se apoderava de uma mulher, a loucura de fazer apostas mais altas do que se podia pagar. Tudo isso era expresso em termos gerais, Sir George não aludia diretamente nem à esposa nem ao filho, mas sua transparência natural facilitava enxergar através das generalizações.

De súbito, ele interrompeu sua ladainha.

— Desculpe, não devo tomar seu tempo com algo que foge do assunto, ainda mais a esta hora da noite... ou melhor, da manhã.

Ele abafou um bocejo.

— Sugiro, Sir George, que vá descansar. O senhor foi muito gentil e prestativo.

— Certo, acho que vou me deitar. O senhor acha mesmo que existe uma chance de recuperar os planos?

Poirot deu de ombros.

— Quero tentar. Não vejo por que não.

— Bem, estou indo. Boa noite.

Ele saiu da sala.

Poirot permaneceu em sua cadeira, olhando para o teto imerso em pensamentos, então, pegou uma cadernetinha e, abrindo uma página em branco, escreveu:

Mrs. Vanderlyn?
Lady Julia Carrington?
Mrs. Macatta?
Reggie Carrington?
Mr. Carlile?

Abaixo, ele escreveu:

Mrs. Vanderlyn e Mr. Reggie Carrington?
Mrs. Vanderlyn e Lady Julia?
Mrs. Vanderlyn e Mr. Carlile?

Mostrando insatisfação, ele balançou a cabeça, murmurando:

— *C'est plus simple que ça.**

Então, acrescentou algumas frases curtas.

Lorde Mayfield viu uma "sombra"? Se não, por que disse que sim? Sir George viu alguma coisa? Estava certo de que não tinha visto nada DEPOIS que examinei o canteiro de flores. Observação: Lorde Mayfield enxerga bem de perto, consegue ler sem óculos, mas precisa usar um monóculo para olhar ao longe em uma sala. Sir George consegue enxergar bem de longe. Portanto, do outro lado do terraço, sua visão é mais digna de confiança do que a de Lorde Mayfield. No entanto, Lorde Mayfield está muito certo de que viu alguma coisa e não se abalou, mesmo com a negação do amigo.

Alguém pode estar tão acima de suspeita quanto Mr. Carlile parece estar? Lorde Mayfield é muito enfático quanto à inocência dele. Em demasia. Por quê? Porque no fundo suspeita dele e tem vergonha disso? Ou porque definitivamente suspeita de outra pessoa? Quer dizer, outra pessoa que NÃO SEJA Mrs. Vanderlyn?

---

* Do francês: "É mais simples que isso". [N. do T.]

Ele guardou a caderneta.

Em seguida, se levantou e dirigiu-se ao gabinete.

V

Lorde Mayfield estava sentado à escrivaninha quando Poirot entrou no gabinete. Ele se virou, deixou a caneta sobre a mesa e ergueu os olhos com uma expressão questionadora.

— Bem, Monsieur Poirot, teve sua entrevista com Carrington?

Poirot sorriu e se sentou.

— Sim, Lorde Mayfield. Ele esclareceu uma questão que me intrigava.

— Que era?

— O motivo da presença de Mrs. Vanderlyn aqui. O senhor compreende, pensei que fosse possível...

Logo Mayfield percebeu a causa do embaraço um tanto exagerado de Poirot.

— O senhor pensou que eu tinha uma queda pela dama? De forma alguma! Longe disso. É curioso, mas Carrington pensou o mesmo.

— Sim, ele me contou sobre a conversa que teve com o senhor sobre o assunto.

Lorde Mayfield pareceu bastante magoado.

— Meu pequeno esquema não deu certo. É sempre um incômodo ter que admitir que uma mulher levou a melhor sobre a gente.

— Ah, mas ela *ainda* não levou a melhor sobre o senhor, Lorde Mayfield.

— Acha que ainda podemos vencer? Bem, fico feliz em ouvi-lo dizer isso. Eu gostaria de acreditar que é verdade.

Ele suspirou.

— Sinto que agi como um completo idiota... tão confiante em meu estratagema para prender a dama.

Enquanto acendia um de seus cigarrinhos, Hercule Poirot perguntou:

— Qual *era* exatamente seu estratagema, Lorde Mayfield?

— Bem. — Lorde Mayfield hesitou. — Eu não tinha me concentrado bem nos detalhes.
— Não o discutiu com ninguém?
— Não.
— Nem mesmo com Mr. Carlile?
— Não.
Poirot sorriu.
— Prefere jogar sozinho, Lorde Mayfield.
— Em geral, percebi que essa é a melhor maneira — confirmou o outro, um pouco sombrio.
— Sim, sábio de sua parte. *Não acredite em ninguém*. Mas o senhor *fez* menção ao assunto para Sir George Carrington?
— Apenas porque percebi que meu amigo estava perturbado de verdade por minha causa.
Lorde Mayfield sorriu com a lembrança.
— É um velho amigo seu?
— É. Conheço-o há mais de duas décadas.
— E a esposa dele?
— Também conheço bem a esposa dele, claro.
— Mas (perdoe minha impertinência) o senhor não tem a mesma intimidade com ela, certo?
— Não vejo, de verdade, o que minhas relações pessoais têm a ver com o assunto em questão, Monsieur Poirot.
— Já eu acho, Lorde Mayfield, que elas podem ter muito a ver com a questão. O senhor concordou que minha teoria de ser alguém que estava na sala de estar era possível, certo?
— Certo. Na verdade, concordo com o senhor que isso foi o que deve ter acontecido.
— Não vamos usar a palavra "deve", pois ela é muito presunçosa. No entanto, se minha teoria for verdadeira, quem você acha que poderia ser a pessoa na sala de estar?
— Mrs. Vanderlyn, é claro. Ela voltou lá uma vez para pegar um livro. Podia ter voltado para pegar outro livro, ou uma bolsa, ou um lenço caído... uma das dezenas de desculpas femininas. Ela combina com a empregada para gritar e tirar Carlile do gabinete. Então, entra e sai pelas janelas, como o senhor disse.
— Esqueceu que não podia ter sido Mrs. Vanderlyn. Carlile ouviu-a chamar a empregada *lá de cima* enquanto ele conversava com a moça.

Lorde Mayfield mordeu o lábio.

— Verdade. Esqueci-me disso. — Ele parecia irritado até o último fio de cabelo.

— Veja — disse Poirot com gentileza. — Progredimos. Temos primeiro a explicação simples de um ladrão que vem de *fora* e foge com o butim. Uma teoria muito conveniente, como eu disse antes, muito conveniente para ser aceita de pronto. Nós a descartamos. Então, chegamos à teoria da agente estrangeira, Mrs. Vanderlyn, que mais uma vez parece se encaixar perfeitamente, até certo ponto. Mas, agora, também parece fácil demais, conveniente demais, para ser aceita.

— O senhor eximiria Mrs. Vanderlyn de uma vez por todas?

— Não era Mrs. Vanderlyn no gabinete. Pode ter sido um aliado dela quem cometeu o roubo, mas também é possível que tenha sido cometido por outra pessoa. Nesse caso, temos de considerar a questão do motivo.

— Não é um tanto forçado, Monsieur Poirot?

— Não acho. Agora, que motivos poderia haver? Existe o motivo do dinheiro. Os papéis podem ter sido roubados com o propósito de convertê-los em dinheiro. Esse é o motivo mais simples a considerar. No entanto, talvez o motivo seja algo bem diferente.

— Por exemplo...

Poirot disse devagar:

— O crime pode ter sido cometido com a ideia de prejudicar alguém.

— Quem?

— Mr. Carlile é uma vítima possível. Ele seria o suspeito óbvio. Mas pode haver mais do que isso. Os homens que controlam o destino de um país, Lorde Mayfield, são especialmente vulneráveis a demonstrações de sentimentos da opinião pública.

— Quer dizer que o roubo visava *me* prejudicar?

Poirot assentiu com a cabeça.

— Acho que estou certo ao dizer, Lorde Mayfield, que cerca de cinco anos atrás o senhor passou por um período difícil. Recaiu sobre o senhor a suspeita de ser amigo de uma potência europeia, naquela época, bastante impopular entre o eleitorado deste país.

— É verdade, Monsieur Poirot.

— Um estadista hoje em dia enfrenta uma tarefa difícil, pois precisa seguir a política que considera vantajosa para seu país, mas, ao mesmo tempo, deve reconhecer a força da opinião pública. Muitas vezes, a opinião pública é sentimental, confusa e falaciosa ao extremo, mas não pode ser desconsiderada por tudo isso.

— Como o senhor expressa isso bem! Essa é exatamente a maldição da vida de um político. Ele tem que se curvar à opinião pública do país, por mais perigosa e imprudente que ele saiba que seja.

— Acho que esse era seu dilema. Houve rumores de que o senhor havia fechado um acordo com o país em questão. Este país e os jornais entraram em pé de guerra nesse sentido. Por sorte, o primeiro-ministro negou essa história de forma categórica, e o senhor a repudiou, embora ainda não escondesse sua simpatia.

— Tudo isso é verdade, Monsieur Poirot, mas por que remexer essa história?

— Porque considero possível que um inimigo, decepcionado com a maneira como o senhor superou aquela crise, tente criar um novo dilema. O senhor logo recuperou a confiança da opinião pública. Essas circunstâncias particulares passaram, o senhor é agora, merecidamente, uma das figuras mais populares da vida política. O senhor é citado, para quem quiser ouvir, como o próximo primeiro-ministro, quando Mr. Hunberly se aposentar.

— Acha que é uma tentativa de me fazer cair em descrédito? Que bobagem!

— *Tout de même*, Lorde Mayfield, não ficaria bem se o público soubesse que os planos do novo bombardeiro da Grã-Bretanha foram roubados durante um fim de semana, quando uma certa senhora muito charmosa foi sua convidada. Pequenas insinuações nos jornais sobre seu relacionamento com aquela senhora criariam um sentimento de desconfiança sobre o senhor.

— Esse tipo de coisa não poderia ser levado a sério.

— Meu caro Lorde Mayfield, o senhor sabe perfeitamente bem que poderia! É preciso tão pouco para minar a confiança da opinião pública em um homem.

— Sim, é verdade — comentou Lorde Mayfield. De repente, pareceu muito preocupado. — Minha nossa! Como esse negócio está ficando cada vez mais complicado. O senhor realmente acha... mas é impossível que... impossível.

— Não conhece ninguém que tenha... inveja do senhor?

— Absurdo!

— De qualquer forma, o senhor deve admitir que minhas perguntas sobre suas relações pessoais com os membros desta reunião não são totalmente irrelevantes.

— Ah, talvez... talvez. O senhor me perguntou sobre Julia Carrington. Não há muito a dizer, nunca gostei muito dela, e não acho que ela se importe comigo. É uma dessas mulheres inquietas e nervosas, com uma extravagância imprudente e loucura por carteado. É bastante antiquada, eu acho, para me desprezar por ser um homem que obteve sucesso pelo próprio esforço.

Poirot disse:

— Dei uma olhada em uma biografia do senhor antes de vir até aqui. O senhor foi chefe de uma famosa empresa de engenharia e é um engenheiro excelente.

— Com certeza não há nada que eu não saiba sobre o lado prático. Eu vim lá debaixo e subi na vida com muita dificuldade.

Lorde Mayfield falou de forma bastante severa.

— *Oh là là!* — exclamou Poirot. — Que tolo eu fui... mas que tolo!

O outro encarou-o.

— Perdão, Monsieur Poirot?

— É que parte do quebra-cabeça ficou clara para mim. Algo que não vi antes... Mas tudo se encaixa. Sim... se encaixa com uma bela precisão.

Lorde Mayfield olhou para ele com uma expressão de questionamento um tanto atônita.

Mas, com um leve sorriso, Poirot balançou a cabeça em negação.

— Não, não, agora não. Devo organizar minhas ideias com um pouco mais de clareza.

Ele se levantou.

— Boa noite, Lorde Mayfield. Acho que sei onde esses planos estão.

Lorde Mayfield soltou um grito:

— O senhor sabe? Então, vamos buscá-los imediatamente! Poirot negou com a cabeça.

— Não, não, isso não funcionaria. A pressa seria fatal. Mas deixe com Hercule Poirot.

Ele saiu da sala. Lorde Mayfield encolheu os ombros com desdém.

— Esse homem é um charlatão — murmurou. Então, guardando os papéis e apagando as luzes, ele também foi para seus aposentos.

VI

— Se houve um roubo, por que diabos o velho Mayfield não chama a polícia? — questionou Reggie Carrington.

Ele empurrou um pouco a cadeira, afastando-se da mesa do café da manhã.

Tinha sido o último a descer. Sua anfitriã, Mrs. Macatta, e Sir George haviam terminado o café da manhã já fazia um tempo. Sua mãe e Mrs. Vanderlyn estavam tomando café da manhã na cama.

Sir George, repetindo sua declaração nas linhas acordadas entre Lorde Mayfield e Hercule Poirot, teve a sensação de que não estava administrando tudo tão bem quanto poderia.

— Mandar chamar um estrangeiro esquisito assim me parece muito estranho — continuou Reggie. — O que foi roubado, pai?

— Não sei ao certo, meu rapaz.

Reggie levantou-se. Parecia bastante nervoso e tenso naquela manhã.

— Nada... importante? Não... documentos ou alguma coisa assim?

— Para dizer a verdade, Reggie, não posso lhe contar com exatidão.

— Muito secreto, não é? Entendo.

Reggie subiu as escadas correndo, parou por um momento no meio do caminho com a testa franzida e, então, continuou subindo e bateu à porta de sua mãe. Ela permitiu que ele entrasse.

Lady Julia estava sentada na cama, rabiscando números no verso de um envelope.

— Bom dia, querido. — Ela ergueu os olhos e disse de súbito: — Reggie, qual o problema?

— Nada de mais, mas parece que houve um roubo ontem à noite.

— Um roubo? O que foi levado?

— Ah, não sei. É tudo muito sigiloso. Tem um tipo estranho de detetive particular lá embaixo fazendo perguntas a todo mundo.

— Que extraordinário!

— É bastante desagradável — comentou Reggie, devagar — ficar em uma casa quando esse tipo de coisa acontece.

— O que aconteceu exatamente?

— Não sei. Aconteceu logo depois que todos fomos para a cama. Cuidado, mãe, a senhora vai derrubar essa bandeja.

Ele resgatou a bandeja do café da manhã e levou-a para uma mesa perto da janela.

— Levaram dinheiro?

— Já disse que não sei.

Lady Julia falou, com lentidão:

— Suponho que esse detetive esteja fazendo perguntas a todos?

— Acredito que sim.

— Onde estavam ontem à noite? Esse tipo de coisa?

— É provável. Bem, não posso contar muito a ele. Fui direto para a cama e adormeci em pouco tempo.

Lady Julia não respondeu.

— Mãe, você não teria um pouco de dinheiro aí? Estou completamente falido.

— Não, não tenho — respondeu a mãe de forma decidida. — Eu mesma estou com minha conta no vermelho e nem sei o que seu pai vai dizer quando souber.

Houve uma batida na porta e Sir George entrou.

— Ora, aí está você, Reggie. Pode ir para a biblioteca? Monsieur Hercule Poirot quer falar com você.

Poirot tinha acabado de concluir seu interrogatório com a temível Mrs. Macatta.

Algumas breves perguntas trouxeram a informação de que Mrs. Macatta tinha ido para a cama pouco antes das 23h e não tinha ouvido ou visto nada de útil.

Devagar, Poirot esgueirou-se do assunto roubo para assuntos mais pessoais. Ele mesmo tinha grande admiração por Lorde Mayfield. Como membro do público geral, sentia que Lorde Mayfield era verdadeiramente um homem notável. Claro que, sendo sua conhecida, Mrs. Macatta teria meios muito melhores de estimar esse caráter do que ele próprio.

— Lorde Mayfield tem cérebro — admitiu Mrs. Macatta. — E construiu sua carreira com as próprias mãos. Não deve nada à influência familiar. Talvez tenha certa falta de visão. Nisso acho todos os homens iguais, o que é uma tristeza. Eles não têm a amplitude da imaginação de uma mulher. A mulher, Monsieur Poirot, será a grande força no governo daqui a dez anos.

Poirot afirmou que tinha certeza disso.

Saiu desse assunto para o tema de Mrs. Vanderlyn. Era verdade, como ele tinha ouvido insinuar, que ela e Lorde Mayfield eram amigos muito íntimos?

— Nem um pouco. Para dizer a verdade, fiquei muito surpresa ao encontrá-la aqui. Muito surpresa mesmo.

Poirot pediu a opinião de Mrs. Macatta sobre Mrs. Vanderlyn — e a obteve.

— Uma daquelas mulheres absolutamente *inúteis*, Monsieur Poirot. Mulheres que fazem a gente se desesperar com o próprio sexo! Uma parasita, antes de mais nada, uma parasita.

— É uma mulher que os homens admiram?

— Homens! — A senhora Macatta exprimiu a palavra com desprezo. — Os homens sempre são levados por uma beleza muito óbvia. Aquele rapazote, o jovem Reggie Carrington, corando toda vez que ela falava com ele, absurdamente lisonjeado por ser notado por ela. E a maneira boba como ela o lisonjeava também. Elogiando seu jogo de bridge, que, na verdade, estava longe de ser brilhante.

— Ele não é um bom jogador?

— Cometeu todo tipo de erro ontem à noite.

— Lady Julia é uma boa jogadora, não é?

— Boa *demais*, na minha opinião — respondeu Mrs. Macatta. — É quase uma profissão para ela. Ela joga o dia inteiro.

— Fazendo apostas altas?

— Sim, de fato, muito mais altas do que eu faria. Na verdade, eu nem deveria considerar isso *correto*.

— Ela ganha muito dinheiro no jogo?

Mrs. Macatta soltou uma risadinha de deboche alta e virtuosa.

— Ela pensa em pagar dívidas dessa forma. Mas está enfrentando uma maré de azar nos últimos dias, pelo que eu soube. Ontem à noite parecia ter alguma coisa em mente. Os males da jogatina, Monsieur Poirot, são apenas um pouco menores que os males causados pela bebida. Se dependesse de mim, este país deveria ser purificado...

Poirot foi forçado a ouvir uma falação um tanto longa sobre a purificação da moral inglesa. Em seguida, ele encerrou a conversa habilmente e mandou chamar Reggie Carrington.

Ele examinou com cuidado o jovem a entrar na sala, a boca mole camuflada pelo sorriso bastante charmoso, o queixo indeciso, os olhos bem separados, a cabeça um tanto estreita. Ele achava que conhecia bastante bem o tipo de Reggie Carrington.

— Mr. Reggie Carrington?

— Sim. Posso ajudá-lo?

— Apenas me diga o que puder sobre ontem à noite.

— Bem, deixe-me ver, jogamos bridge... na sala de estar. Depois disso, fui para a cama.

— Isso foi a que horas?

— Pouco antes das 23h. Suponho que o roubo tenha acontecido depois disso?

— Sim, depois disso. O senhor não ouviu ou viu nada?

Reggie negou com a cabeça de um jeito pesaroso.

— Infelizmente, não. Fui direto para a cama, e meu sono é muito pesado.

— O senhor subiu direto da sala de estar para seu quarto e lá ficou até de manhã?

— Exato.

— Curioso — comentou Poirot.

Reggie disse de um jeito ríspido:

— O que o senhor quer dizer com curioso?

— Por acaso, o senhor não ouviu um grito?
— Não, não ouvi.
— Ora, muito curioso.
— Veja lá, não sei o que o senhor quer dizer.
— Talvez o senhor seja um pouco surdo?
— Com certeza não.

Os lábios de Poirot moveram-se. Era possível que estivesse repetindo a palavra curioso pela terceira vez. Então, disse:
— Bem, obrigado, Mr. Carrington, isso é tudo.

Reggie levantou-se e hesitou.
— Sabe — disse ele —, agora que o senhor mencionou, eu acredito que ouvi alguma coisa assim.
— Ah, o senhor ouviu alguma coisa?
— Sim, mas veja bem, eu estava lendo um livro... uma história de detetive, na verdade... e eu... bem, achei que tinha imaginado.
— Ah — disse Poirot —, uma explicação muito satisfatória.

Seu rosto estava bastante impassível.

Reggie ainda hesitava, em seguida se virou e caminhou até a porta devagar, fez uma pausa e perguntou:
— Então, o que foi roubado?
— Algo de grande valor, Mr. Carrington. É tudo o que posso lhe dizer.
— Ah — disse Reggie, um tanto indiferente.

O rapaz saiu.

Poirot assentiu com a cabeça.
— Encaixa-se — murmurou ele. — Encaixa-se muito bem.

Ele tocou uma campainha e perguntou educadamente se Mrs. Vanderlyn já havia acordado.

VII

Mrs. Vanderlyn entrou na sala e estava muito bonita. Ela usava um conjunto esportivo castanho-avermelhado de corte engenhoso que realçava as luzes quentes de seu cabelo. Arrastou-se até uma cadeira e sorriu de forma deslumbrante para o homenzinho a sua frente.

Por um momento, algo surgiu através do sorriso. Pode ter sido um sinal de triunfo, talvez tenha sido quase zombaria, que desapareceu quase de imediato, mas estivera lá. Poirot considerou essa sugestão interessante.

— Ladrões? Na noite passada. Mas que terrível! Ora, não, não ouvi absolutamente *nada*. E a polícia? Não podem fazer algo sobre isso?

Mais uma vez, apenas por um momento, a zombaria cintilou em seus olhos.

"Está muito claro que *a senhora* não tem medo da polícia, *milady*. Sabe muito bem que não serão chamados", pensou Poirot.

E disso se seguiu... o quê?

Ele disse de um jeito sóbrio:

— Você compreende, *madame*, esse é um assunto dos mais discretos.

— Ora, é claro, *monsieur*... Poirot... não é?... Eu nem sonharia em pronunciar uma palavra. Admiro muito o querido Lorde Mayfield para fazer qualquer coisa que o preocupe.

Cruzou as pernas. Um sapato de couro marrom bastante lustroso pendia na ponta de seu pé com meia de seda.

Ela abriu um sorriso caloroso, saudável e satisfeito.

— Peço-lhe que me diga se houver alguma coisa que eu possa fazer.

— Agradeço-lhe, *madame*. A senhora jogou bridge na sala de estar ontem à noite?

— Joguei.

— Entendo que, em seguida, todas as senhoras foram para a cama?

— Isso mesmo.

— Mas alguém voltou para buscar um livro. Foi a senhora, não foi, Mrs. Vanderlyn?

— Fui a primeira a voltar... sim.

— O que quer dizer com... a primeira? — questionou Poirot com sagacidade.

— Voltei de imediato — explicou Mrs. Vanderlyn. — Então, subi e chamei minha criada. Ela demorou a vir. Chamei de novo. Então, fui até o patamar da escada. Ouvi a voz dela e a chamei.

Depois que ela escovou meus cabelos, eu a mandei para seus aposentos, ela estava nervosa, chateada, e enroscou a escova em meus cabelos uma ou duas vezes. Foi então, quando a mandei embora, que vi Lady Julia subindo as escadas. Ela me disse que também tinha ido atrás de um livro. Curioso, não é?

Mrs. Vanderlyn sorriu ao terminar, um sorriso largo e bastante felino. Hercule Poirot pensou consigo mesmo que Mrs. Vanderlyn não gostava de Lady Julia Carrington.

— Se a senhora diz, *madame*. Diga-me, ouviu sua criada gritar?

— Ora, sim, ouvi algo desse tipo.

— A senhora lhe perguntou sobre isso?

— Perguntei. Ela me disse que havia pensado ter visto uma figura de branco flutuando... que besteira!

— O que Lady Julia estava vestindo ontem à noite?

— Ah, o senhor acha que talvez... Sim, entendo. Ela *estava* usando um vestido de noite branco. Claro, isso explica. Ela deve tê-la visto na escuridão apenas como uma figura branca. Essas garotas são tão supersticiosas.

— Sua criada está com você faz muito tempo, *madame*?

— Ah, não. — Mrs. Vanderlyn arregalou os olhos. — Faz uns cinco meses.

— Eu gostaria de vê-la agora, se não se importa.

Mrs. Vanderlyn ergueu as sobrancelhas.

— Ah, sem problema — respondeu ela com frieza.

— Eu gostaria, a senhora entende, de interrogá-la.

— Ah, sim.

De novo, um lampejo de diversão.

Poirot levantou-se e fez uma reverência.

— *Madame* — disse ele. — A senhora tem minha total admiração.

Pela primeira vez, Mrs. Vanderlyn pareceu um pouco surpresa.

— Ah, Monsieur Poirot, que gentileza a sua. Mas por quê?

— A senhora tem uma firmeza tão perfeita, é tão segura de si.

Mrs. Vanderlyn deu uma risada um pouco incerta.

— Agora — disse ela —, imagino se devo considerar suas palavras um elogio?

Poirot disse:

— Talvez seja um aviso... para não tratar a vida com arrogância.

Mrs. Vanderlyn riu com mais segurança. Ela levantou-se e estendeu a mão.

— Caro Monsieur Poirot, desejo-lhe muito sucesso. Agradeço todas as coisas encantadoras que me disse.

Ela saiu. Poirot murmurou baixinho:

— Deseja-me sucesso, não é? Ah, mas a senhora tem certeza de que não serei bem-sucedido! Sim, a senhora tem muita certeza. Isso é o que me irrita sobremaneira.

Com certa petulância, ele tocou a campainha e pediu que enviassem Mademoiselle Leonie para vê-lo.

Seus olhos vagaram sobre ela com bastante apreço enquanto ela hesitava à porta, recatada em seu vestido preto, com o cabelo preto ondulado cuidadosamente repartido e as pálpebras caídas de um jeito modesto. Ele fez que sim com a cabeça em lenta aprovação.

— Entre, Mademoiselle Leonie — disse ele. — Não tema.

Ela entrou e parou diante dele com toda a reserva.

— Sabe — disse Poirot com uma súbita mudança de tom —, acho a senhorita muito bonita.

Leonie reagiu prontamente. Lançou para ele um olhar de soslaio e murmurou baixinho:

— *Monsieur* é muito gentil.

— Imagine — disse Poirot. — Pergunto ao Monsieur Carlile se a senhorita é ou não bonita, e ele responde que não sabe!

Leonie ergueu o queixo de um jeito desdenhoso.

— Logo ele que é tão sem graça!

— Isso o descreve muito bem.

— Acho que nunca olhou para uma garota na vida, esse daí.

— É provável que não. Uma pena. A perda é dele. Mas há outros nesta casa que a apreciam mais, não é?

— Na verdade, não sei o que *monsieur* quer dizer.

— Ah, sim, Mademoiselle Leonie, a senhorita sabe muito bem. Foi uma bela história a que contou ontem à noite sobre um fantasma que viu. Assim que ouvi que a senhorita estava ali parada com as mãos na cabeça, soube muito bem que não se tratava de fantasma algum. Se uma moça está temorosa, ela leva a mão ao coração ou à boca para abafar um grito, mas se as mãos se prendem aos cabelos, significa algo muito diferente. *Significa que seus cabelos foram despenteados e que ela está ajeitando-os rapidamente!* Então, *mademoiselle*, vamos logo à verdade. Por que a senhorita gritou na escada?

— Mas, *monsieur,* é verdade, eu vi uma figura alta toda de branco...

— *Mademoiselle*, não insulte minha inteligência. Essa história pode ter convencido Monsieur Carlile, mas não vai convencer Hercule Poirot. A verdade é que a senhorita tinha acabado de ser beijada, não é? E vou adivinhar que foi Monsieur Reggie Carrington quem a beijou.

Leonie piscou um olho despudorado para ele.

— *Eh bien* — perguntou ela —, afinal, o que é um beijo?

— De fato, o que é? — retrucou Poirot de um jeito galante.

— Veja bem, o jovem cavalheiro veio por trás de mim e me agarrou pela cintura... e, claro, ele me assustou, e eu gritei. Se eu soubesse... bem, claro que não teria gritado.

— Claro — concordou Poirot.

— Mas ele veio para cima de mim como um gato. Então, a porta do gabinete se abriu e *monsieur le secrétaire* saiu, e o jovem cavalheiro escapuliu escada acima, então, lá estava eu, parecendo uma tola. Claro, eu precisava dizer alguma coisa... especialmente para... — começou a falar em francês —, *un jeune homme comme ça, tellement comme il faut!*

— Então, a senhorita inventou um fantasma?

— De verdade, *monsieur*, foi tudo em que consegui pensar. Uma figura alta toda de branco que flutuava. É ridículo, mas o que mais eu poderia fazer?

— Nada. Então, agora, tudo está explicado. Eu tinha minhas suspeitas desde o início.

Leonie lançou para ele um olhar provocador.

— *Monsieur* é muito inteligente e muito simpático.

— E como não vou causar nenhum constrangimento à senhorita pelo caso, fará algo por mim em troca, certo?

— De muito bom grado, *monsieur*.

— Quanto a senhorita conhece dos negócios de sua patroa?

A moça deu de ombros.

---

* Do francês: "...um jovem como esse, bem como deve ser!" [N. do T.]

— Não muito, *monsieur*. Tenho minhas suspeitas, claro.
— E quais são essas suspeitas?
— Ora, não me escapa que os amigos de *madame* são sempre soldados, marinheiros ou aviadores. E, então, há outros amigos... cavalheiros estrangeiros que às vezes vêm vê-la com discrição. *Madame* é muito bonita, embora eu não ache que será por muito mais tempo. Os rapazes, eles acham que ela é muito atraente. Às vezes, eu acho, eles falam demais. Mas é apenas uma ideia minha, essa. *Madame* faz de mim sua confidente.
— O que a senhorita quer me dizer é que *madame* faz tudo sozinha?
— Isso mesmo, *monsieur*.
— Em outras palavras, a senhorita não pode me ajudar.
— Temo que não. Ajudaria se pudesse.
— Diga-me, sua patroa está de bom humor hoje?
— Sem dúvida, *monsieur*.
— Aconteceu alguma coisa para deixá-la feliz?
— Ela está de bom humor desde que chegou aqui.
— Bem, Leonie, você é quem sabe.
A moça respondeu confiante:
— Sim, *monsieur*. Não há equívoco algum de minha parte. Conheço todos os humores de *madame*. Ela está bem animada.
— Positivamente triunfante?
— Essa é exatamente a palavra, *monsieur*.
Poirot assentiu de um jeito sombrio.
— Acho isso... um pouco difícil de aguentar. No entanto, percebo que é inevitável. Obrigado, *mademoiselle*, é só isso.
Leonie pousou um olhar charmoso sobre ele.
— Obrigada, *monsieur*. Se eu o encontrar na escadaria, pode ter certeza de que não vou gritar.
— Minha criança — disse Poirot, cheio de decoro. — Já estou avançado em meus anos. Não tenho nada a ver com essas frivolidades.
No entanto, com uma gargalhada que lembrava o canto de um passarinho, Leonie saiu.
Poirot caminhou devagar de um lado para o outro na sala. Seu rosto assumiu uma expressão grave e ansiosa.
— E, agora — disse ele por fim —, Lady Julia. Imagino o que ela vai me dizer.

Lady Julia entrou na sala com um ar tranquilo de segurança. Inclinou a cabeça com graça, aceitou a cadeira que Poirot puxou para a frente e falou em voz baixa e educada.

— Lorde Mayfield disse que o senhor deseja me fazer algumas perguntas.

— Sim, *madame*. É sobre ontem à noite.

— Sobre ontem à noite, hum?

— O que aconteceu depois que a senhora terminou seu jogo de bridge?

— Meu marido achou que era tarde demais para começar outra partida. Subi para a cama.

— E, então?

— Fui dormir.

— Isso é tudo?

— É. Temo que não poderei lhe contar nada muito interessante. Quando foi que esse — ela hesitou — roubo ocorreu?

— Logo depois que a senhora subiu.

— Entendi. E o que exatamente foi levado?

— Alguns papéis particulares, *madame*.

— Papéis importantes?

— Muito importantes.

Ela franziu a testa um pouco e perguntou:

— Eram... valiosos?

— Sim, *madame*, valiam uma boa quantia em dinheiro.

— Entendi.

Houve uma pausa e, então, Poirot disse:

— E seu livro, *madame*?

— Meu livro? — Ela levantou a cabeça, olhando-o de um jeito perplexo.

— Sim, fui informado por Mrs. Vanderlyn que algum tempo depois que as três senhoras se retiraram, a senhora desceu de novo para buscar um livro.

— Sim, claro, foi o que fiz.

— Então, na verdade, a senhora *não* foi direto para a cama quando subiu? A senhora voltou à sala de estar?

— Sim, é verdade. Eu havia esquecido.

— Enquanto a senhora estava na sala de estar, ouviu alguém gritar?

— Não... sim... acho que não.

— Não há dúvida, *madame*. A senhora não poderia deixar de ouvir esse grito na sala de visitas.

Lady Julia jogou a cabeça para trás e disse com firmeza:

— Não ouvi nada.

Poirot ergueu as sobrancelhas, mas não retrucou.

O silêncio ficou cada vez mais desconfortável. Lady Julia perguntou de repente:

— O que está sendo feito?

— Sendo feito? Não entendo, *madame*.

— Quer dizer, sobre o roubo. Com certeza a polícia precisa fazer alguma coisa.

Poirot fez que não com a cabeça.

— A polícia não foi convocada. Eu estou à frente da investigação.

Ela o encarou, seu rosto inquieto e abatido, aguçado e tenso. Os olhos, escuros e perscrutadores, procuravam penetrar a impassibilidade dele.

Por fim eles se abaixaram, derrotados.

— O senhor não pode me dizer o que está sendo feito?

— Só posso assegurar-lhe, *madame*, que não deixarei pedra sobre pedra.

— Para capturar o ladrão... ou... recuperar os papéis?

— A recuperação dos papéis é o principal, *madame*.

A atitude dela mudou. Tomou-se entediada, apática.

— Sim — disse ela com indiferença. — Acredito que sim.

Houve outra pausa.

— Mais alguma coisa, Monsieur Poirot?

— Não, *madame*. Não vou segurá-la mais.

— Obrigada.

Ele abriu a porta para ela, que passou e saiu sem olhar para ele.

Poirot voltou e arrumou com cuidado os enfeites sobre a prateleira da lareira. Ele ainda estava nessa atividade quando Lorde Mayfield entrou pela janela.

— Bem? — perguntou este último.

— Muito bem, acho. Os eventos estão se moldando como deveriam.

Lorde Mayfield disse, encarando-o:

— O senhor está satisfeito.
— Não, não estou satisfeito. Mas estou contente.
— Realmente, Monsieur Poirot, não consigo entendê-lo.
— Não sou tão charlatão quanto o senhor acredita.
— Eu nunca disse...
— Não, mas o senhor *pensou*! Não importa. Não estou ofendido. Às vezes, é necessário que eu adote uma certa pose.

Lorde Mayfield olhou para ele em dúvida, com uma certa desconfiança. Hercule Poirot era um homem que ele não compreendia. Queria desprezá-lo, mas algo o advertia de que aquele homenzinho ridículo não era tão fútil quanto aparentava. Charles McLaughlin sempre conseguiu reconhecer competência quando a via.

— Bem — começou ele —, estamos em suas mãos. O que o senhor aconselha que se faça em seguida?
— O senhor pode mandar seus convidados embora?
— Acho que isso pode ser providenciado... Eu poderia explicar que preciso ir a Londres por causa dessa situação. Provavelmente se oferecerão para partir.
— Muito bom. Tente fazer dessa forma.

Lorde Mayfield hesitou.
— Não acha que...?
— Tenho certeza de que esse seria o caminho mais sensato a tomar.

Lorde Mayfield deu de ombros.
— Bem, se o senhor diz.

Ele saiu.

VIII

Os convidados partiram depois do almoço. Mrs. Vanderlyn e Mrs. Macatta iam de trem, os Carrington iam de carro. Poirot estava parado no corredor enquanto Mrs. Vanderlyn se despedia com todo charme de seu anfitrião.

— Sinto muito por essa situação incômoda estar lhe causando tanta ansiedade. Espero que dê tudo certo. Não vou dizer nem uma palavra sequer.

Ela apertou a mão dele e saiu até onde o Rolls Royce estava esperando para levá-la à estação. Mrs. Macatta já estava lá dentro e sua despedida foi curta e indiferente.

De repente, Leonie, que estava na frente do chofer, voltou correndo para o corredor.

— A nécessaire de *madame* não está no carro! — exclamou ela.

Houve uma busca apressada. Por fim, Lorde Mayfield encontrou-a à sombra de um velho baú de carvalho. Leonie soltou um gritinho de alegria ao agarrar o elegante objeto de marroquim verde e sair correndo com ele.

Então, Mrs. Vanderlyn se inclinou para fora do carro.

— Lorde Mayfield, Lorde Mayfield. — Ela lhe entregou uma carta. — O senhor se importaria de enviar isso por sua mala postal? Se eu deixar para postá-lo na cidade, com certeza esquecerei. As cartas ficam na minha bolsa por dias.

Sir George Carrington estava mexendo no relógio de bolso, abrindo e fechando. Era um maníaco por pontualidade.

— Elas estão em cima da hora — murmurou ele. — Quase atrasadas. Se não tiverem cuidado, vão perder o trem...

Sua esposa comentou, irritada:

— Ora, não se preocupe, George. Afinal, o trem é delas, não nosso!

Ele olhou para ela com um ar de reprovação.

O Rolls Royce partiu.

Reggie parou na porta da frente do automóvel Morris dos Carrington.

— Tudo pronto, pai — disse ele.

Os criados começaram a trazer a bagagem dos Carrington. Reggie supervisionou a disposição no assento traseiro reclinável.

Poirot saiu pela porta da frente, observando os procedimentos.

De repente, sentiu uma mão tocando em seu braço e, em seguida, Lady Julia falou em um sussurro agitado.

— Monsieur Poirot. Preciso falar com senhor... imediatamente.

Ele cedeu àquela mão insistente. Ela o conduziu a uma pequena sala de estar e fechou a porta. Aproximou-se dele.

— É verdade o que o senhor disse... que a descoberta dos papéis é o que mais importa para Lorde Mayfield?

Poirot olhou para ela com curiosidade.

— É verdade, *madame*.

— Caso... caso esses papéis fossem entregues ao senhor, poderia se encarregar de devolvê-los a Lorde Mayfield, sem fazer perguntas?

— Não estou certo de que entendi a senhora.

— Pois deveria! Tenho certeza de que entendeu! Estou sugerindo que... o ladrão permaneça anônimo se os papéis forem devolvidos.

Poirot perguntou:

— Em quanto tempo isso aconteceria, *madame*?

— Dentro de doze horas, sem dúvida.

— Consegue prometê-lo?

— Sim, prometo.

Como ele não respondeu, ela repetiu com urgência:

— O senhor garante que não haverá divulgação?

Ele respondeu então com muita seriedade:

— Sim, *madame*, eu garanto.

— Então, tudo pode ser arranjado.

De súbito, ela saiu da sala. Um momento depois, Poirot ouviu o carro se afastar.

Ele atravessou o vestíbulo e seguiu pelo corredor até o gabinete. Lorde Mayfield estava lá. Ergueu a cabeça quando Poirot entrou.

— Bem? — perguntou ele.

Poirot estendeu as mãos.

— Caso encerrado, Lorde Mayfield.

— Como?

Poirot repetiu palavra por palavra a cena entre ele e Lady Julia.

Lorde Mayfield encarou-o com uma expressão estupefata.

— Mas o que isso significa? Não entendo.

— Está muito claro, não? Lady Julia sabe quem roubou os planos.

— O senhor não está querendo dizer que ela mesma os pegou?

— Com certeza, não. Lady Julia pode ser uma jogadora, não uma ladra. Mas como está se oferecendo para devolver os planos, significa que foram roubados pelo marido ou pelo filho. Agora, Sir George Carrington estava no terraço com o senhor, então nos resta o filho. Acho que consigo reconstruir os acontecimentos da noite passada com bastante precisão. Lady Julia foi ao quarto do filho ontem à noite e o encontrou vazio. Ela desceu as escadas para procurá-lo, mas não o encontrou. Nesta manhã, ficou sabendo do roubo e também ouviu que o filho declara que foi direto para o quarto e *não saiu mais dele*. Isso, ela sabe, não é verdade. E ela sabe mais uma coisa sobre o filho. Sabe que ele é fraco, que está passando por dificuldades financeiras desesperadoras. Ela observou o afeto dele por Mrs. Vanderlyn. A coisa toda fica clara para ela. Mrs. Vanderlyn convenceu Reggie a roubar os planos. Mas ela também decide desempenhar seu papel. Vai lidar com Reggie, pegar os papéis e devolvê-los.

— Mas a coisa toda é uma total impossibilidade — gritou Lorde Mayfield.

— Sim, é impossível, mas Lady Julia não sabe disso. Não sabe o que eu, Hercule Poirot, sei, que o jovem Reggie Carrington não estava roubando papéis ontem à noite, mas sim namorando a criada francesa de Mrs. Vanderlyn.

— A coisa toda é uma verdadeira balbúrdia!

— Exato.

— E o caso ainda não está encerrado!

— Sim, está encerrado. *Eu, Hercule Poirot, conheço a verdade.* Não acredita em mim? Não acreditou em mim ontem, quando eu disse que sabia onde estavam os planos. Mas eu sabia. Estavam muito próximos.

— Onde?

— Estavam em seu bolso, milorde.

Houve uma pausa, então Lorde Mayfield disse:

— O senhor realmente sabe o que está dizendo, Monsieur Poirot?

— Sim, eu sei. Sei que estou falando com um homem muito inteligente. Desde o início, me preocupou que o senhor, um míope confesso, pudesse ser tão assertivo quanto à figura que viu saindo da janela. Queria que essa solução, a solução conveniente, fosse aceita. Por quê? Mais tarde, um por um, eliminei todos os outros. Mrs. Vanderlyn estava lá em cima, Sir George estava com o senhor no terraço, Reggie Carrington estava com a francesa na escada, Mrs. Macatta estava em seu quarto, irrepreensível. (Que fica ao lado do quarto da governanta, e Mrs. Macatta ronca!) Lady Julia, é verdade, estava na sala de estar, mas Lady Julia claramente acreditava que o filho era culpado. Restavam, portanto, apenas duas possibilidades. Ou Carlile não havia posto os papéis sobre a escrivaninha, mas no bolso, o que não é razoável, porque, como o senhor observou, ele poderia tê-los copiado, ou... ou os planos estavam lá quando o senhor caminhou até a mesa, e o único lugar onde poderiam ter parado era em *seu* bolso. Nesse caso, tudo estava claro. Sua insistência na figura que vira, a insistência na inocência de Carlile, a relutância em me convocar.

"Uma coisa me deixou intrigado... o motivo. Eu estava convencido de que o senhor era um homem honesto, íntegro. Sua ansiedade pela chance de alguma suspeita cair sobre um inocente mostrava isso. Também era óbvio que o roubo dos planos poderia muito bem afetar de forma desfavorável sua carreira. Por que, então, esse roubo totalmente irracional? E, por fim, a resposta veio a mim. A crise em sua carreira, há alguns anos, as garantias dadas ao mundo pelo primeiro-ministro de que não houve negociações com a potência em questão. Suponha que não seja de todo verdade, que haja algum registro... uma carta, talvez... mostrando que, de fato, o senhor *realizou* o que negou para o povo. Tal negação era necessária no interesse da ordem pública. Mas é duvidoso que o homem comum veja dessa forma. Pode significar que, no momento em que o poder supremo for colocado em suas mãos, algum eco estúpido do passado despedaçaria tudo.

"Suspeito de que essa carta foi preservada nas mãos de um certo governo que se ofereceu para negociar com o senhor... a carta em troca dos planos do novo bombardeiro. Alguns homens teriam recusado. O senhor... não se recusou! O senhor concordou. Mrs. Vanderlyn era a agente encarregada dessa questão e veio até aqui para fazer a troca de acordo com o combinado. O senhor entregou-se quando admitiu que não havia elaborado um estratagema definido para prendê--la. Essa admissão deixou seu motivo para convidá-la aqui incrivelmente fraco.

"O senhor planejou o roubo. Fingiu ver o ladrão no terraço, eximindo, assim, Carlile de qualquer suspeita. Mesmo que ele não tivesse saído da sala, a escrivaninha ficava tão perto da janela que um ladrão poderia ter roubado os planos enquanto Carlile estava de costas, ocupado com o cofre. O senhor foi até a escrivaninha, pegou os planos e os guardou consigo até o momento em que, de acordo com um plano previamente combinado, o senhor os enfiou na nécessaire de Mrs. Vanderlyn. Em troca, ela entregou a você a carta fatal disfarçada de uma correspondência pessoal dela ainda não postada."

Poirot fez uma pausa.

Lorde Mayfield respondeu:

— Seu conhecimento é muito completo, Monsieur Poirot. Deve me achar um imoral desprezível.

Poirot fez um gesto rápido.

— Não, não, Lorde Mayfield. Acho, como já disse, que o senhor é um homem muito inteligente. Ocorreu-me de repente, enquanto conversávamos aqui ontem à noite. O senhor é um engenheiro de excelência. Haverá, creio eu, algumas alterações sutis nas especificações desse bombardeiro, alterações feitas com tanta habilidade que será difícil entender por que a máquina não está sendo o sucesso que deveria ser. Uma certa potência estrangeira achará o modelo um fracasso... Será uma decepção para eles, tenho certeza...

Novamente houve um silêncio, então, Lorde Mayfield disse:

— O senhor é esperto demais, Monsieur Poirot. Só vou lhe pedir que acredite em uma coisa: tenho fé em mim. Acredito que sou o homem para guiar a Inglaterra nos dias de crise que vejo se aproximarem. Se eu não acreditasse sinceramente que meu país precisa de mim para comandar o navio do Estado, não teria feito o que fiz, agir de acordo com as circunstâncias, para me salvar do desastre por meio de um truque espertinho.

— Meu senhor — disse Poirot —, se não pudesse agir de acordo com as circunstâncias, não poderia ser um político!

O espelho do morto

Publicado primeiramente em uma versão estendida chamada "The Second Gong" na *Strand Magazine*, em 1932, e na coletânea *Murder in the Mews* em 1937.

I

O apartamento era moderno, assim como a mobília da sala. As poltronas eram quadradas, as cadeiras retas eram angulares. Uma escrivaninha moderna ficava bem em frente à janela, e nela estava sentado um homenzinho idoso. Sua cabeça era praticamente a única coisa na sala que não era quadrada, pois tinha formato de ovo.

Monsieur Hercule Poirot estava lendo uma carta:

Estação: Whimperley.　　　　*Hamborough Close,*
Telegramas:　　　　　　　　*Hamborough St Mary*
Hamborough St. John.　　　　*Westshire.*
　　　　　　　　　　　　　24 de setembro de 1936.

Monsieur *Hercule Poirot,*
　　Prezado senhor, um assunto surgiu e requer um tratamento da maior delicadeza e discrição. Ouvi bons relatos a seu respeito e decidi confiar-lhe este caso. Tenho razões para acreditar que fui vítima de fraude, mas, por razões familiares, não desejo chamar a polícia. Estou tomando algumas medidas por conta própria para lidar com o assunto, mas o senhor precisa se preparar para vir até aqui imediatamente após o recebimento de um posterior telegrama. Agradeço se o senhor não responder a esta carta.
Atenciosamente,
　　　　　　　　　　　　　Gervase Chevenix-Gore.

Devagar, as sobrancelhas de Monsieur Hercule Poirot ergueram-se testa acima até quase desaparecerem em seus cabelos.

— E, então — questionou ele em voz alta —, quem é esse Gervase Chevenix-Gore?

Foi até uma estante, pegou um livro grande e grosso e encontrou com bastante facilidade o que queria.

Chevenix-Gore, Sir Gervase Francis Xavier, 10º baronete, título constituído em 1694; ex-capitão do 17º Regimento de Lanceiros; nasc. 18/5/1878; primogênito de Sir Guy Chevenix-Gore, 9º baronete, e Lady Claudia Bretherton, segunda filha do 8º Conde de Wallingford. Sucessor do pai, 1911; casamento 1912 com Vanda Elizabeth, primogênita do Coronel Frederick Arbuthnot, cf.; educação em Eton. Serviu na Guerra Europeia, 1914-18. Interesses: viajar, caça de grandes animais. Endereço: Hamborough St Mary, Westshire e Lowndes Square, 218, SW1. Clubes: Cavalry. Travellers.

Poirot balançou a cabeça de maneira um tanto insatisfeita. Por alguns instantes, ficou absorto em pensamentos, então foi até a escrivaninha, abriu uma gaveta e tirou uma pequena pilha de convites.

Seu rosto iluminou-se.

— *À la bonne heure!* Exatamente meu caso! Sem dúvida ele estará lá.

Uma duquesa cumprimentou Monsieur Hercule Poirot de maneira exagerada.

— Então, no fim das contas, o senhor conseguiu vir, Monsieur Poirot! Ora, isso é esplêndido.

— O prazer é meu, *madame* — murmurou Poirot, curvando-se.

Ele escapou de vários seres importantes e esplêndidos — um diplomata famoso, uma atriz tão famosa quanto e um esportista bem conhecido — e, por fim, encontrou a pessoa a quem tinha ido procurar, aquele convidado que estava sempre presente, Mr. Satterthwaite.

Mr. Satterthwaite gorjeou, todo amistoso.

— A querida duquesa... eu sempre gosto das festas dela... Que *personalidade*, se é que me entende. Eu a encontrava bastante na Córsega uns anos atrás...

A conversa de Mr. Satterthwaite tendia a ser sobrecarregada com menções a seus conhecidos nobres. É possível que, por vezes, ele tenha tido *algum* prazer na companhia de senhores comuns, mas, se assim era, não mencionava esse fato. E, no entanto, descrever Mr. Satterthwaite como um mero esnobe e deixar desse jeito seria cometer uma injustiça com ele. Era um observador perspicaz da natureza humana e, se é verdade que o observador conhece a maior parte do jogo, Mr. Satterthwaite sabia muito.

— Sabe, meu caro amigo, faz mesmo muito tempo que não o vejo. Sempre me senti privilegiado por ter visto o senhor de perto, trabalhando no caso da Morada do Corvo. Desde então, sinto que estou bem-informado, por assim dizer. A propósito, acabei de ver Lady Mary na semana passada. Uma criatura encantadora... carismática e tranquila!

Depois de passar por cima de um ou dois escândalos do momento — as indiscrições da filha de um conde e a lamentável conduta de um visconde —, Poirot conseguiu trazer à tona o nome de Gervase Chevenix-Gore.

Mr. Satterthwaite respondeu de imediato.

— Ah, ora, esse aí é uma *figura*, se quiser chamar assim! Seu apelido é o "Último dos Baronetes".

— *Pardon*, não compreendo muito bem.

Mr. Satterthwaite empertigou-se com satisfação à pouca compreensão do estrangeiro.

— É uma piada, sabe... uma *piada*. Claro que ele não é *de fato* o último baronete da Inglaterra, mas representa o fim de uma era. O Baronete Malvado e Ousado, o louco e descuidado baronete tão popular nos romances do século passado, o tipo de sujeito que entrava em apostas impossíveis e as vencia.

Ele passou a expor o que queria dizer com mais detalhes. Na juventude, Gervase Chevenix-Gore havia navegado ao redor do mundo em um veleiro, havia participado de uma expedição ao Polo e desafiado um colega de corrida para um duelo. Para vencer uma aposta, tinha cavalgado sua égua favorita escada acima de uma casa ducal. Certa vez, saltou de um camarote para o palco e capturou uma atriz renomada no meio de sua apresentação.

As anedotas sobre ele eram inumeráveis.

— É uma família antiga — prosseguiu Mr. Satterthwaite. — Sir Guy de Chevenix esteve na primeira cruzada. Agora, infelizmente, a linhagem parece estar chegando ao fim. O velho Gervase é o último Chevenix-Gore.

— A propriedade, ela está empobrecida?

— Nem um pouco. A riqueza de Gervase é espantosa. Tem uma valiosa propriedade residencial, jazidas de carvão e, além disso, adquiriu alguma mina no Peru ou em algum lugar da América do Sul quando jovem, o que lhe rendeu uma fortuna. Um homem incrível. Sempre sortudo no que faz.

— Agora é um idoso, claro?

— Sim, coitado do velho Gervase. — Mr. Satterthwaite suspirou e balançou a cabeça. — A maioria das pessoas o descreveria como louco de pedra, o que, de certa forma, é verdade. Ele *é* louco, não no sentido de ser insano ou ter delírios, mas louco no sentido de ser anormal. Sempre foi um homem de grande originalidade de caráter.

— E a originalidade transforma-se em excentricidade com o passar dos anos? — questionou Poirot.

— Exato. Foi exatamente o que aconteceu com o velho Gervase, coitado.

— Talvez tenha uma ideia exagerada de sua própria importância?

— Claro. Imagino que, na cabeça de Gervase, o mundo sempre foi dividido em duas partes... existem os Chevenix-Gore e as outras pessoas!

— Uma noção exagerada da própria família!

— Isso. Os Chevenix-Gore são todos arrogantes como o diabo... vivem de acordo com suas próprias leis. Gervase, sendo o último deles, abraçou isso da pior maneira. Ele é... bem, de verdade, ao ouvi-lo falar é possível imaginar que ele seja... hum, o Todo-Poderoso!

Poirot balançou a cabeça devagar, pensativo.

— Sim, imaginei isso. Veja bem, recebi uma carta dele. Uma carta incomum. Não era um pedido. Era uma ordem!

— Uma ordem real — disse Mr. Satterthwaite, soltando uma risadinha.

— Exato. Não pareceu ocorrer a este Sir Gervase que eu, Hercule Poirot, sou um homem importante, um homem de assuntos intermináveis a resolver! Que era extremamente improvável que eu deixasse tudo de lado e ir correndo como um cão obediente, como um mero joão-ninguém, satisfeito por receber uma incumbência!

Mr. Satterthwaite mordeu o lábio em um esforço para reprimir um sorriso. Pode ter lhe ocorrido que, no que dizia respeito ao egocentrismo, não havia muito como diferenciar Hercule Poirot e Gervase Chevenix-Gore.

Ele murmurou:

— Claro, se a causa da convocação fosse urgente...?

— Não era! — As mãos de Poirot ergueram-se em um gesto enfático. — Eu deveria me colocar à disposição dele *caso* ele precisasse de mim, e pronto! *Enfin, je vous demande!*

Mais uma vez, as mãos dele se ergueram com eloquência, expressando melhor do que palavras o sentimento de absoluta indignação de Monsieur Hercule Poirot.

— Suponho — disse Mr. Satterthwaite — que o senhor se recusou?

— Ainda não tive a oportunidade — disse Poirot devagar.

— Mas o senhor vai se recusar?

Uma nova expressão passou pelo rosto do homenzinho, com a testa franzindo-se em meio à perplexidade.

Ele disse:

— Como posso me expressar? Recusar-me... sim, esse foi meu primeiro instinto. Mas, não sei... Às vezes a gente tem um pressentimento. Sinto que algo não cheira bem...

Mr. Satterthwaite recebeu esta última declaração sem qualquer sinal de que continuava se divertindo.

— Ora? — disse ele. — Isso é interessante...

— Parece-me — prosseguiu Hercule Poirot — que o homem que o senhor descreveu talvez seja muito vulnerável...

— Vulnerável? — questionou Mr. Satterthwaite. Por um momento, ficou surpreso. Essa não era uma palavra que naturalmente associaria a Gervase Chevenix-Gore. Mas era um homem com uma boa percepção, rápido na observação. Disse devagar:

— Acho que entendo o que o senhor quer dizer.

— Uma pessoa assim está envolta em uma armadura, e que armadura! Uma armadura dos cruzados não seria nada se comparada a ela... é uma armadura de arrogância, de orgulho, de autoestima exacerbada. De certa forma, essa armadura é uma proteção contra as flechas, as flechas cotidianas que rebatem nela. Mas existe esse perigo; *às vezes, um homem de armadura pode nem saber que está sendo atacado*. Demorará para enxergar, para ouvir... demorará ainda para sentir.

Ele fez uma pausa e, em seguida, perguntou com uma mudança de atitude:

— Quantos são na família deste Sir Gervase?

— Vanda... a esposa. Ela era da família Arbuthnot, uma garota muito bonita. Ainda é uma mulher bonita. Muito aérea, no entanto. Dedicada a Gervase. Acredito que tenha uma inclinação ao ocultismo. Usa amuletos e escaravelhos e diz que é a reencarnação de uma rainha egípcia... então, temos Ruth, a filha adotiva. Eles não têm filhos biológicos. A garota é muito atraente e tem um estilo moderno. Essa é toda a família. Exceto, é claro, por Hugo Trent. Sobrinho de Gervase. Pamela Chevenix-Gore casou-se com Reggie Trent, e Hugo era o único filho dos dois. Ele é órfão. Não pode herdar o título, claro, mas imagino que, no final, ficará com a maior parte do dinheiro de Gervase. Rapaz bonito, faz parte da Cavalaria Real.

Poirot assentiu, pensativo. Então, perguntou:

— Sir Gervase se sente desgostoso por não ter um filho para herdar seu nome, certo?

— Imagino que seja uma grande mágoa.

— O nome da família é uma paixão dele?

— Isso mesmo.

Mr. Satterthwaite ficou em silêncio por alguns instantes, pois estava bastante intrigado. Por fim, arriscou:

— O senhor enxerga um motivo claro para fazer uma visita a Hamborough Close?

Devagar, Poirot fez que não com a cabeça.

— Não mesmo — respondeu ele. — Até onde posso enxergar, não há razão alguma. Mas, mesmo assim, imagino que eu deva ir.

II

Hercule Poirot estava sentado no canto de um vagão de primeira classe que cruzava o interior da Inglaterra.

Pensativo, tirou do bolso um telegrama dobrado com todo o cuidado, que abriu e releu:

Pegue o de 16h30 de St. Pancras, instrua expressamente o condutor a parar em Whimperley.
Chevenix-Gore.

Ele dobrou o telegrama de novo e o devolveu ao bolso.

O condutor do trem tinha sido obsequioso, perguntando se o cavalheiro estava a caminho de Hamborough Close. Ah, sim, os convidados de Sir Gervase Chevenix-Gore sempre contavam com a parada do expresso em Whimperley.

— Acho que é um tipo especial de privilégio, senhor.

Desde então, o condutor fizera duas visitas ao vagão — a primeira para garantir ao viajante que tudo seria feito para que o vagão fosse exclusivo para ele, a segunda para anunciar que o expresso estava dez minutos atrasado.

O trem deveria chegar às 19h50, mas eram exatamente 20h02 quando Hercule Poirot desceu à plataforma da pequena estação rural e pôs a esperada meia-coroa na mão do atento condutor.

Ouviu-se o apito da locomotiva e o Expresso do Norte começou a se mover mais uma vez. Um motorista alto de uniforme verde-escuro aproximou-se de Poirot.

— Mr. Poirot? Para Hamborough Close?

Ele pegou a bela maleta do detetive e avançou à frente para sair da estação. Um grande Rolls estava esperando. O chofer abriu a porta para Poirot, pousou um suntuoso tapete de pele sobre os pés dele, e partiram.

Após cerca de dez minutos dirigindo pelo interior, contornando curvas fechadas e descendo estradas rurais, o carro passou por um portão largo flanqueado por enormes grifos de pedra.

Dirigiram por um parque até chegarem a casa. A porta foi aberta quando se aproximaram, e um mordomo de proporções imponentes apareceu no degrau da frente.

— Mr. Poirot? Por aqui, senhor.

Ele foi à frente ao longo do corredor e abriu uma porta no meio do caminho à direita.

— Mr. Hercule Poirot — anunciou ele.

A sala continha várias pessoas em trajes de gala e enquanto Poirot caminhava, seus olhos rápidos perceberam no mesmo instante que sua aparição não era esperada. Os olhos de todos os presentes pousaram sobre ele com uma surpresa sincera.

Então, uma mulher alta, cujos cabelos escuros eram rajados por fios grisalhos, avançou incerta em sua direção.

Poirot curvou-se sobre a mão dela.

— Minhas desculpas, *madame* — disse ele. — Infelizmente, meu trem teve um atraso.

— Não se preocupe — disse Lady Chevenix-Gore de um jeito vago. Os olhos dela ainda o encaravam de forma intrigada. — Não se preocupe, Mr... hum... eu não ouvi bem...

— Hercule Poirot.

Ele disse o nome em um tom claro e distinto.

Em algum lugar atrás dele, alguém deu um suspiro forte e audível.

Ao mesmo tempo, Poirot tinha nítida consciência de que seu anfitrião não estava na sala. Ele murmurou baixinho:

— A senhora sabia que eu viria, *madame*?

— Ah... ah, sim... — Seus trejeitos não eram convincentes. — Acho... quer dizer, acho que sim, mas sou terrivelmente avoada, Monsieur Poirot. Esqueço tudo. — Seu tom continha um prazer melancólico por aquele fato. — Eu ouço as coisas e pareço absorvê-las... mas elas simplesmente passam pelo meu cérebro e desaparecem! Somem! Como se nunca tivessem existido.

Então, com um leve ar de quem cumpre um dever com atraso, ela olhou em volta sem muita firmeza e murmurou:
— Imagino que o senhor conheça todo mundo.

Embora obviamente não fosse esse o caso, a frase era uma fórmula bem usada por meio da qual Lady Chevenix-Gore se poupava do trabalho de apresentar os convivas e do esforço de lembrar os nomes corretos das pessoas.

Fazendo um esforço supremo para enfrentar as dificuldades deste caso em particular, ela acrescentou:
— Minha filha... Ruth.

A garota que estava diante dele também era alta e morena, mas de uma compleição muito diferente. Em vez das feições achatadas e indeterminadas de Lady Chevenix-Gore, tinha um nariz bem esculpido, ligeiramente aquilino, e uma mandíbula talhada e definida. Seu cabelo preto era penteado para trás em uma massa de cachinhos. A cor de sua pele era rosada e tinha o brilho de um cravo, e pouco lançava mão de maquiagem. Era, pensou Hercule Poirot, uma das garotas mais adoráveis que já vira.

Ele também reconheceu que tinha inteligência, além da beleza, e adivinhou certas qualidades de orgulho e temperamento. A voz dela, quando falou, veio com um leve sotaque que lhe pareceu deliberado.

— Que emocionante — disse ela —, receber Monsieur Hercule Poirot! O velhote arranjou uma pequena surpresa para nós, suponho.

— Então, a senhorita não sabia que eu vinha, *mademoiselle*? — perguntou ele sem rodeios.

— Eu não tinha a menor ideia. Por isso, terei de esperar para apanhar meu livro de autógrafos depois do jantar.

As notas de um gongo soaram no vestíbulo, o mordomo abriu a porta e anunciou:
— O jantar está servido.

E, então, quase antes da "servido" ter sido pronunciada, algo muito curioso aconteceu. Por um momento, a figura doméstica comum tornou-se um ser humano extremamente atônito... A metamorfose foi tão rápida, e a máscara do serviçal bem-treinado voltou em um instante tão breve, que qualquer um que não estivesse olhando não teria notado a mudança. No entanto, Poirot *estava* olhando. Ele se surpreendeu.

O mordomo hesitou à porta. Embora seu rosto tivesse voltado a assumir a esperada inexpressividade, um ar de tensão pairava sobre sua figura.

Lady Chevenix-Gore comentou, incerta:

— Ah, céus, isso é extraordinário. Realmente, eu... mal sei o que fazer.

Ruth disse a Poirot:

— Esta consternação singular, Monsieur Poirot, é causada pelo fato de meu pai, pela primeira vez em pelo menos vinte anos, ter se atrasado para o jantar.

— É mais que extraordinário... — disse Lady Chevenix-Gore com um gemido. — Gervase nunca...

Um homem idoso com postura militar empertigada aproximou-se dela, rindo com alegria.

— Meu bom e velho Gervase! Por fim, atrasado! Palavra de honra, vamos caçoar muito por causa disso. Seria culpa de um fugidio botão de colarinho? Ou Gervase está imune às nossas fraquezas comuns?

Lady Chevenix-Gore disse em voz baixa e intrigada:

— Mas Gervase *nunca* se atrasa.

Era quase ridícula a consternação causada por esse simples *contretemps*. E, ainda assim, para Hercule Poirot, não *era* ridículo... Por trás da consternação, ele sentiu um desconforto... talvez até uma apreensão. E também achou estranho que Gervase Chevenix-Gore não aparecesse para cumprimentar o convidado que ele convocara de maneira tão misteriosa.

Nesse ínterim, ficou claro que ninguém sabia bem o que fazer. Surgiu uma situação inédita com a qual ninguém sabia como lidar.

Por fim, Lady Chevenix-Gore tomou a iniciativa, se é que se pode chamar de iniciativa, pois seus modos eram extremamente inseguros.

— Snell — disse ela —, seu mestre está...?

Ela não terminou a frase, apenas olhou para o mordomo com expectativa.

Era perceptível que Snell estava acostumado com os métodos de coleta de informações da patroa, e ele não perdeu tempo em responder à vaga pergunta:

— Sir Gervase desceu às 19h55, *milady*, e foi direto para o escritório.

— Ah, entendi... — Ela continuou boquiaberta, com olhos que pareciam perdidos. — Não acha... quer dizer... será que ele ouviu o gongo?

— Acho que deve ter ouvido, *milady*, pois o gongo fica bem diante da porta do escritório. Claro que eu não sabia que Sir Gervase ainda estava no escritório, caso contrário eu devia ter anunciado para ele que o jantar estava pronto. Devo fazê-lo agora, *milady*?

Lady Chevenix-Gore aproveitou a sugestão com manifesto alívio.

— Ah, obrigada, Snell. Sim, por favor. Sim, sem dúvida.

Quando o mordomo saiu da sala, ela disse:

— Snell é um tesouro. Confio plenamente nele. De verdade, não sei o que faria *sem* Snell.

Alguém murmurou em uma concordância empática, mas ninguém falou nada. Hercule Poirot, observando aquela sala cheia de gente com atenção de súbito aguçada, teve a impressão de que todos estavam em um estado de tensão. Seus olhos correram rapidamente sobre os presentes, classificando-os em termos gerais. Dois idosos, o militar que acabara de falar, e um homem magro de cabelos grisalhos, lábios bem cerrados e jeito de advogado. Dois homens jovens — muito diferentes um do outro. Um com bigode e ar de arrogância modesta, ele imaginou que poderia ser o sobrinho de Sir Gervase, o da Cavalaria Real. O outro, com cabelos lisos penteados para trás e um estilo bastante óbvio de alguém bem-apessoado, Poirot classificou como sendo de uma classe social inferior, sem sombra de dúvida. Havia uma mulher baixinha de meia-idade com pince-nez e olhos inteligentes, e uma garota de cabelos ruivos flamejantes.

Snell apareceu à porta. Suas maneiras eram perfeitas, porém, mais uma vez, a aparência impessoal do mordomo mostrava sinais do ser humano perturbado por trás.

— Com licença, *milady*, a porta do escritório está trancada.

— Trancada?

Era a voz de um homem — jovem, alerta, com um tom agitado. Era o jovem bem-apessoado com os cabelos penteados para trás que havia falado. Ele continuou, apressando-se:

— Devo ir ver se...?

Mas, de maneira discreta, Hercule Poirot assumiu o comando com tanta naturalidade que ninguém estranhou que o forasteiro recém-chegado tomasse as rédeas da situação de repente.

— Venham — disse ele. — Vamos ao escritório.

Ele continuou, falando com Snell:

— Mostre-me o caminho, por favor.

Snell obedeceu. Poirot o seguiu de perto e, como um rebanho de ovelhas, todos os outros o seguiram.

Snell foi à frente, atravessando o grande saguão, passando pela grande curva da escada, por um enorme relógio de pêndulo e por um recesso no qual havia um gongo, ao longo de uma passagem estreita que terminava em uma porta.

Ali, Poirot passou por Snell e, com suavidade, testou a maçaneta. Virou-a, mas a porta não se abriu. Poirot bateu com gentileza os nós dos dedos na porta. Bateu cada vez mais alto. Então, desistindo de repente, ficou de joelhos e encaixou o olho no buraco da fechadura.

Devagar, ele se levantou e olhou em volta. A expressão no seu rosto era séria.

— Cavalheiros! — disse ele. — Esta porta deve ser arrombada imediatamente!

Sob sua orientação, os dois jovens, que eram altos e de constituição forte, investiram contra a porta. Não foi nada fácil, pois as portas de Hamborough Close eram sólidas.

Por fim, no entanto, a fechadura cedeu, e a porta se abriu com um barulho de madeira se rachando e se partindo.

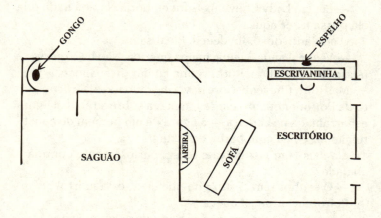

E, então, por um momento, todos ficaram parados, amontoados à porta, olhando a cena lá dentro. As luzes estavam acesas. Ao longo da parede do lado esquerdo havia uma grande escrivaninha, era imensa e de mogno maciço. Sentado, não à mesa, mas de lado, de modo que suas costas estivessem diretamente voltadas para eles, estava um homem grande largado em uma cadeira. Sua cabeça e a parte superior de seu corpo tombavam para o lado direito da cadeira, e a mão e o braço direitos pendiam com frouxidão. Logo abaixo dele, no tapete, havia uma pistola pequena e brilhante...

Não havia necessidade de especulação. A imagem era nítida. Sir Gervase Chevenix-Gore havia dado um tiro em si mesmo.

III

Por um momento ou dois, o grupo ficou imóvel na porta, encarando a cena. Então, Poirot avançou a passos largos.

No mesmo instante, Hugo Trent disse em alto e bom som:

— Meu Deus, o velho deu um tiro em si mesmo!

E também se ouviu um gemido longo e trêmulo de Lady Chevenix-Gore.

— Ai, Gervase... Gervase!

Com rispidez, Poirot disse para trás:

— Levem Lady Chevenix-Gore embora. Não há nada que ela possa fazer aqui.

O soldado idoso obedeceu. Ele disse:

— Venha, Vanda. Venha, minha querida. Não há o que você possa fazer. Acabou. Ruth, venha cuidar de sua mãe.

Mas Ruth Chevenix-Gore havia entrado na sala e ficou perto de Poirot enquanto ele se inclinava sobre a terrível figura esparramada na cadeira — a figura de um homem de constituição hercúlea com barba de viking.

Ela disse em voz baixa e tensa, curiosamente contida e abafada:

— O senhor tem certeza de que ele... está morto?

Poirot levantou a cabeça.

O rosto da garota estava tomado por alguma emoção — uma emoção controlada e reprimida de forma severa — que ele não entendia muito bem. Não era tristeza — parecia mais uma espécie de agitação meio temerosa.

A mulherzinha de pince-nez murmurou:

— Sua mãe, querida... você não acha que...?

Em voz alta e histérica, a garota de cabelos ruivos berrou:

— Então *não foi* o estampido de um carro ou de uma rolha de champanhe! Foi um *tiro* que ouvimos...

Poirot virou-se e encarou todos eles.

— Alguém precisa comunicar à polícia...

Ruth Chevenix-Gore soltou um grito violento:

— Não!

O homem idoso com jeito de advogado comentou:

— Receio que seja inevitável. Você cuidará disso, Burrows? Hugo...

Poirot disse para o jovem alto de bigode:

— O senhor é Mr. Hugo Trent? Seria bom, na minha opinião, se todos, exceto o senhor e eu, saíssemos desta sala.

Mais uma vez, sua autoridade não foi questionada. O advogado conduziu os outros para fora do escritório, e Poirot e Hugo Trent ficaram sozinhos.

Este último disse, encarando o outro:

— Olha só... quem é *você*? Quer dizer, não faço a mínima ideia de quem o senhor seja. O que está fazendo aqui?

Poirot tirou um porta-cartão do bolso e puxou um cartão de visita.

Hugo Trent disse, olhando para o papel:

— Detetive particular... hein? Claro, já ouvi falar do senhor... Mas ainda não entendo o que está fazendo aqui.

— O senhor não sabia que seu tio... era seu tio, não era...?

Os olhos de Hugo voltaram-se por um momento fugaz para o defunto.

— O velho? Sim, era meu tio, sim.

— O senhor não sabia que ele havia me convocado para vir até aqui?

Hugo fez que não com a cabeça e disse devagar:

— Não fazia ideia.

Havia uma emoção em sua voz bastante difícil de classificar. Seu rosto parecia impassível e aturdido — o tipo de expressão, pensou Poirot, que seria útil como uma máscara em momentos de forte tensão.

Poirot disse com calma:

— Estamos em Westshire, não estamos? Conheço bem seu chefe de polícia, Major Riddle.

Hugo comentou:

— Riddle mora a cerca de um quilômetro de distância daqui. É provável que venha até aqui ele mesmo.

— Isso será muito conveniente — disse Poirot.

Ele começou a vaguear devagar pela sala. Afastou a cortina da janela e examinou as portas francesas, testando-as com suavidade. Estavam fechadas.

Na parede atrás da escrivaninha pendia um espelho redondo que estava trincado. Poirot abaixou-se e pegou um pequeno objeto.

— O que é isso? — questionou Hugo Trent.

— O projétil.

— Passou direto pela cabeça dele e atingiu o espelho?

— É o que parece.

Com muita cautela, Poirot deixou a bala onde a havia encontrado e foi até a mesa. Alguns papéis estavam cuidadosamente empilhados. No próprio bloco de mata-borrão havia uma folha de papel solta com as palavras ME DESCULPEM escritas em caligrafia grande e trêmula.

Hugo comentou:

— Deve ter escrito pouco antes de... ter feito isso.

Poirot assentiu, pensativo.

Olhou de novo para o espelho quebrado, em seguida, para o defunto. Sua testa enrugou-se um pouco, com uma expressão perplexa. Foi até a porta, onde ela pendia torta com a fechadura lascada. Não havia chave na fechadura, ele sabia — caso contrário, não teria conseguido enxergar pelo buraco da fechadura. Não havia sinal dela no chão. Poirot inclinou-se sobre o defunto e revistou-o com dedos ágeis.

— Isso — disse ele. — A chave está em seu bolso.

Hugo puxou uma cigarreira e acendeu um cigarro. Falou, um tanto rouco.

— Parece tudo muito claro — disse ele. — Meu tio se trancou aqui, rabiscou a mensagem em um pedaço de papel e atirou em si mesmo.

Poirot assentiu, ponderando. Hugo continuou:

— Mas não entendo o motivo para ter chamado o senhor. Por quê?

— Isso será bem mais difícil de explicar. Enquanto esperamos, Mr. Trent, que as autoridades assumam o comando, talvez possa me dizer exatamente quem são todas as pessoas que vi esta noite quando cheguei?

— Quem são elas? — Hugo perguntou, parecendo um pouco distraído. — Ah, sim, claro. Desculpe. Vamos nos sentar?

Ele apontou para um sofá no canto que estava mais distante do cadáver. Voltou a falar, enquanto gesticulava espasmodicamente:

— Bem, tem Vanda, minha tia, o senhor sabe. E Ruth, minha prima. Mas o senhor as conhece. Então, a outra moça é Susan Cardwell, que está apenas passando um tempo aqui. E temos o Coronel Bury, um velho amigo da família. E Mr. Forbes, também um velho amigo, além de ser advogado da família e tudo o mais. Os dois velhos tinham uma paixão por Vanda quando ela era jovem, e continuam fiéis e devotados a ela de alguma forma. Ridículo, mas bastante emocionante.

Depois, temos Godfrey Burrows, o secretário do velho, quer dizer, de meu tio, e Miss Lingard, que estava aqui para ajudá-lo a escrever a história dos Chevenix-Gore. Ela compila informações históricas para escritores. É isso, eu acho.

Poirot assentiu com a cabeça e disse:

— E, pelo que entendi, vocês realmente ouviram o tiro que matou seu tio?

— É, nós ouvimos. Parecia uma rolha de champanhe... ao menos, foi o que pensei. Susan e Miss Lingard pensaram que era o escapamento de um carro lá fora... a estrada passa bem perto, o senhor sabe.

— Quando foi isso?

— Ah, por volta das 20h10. Snell tinha acabado de bater o primeiro gongo.

— E onde o senhor estava quando ouviu?

— No saguão. Nós... estávamos rindo disso... discutindo sobre de onde vinha o som. Eu disse que vinha da sala de jantar, e Susan falou que vinha da sala de estar, e Miss Lingard comentou que parecia vir do andar de cima, já Snell disse que vinha da estrada lá fora, só que pelas janelas do primeiro andar. E Susan perguntou: "Mais alguma teoria?", e eu ri e disse que sempre havia a possibilidade de um assassinato! É horrível pensar nisso agora.

Seu rosto contraiu-se com nervosismo.

— Não lhe ocorreu que Sir Gervase pudesse ter se matado?

— Não, claro que não.

— O senhor não tem, de fato, ideia do motivo que o levou a atirar em si mesmo?

Hugo disse devagar:

— Ah, bem, eu não deveria dizer isso...

— O senhor *tem* uma ideia?

— Sim... bem... é difícil de explicar. Claro, não esperava que ele cometesse suicídio, mas, mesmo assim, não fiquei tão surpreso. A verdade é que meu tio estava louco de pedra, Monsieur Poirot. Todo mundo sabia disso.

— Parece uma explicação suficiente para o senhor?

— Bem, as pessoas atiram em si mesmas quando a cabeça delas está um pouco virada.

— Uma explicação de uma simplicidade admirável.

Hugo o encarou.

Poirot levantou-se de novo e perambulou sem rumo pela sala. Era confortavelmente mobiliada, os móveis em sua maioria com um estilo vitoriano bastante pesado. Havia estantes de livros enormes, poltronas gigantes e algumas cadeiras de espaldar reto de estilo Chippendale genuíno. Não havia muitos ornamentos, mas alguns itens de bronze sobre a prateleira da lareira atraíram a atenção de Poirot e, pelo visto, despertaram sua admiração. Ele os pegou um por um, examinando-os com minúcia antes de recolocá-los no lugar com cuidado. Do que estava na extrema esquerda, ele separou alguma coisa com a ponta da unha.

— O que é isso? — perguntou Hugo sem muito interesse.

— Nada demais. Uma pequena lasca de espelho.

Hugo comentou:

— Engraçado o jeito que aquele espelho foi quebrado pelo tiro. Um espelho quebrado significa má sorte. Coitado do velho Gervase... suponho que a sorte dele tenha durado um pouco demais.

— Seu tio era um homem de sorte?

Hugo deu uma risadinha.

— Ora, a sorte dele era famosa, pois tudo que ele tocava virava ouro! Se apostasse em um azarão, o cavalo ganhava! Se investisse em uma mina duvidosa, logo encontravam um veio de minério! Ele empreendeu as fugas mais incríveis das situações mais complicadas. Sua vida foi salva por uma espécie de milagre mais de uma vez. Veja bem, ele era um bom velhote, à sua maneira. É certo que ele "esteve em lugares e viu coisas"... mais que a maioria de sua geração.

Poirot murmurou em tom de conversa:

— O senhor era apegado ao seu tio, Mr. Trent?

Hugo Trent pareceu um pouco surpreso com a pergunta.

— Ah... hum... sim, claro — disse ele de um jeito vago. — O senhor sabe, às vezes era um homem um pouco difícil. Era bastante tenso conviver com ele e tudo o mais. Felizmente, não precisei ter tanto contato com ele assim.

— *Ele* tinha afeto pelo *senhor*?

— Não que fosse notável! Na verdade, se ressentia da minha existência, por assim dizer.

— Como assim, Mr. Trent?

— Bem, veja o senhor, ele não teve um filho e isso era um grande sofrimento para ele. Era louco pela família e todo esse tipo de coisa. Acredito que o magoava profundamente saber que, quando morresse, os Chevenix-Gore deixariam de existir. Eles vêm desde a conquista normanda, sabia disso? O velho era o último deles. Suponho que isso *era* bem horrível do ponto de vista dele.

— O senhor não compartilha desse sentimento?

Hugo deu de ombros.

— Coisas assim me parecem bastante antiquadas.

— O que vai acontecer com a propriedade?

— Não sei. Talvez eu fique com ela. Ou ele pode tê-la deixado para Ruth. Provavelmente será de Vanda enquanto viver.

— Seu tio não declarou suas intenções de forma definitiva?

— Bem, ele tinha uma ideia.

— Que era?

— A ideia dele era que Ruth e eu devíamos nos casar.

— Sem dúvida teria sido muito adequado.

— Sem dúvida, adequado. Mas Ruth... bem, Ruth tem opiniões muito decididas sobre a própria vida. Veja bem, ela é uma jovem extremamente atraente e sabe disso. Não tem pressa em se casar e se aquietar.

Poirot inclinou-se para a frente.

— Mas o senhor estaria disposto, Monsieur Trent?

Hugo disse em um tom de voz entediado:

— De verdade, não consigo ver diferença em com quem a pessoa se casa hoje em dia. O divórcio é tão fácil. Se não está se dando bem, nada é mais fácil do que cortar relações e recomeçar.

A porta se abriu, e Forbes entrou com um homem alto e de aparência elegante.

Este último acenou com a cabeça para Trent.

— Olá, Hugo. Sinto muitíssimo pelo acontecido. Que difícil para todos vocês.

Hercule Poirot aproximou-se.

— Como vai, Major Riddle? O senhor se lembra de mim?

— Sim, de fato. — O chefe de polícia o cumprimentou com um aperto de mãos. — Então, *o senhor* veio até aqui?

Havia uma nota pensativa em sua voz. Ele olhou com curiosidade para Hercule Poirot.

IV

— Bem? — disse Major Riddle.

Haviam se passado vinte minutos. O interrogativo "Bem?" do chefe de polícia foi para o legista da polícia, um homem idoso e esguio com cabelos grisalhos.

Este último deu de ombros.

— Está morto há mais de meia hora, mas não mais de uma. Sei que não querem detalhes técnicos, então vou poupá-los. O homem foi baleado na cabeça, com a pistola apontada a alguns centímetros da têmpora direita. A bala atravessou o cérebro e voltou a sair.

— Perfeitamente compatível com suicídio?

— Sim, sem sombra de dúvida. O corpo, então, despencou na cadeira, e a pistola caiu de sua mão.

— O senhor está com a bala?

— Estou. — O legista ergueu-a.

— Ótimo — disse o Major Riddle. — Vamos guardá-la para compará-la com a pistola. Ainda bem que é um caso claro e sem dificuldades.

Hercule Poirot perguntou em voz baixa:

— *Tem certeza* de que não há dificuldades, doutor?

O médico respondeu com lentidão:

— Bem, suponho que o senhor possa dizer que há algo um pouco estranho. Quando ele atirou em si mesmo, talvez estivesse ligeiramente inclinado para a direita. Caso contrário, a bala teria atingido a parede *abaixo* do espelho, em vez de bem no meio dele.

— Uma posição desconfortável para se cometer suicídio — comentou Poirot.

O legista deu de ombros.

— Ah, bem... pensar em conforto... se a pessoa vai acabar com tudo... — Ele deixou a frase inacabada.

Major Riddle disse:

— O corpo pode ser retirado agora?

— Ah, pode. Já fiz o que precisava antes da autópsia.

— E o senhor, inspetor? — Major Riddle falou com um homem alto, de rosto impassível, à paisana.

— Tudo certo, senhor. Temos tudo o que queremos. Há apenas impressões digitais do falecido na pistola.

— Então pode prosseguir.

Os restos mortais de Gervase Chevenix-Gore foram retirados dali. O chefe de polícia e Poirot foram deixados a sós.

— Bem — disse Riddle —, tudo parece bastante claro e simples. Porta trancada, janela fechada, chave da porta no bolso do morto. Tudo nos conformes, exceto por uma circunstância.

— Que seria qual, meu amigo? — questionou Poirot.

— *O senhor*! — respondeu Riddle sem rodeios. — O que o senhor está fazendo por aqui?

Como resposta, Poirot entregou-lhe a carta que recebera do morto uma semana antes e o telegrama que finalmente o levara até lá.

O chefe de polícia bufou.

— Interessante. Teremos de investigar a fundo. Acredito que isso teve relação direta com seu suicídio.

— Concordo.

— Precisamos verificar quem está na casa.

— Posso lhe dizer os nomes. Acabo de interrogar Mr. Trent.

Ele repetiu a lista de nomes.

— Talvez o senhor, Major Riddle, saiba algo sobre essas pessoas?

— Claro que sei alguma coisa sobre eles. Lady Chevenix-Gore é tão louca à sua maneira quanto o velho Sir Gervase. Eram dedicados um ao outro... e os dois bastante malucos. É a criatura mais insegura que já existiu, com uma astúcia estranha que acerta as coisas na mosca da maneira mais surpreendente, vez ou outra. As pessoas riem muito dela, e eu acho que ela sabe disso, mas não se importa. Não tem qualquer senso de humor.

— A senhorita Chevenix-Gore é apenas a filha adotiva deles, pelo que entendo?

— Isso mesmo.

— Uma jovem muito bonita.

— É uma garota diabolicamente atraente. Tem causado estragos no coração da maioria dos jovens por aqui. Ela seduz todos eles, rejeita-os e ri deles. Cavalga muito bem e tem mãos maravilhosas.

— Isso, no momento, não nos interessa.

— Hum... não, talvez não... Bem, sobre as outras pessoas. Conheço o velho Bury, claro. Ele está aqui a maior parte do tempo, quase um gato domesticado rondando pela casa. Uma espécie de assistente pessoal de Lady Chevenix-Gore. É um amigo de muito tempo. Conhecem-no desde sempre. Acho que ele e Sir Gervase estavam interessados em alguma empresa da qual Bury era diretor.

— Oswald Forbes, o senhor sabe alguma coisa sobre ele?

— Acredito que já o encontrei uma vez.

— Miss Lingard?

— Nunca ouvi falar dela.

— Miss Susan Cardwell?

— A garota bonita de cabelos ruivos? Eu a vi com Ruth Chevenix-Gore nesses últimos dias.

— Mr. Burrows?

— Sim, eu o conheço. Secretário de Chevenix-Gore. Cá entre nós, não gosto muito dele. É bem-apessoado e sabe disso. Não faz muito parte das altas rodas.

— Faz muito tempo que está com Sir Gervase?

— Cerca de dois anos, imagino.

— E não há alguém mais...?

Poirot se interrompeu.

Um homem alto de cabelos claros e em trajes de passeio entrou apressado. Estava sem fôlego e parecia perturbado.

— Boa noite, Major Riddle. Ouvi um boato de que Sir Gervase havia atirado em si mesmo e corri para cá. Snell contou-me que é verdade. É inacreditável! Não posso crer!

— É verdade, Lake. Deixe-me apresentá-lo. Este é o Capitão Lake, agente responsável pelos bens de Sir Gervase. Este é Monsieur Hercule Poirot, talvez o senhor tenha ouvido falar dele, Lake.

O rosto de Lake iluminou-se com o que parecia ser uma espécie de incredulidade encantada.

— Monsieur Hercule Poirot? Estou muito mais que feliz em conhecê-lo. Pelo menos... — Ele estacou, o sorriso rápido e encantador desapareceu, parecendo perturbado e chateado. — Não há nada de... estranho... nesse suicídio, há, senhor?

— Por que haveria algo de "estranho", como o senhor diz? — questionou o chefe de polícia com perspicácia.

— Quero dizer, porque Monsieur Poirot está aqui. Ah, e porque todo esse negócio parece tão inacreditável!

— Não, não — disse Poirot rapidamente. — Não estou aqui por causa da morte de Sir Gervase. Eu já estava na casa... como convidado.

— Ah, entendo. Engraçado, ele nunca me contou que o senhor viria quando eu estava revisando as contas com ele esta tarde.

Poirot disse baixinho:

— O senhor usou duas vezes a palavra "inacreditável", Capitão Lake. Então, o senhor está mesmo muito surpreso ao saber que Sir Gervase cometeu suicídio?

— De fato, estou. Claro, ele era louco de pedra, todos concordariam sobre isso. Mas, mesmo assim, apenas não consigo imaginá-lo pensando que o mundo poderia continuar sem ele.

— Sim — disse Poirot. — É uma questão, essa. — E olhou com apreço para o semblante franco e inteligente daquele jovem.

O Major Riddle pigarreou.

— Já que está aqui, Capitão Lake, talvez possa se sentar e responder a algumas perguntas.

— Com certeza, senhor.

Lake ocupou uma cadeira em frente às outras duas.

— Quando o senhor viu Sir Gervase pela última vez?

— Hoje à tarde, pouco antes das quinze horas. Havia algumas contas a serem verificadas e a questão de um novo inquilino para uma das fazendas.

— Quanto tempo ficou com ele?

— Talvez meia hora.

— Pense com cuidado e me diga se notou alguma coisa incomum no jeito dele.

O jovem ponderou.

— Não, acho que não. Talvez estivesse um pouco agitado... mas isso não era incomum.

— Não estava deprimido de alguma forma?

— Ah, não, parecia de bom humor. Estava se divertindo muito nesses últimos tempos, escrevendo a história da família.

— Estava fazendo isso há quanto tempo?

— Começou há cerca de seis meses.

— Foi quando Miss Lingard veio para cá?

— Não. Ela chegou faz uns dois meses, quando ele descobriu que não conseguiria fazer o trabalho de pesquisa necessário sozinho.

— E o senhor acha que ele estava se divertindo?

— Ah, sim, estava se divertindo muito! De verdade achava que nada mais importava no mundo, exceto sua família.

Surgiu um tom de amargura momentânea na voz do jovem.

— Então, pelo que o senhor sabe, Sir Gervase não tinha qualquer preocupação, certo?

Houve uma pausa leve, muito leve, antes de o Capitão Lake responder.

— Não.

Poirot de repente fez uma pergunta:

— O senhor acha que Sir Gervase não estava preocupado com a filha?

— Com a filha?

— Foi o que eu disse.

— Não que eu saiba — respondeu o jovem de um jeito tenso.

Poirot não disse mais nada. Major Riddle disse:

— Bem, obrigado, Lake. Talvez devesse ficar por aqui caso eu queira perguntar alguma coisa.

— Com certeza, senhor. — Ele levantou-se. — Tem algo que eu possa fazer?

— Sim, peça para o mordomo vir até aqui. E talvez possa tentar descobrir para mim como está Lady Chevenix-Gore e ver se eu poderia trocar algumas palavras com ela agora, ou se ela está abalada demais para isso.

O jovem assentiu e saiu da sala a passos rápidos e decididos.

— Uma personalidade atraente — comentou Hercule Poirot.

— Sim, bom sujeito e bom no que faz. Todo mundo gosta dele.

V

— Sente-se, Snell — disse Major Riddle em um tom amigável. — Tenho muitas perguntas a lhe fazer e imagino que isso tenha sido um choque para o senhor.

— Ah, de fato, senhor. Obrigado.

Snell sentou-se com um ar tão discreto que era praticamente como se tivesse permanecido de pé.

— Está aqui faz bastante tempo, não é?

— Dezesseis anos, senhor, desde que Sir Gervase... hum... se aquietou aqui, por assim dizer.

— Ah, sim, claro, seu patrão era um grande viajante nos bons tempos.

— Sim, senhor. Partiu em uma expedição ao Polo e a muitos outros lugares interessantes.

— Agora, Snell, o senhor pode me dizer quando viu seu patrão pela última vez esta noite?

— Eu estava na sala de jantar, senhor, cuidando para que a mesa estivesse arrumada. A porta do saguão estava aberta, e eu vi Sir Gervase descer as escadas, atravessar o saguão e seguir pelo corredor até o escritório.

— Isso foi a que horas?

— Pouco antes das vinte horas. Pode ter sido até 19h55.

— E essa foi a última vez que o senhor o viu?

— Sim, senhor.

— O senhor ouviu um tiro?

— Ah, sim, de fato, senhor, mas claro que não fazia ideia no momento... como poderia saber?

— O que achou que era?

— Achei que fosse um carro, senhor. A estrada passa bem perto da muralha do parque. Ou talvez tivesse sido um tiro na floresta... um caçador ilegal, talvez. Nunca sequer sonhei...

O Major Riddle interrompeu-o.

— Que horas eram?

— Eram exatamente 20h08, senhor.

O chefe de polícia disse um tanto brusco:

— Como é que o senhor pode precisar o tempo dessa forma?

— Isso é fácil, senhor. Eu tinha acabado de bater o primeiro gongo.

— O primeiro gongo?

— Sim, senhor. Por ordem de Sir Gervase, um gongo precisa soar sempre sete minutos antes do gongo do jantar. Ele era muito exigente, senhor, e queria que todos estivessem prontos na sala de estar quando o segundo gongo soasse. Assim que bati o segundo gongo, fui à sala de estar e anunciei o jantar, e todos entraram.

— Estou começando a entender — disse Hercule Poirot — por que o senhor pareceu tão surpreso quando anunciou o jantar esta noite. Era comum Sir Gervase não estar na sala de estar?

— Eu nunca vi isso acontecer antes, senhor. Foi mesmo um choque. Até pensei que...

De novo, o Major Riddle interrompeu com habilidade:

— E os outros também costumavam estar lá?

Snell tossiu.

— Qualquer pessoa que se atrasasse para o jantar, senhor, nunca mais era convidada para esta casa.

— Hum, muito drástico.

— Sir Gervase contratou um chef que trabalhava anteriormente com o imperador da Morávia. Ele costumava dizer que o jantar era tão importante quanto um ritual religioso.

— E quanto à família dele?

— Lady Chevenix-Gore sempre foi muito cuidadosa em não o perturbar, senhor, e nem mesmo Miss Ruth ousava se atrasar para o jantar.

— Interessante — murmurou Hercule Poirot.

— Entendo — comentou Riddle. — Então, sendo o jantar às 20h15, o senhor bateu o primeiro gongo às vinte, como de costume?

— É verdade, senhor... mas não foi como de costume. Geralmente, o jantar era servido às vinte horas. Sir Gervase deu ordens para que o jantar fosse quinze minutos mais tarde esta noite, pois esperava um cavalheiro no trem noturno.

Snell fez uma pequena reverência na direção de Poirot enquanto falava.

— Quando seu patrão foi para o escritório, ele parecia chateado ou preocupado de alguma forma?

— Não sei dizer, senhor. Estava muito longe para eu julgar sua expressão. Apenas o notei, só isso.

— Ele ficou sozinho quando foi ao escritório?

— Sim, senhor.

— Alguém foi ao escritório depois disso?

— Não sei dizer, senhor. Depois disso, fui à despensa do mordomo e fiquei lá até soar o primeiro gongo, às 20h08.

— Foi quando o senhor ouviu o tiro?

— Sim, senhor.

Com suavidade, Poirot fez uma pergunta.

— Houve outros, creio eu, que também ouviram o tiro?

— Sim, senhor. Mr. Hugo e Miss Cardwell. E Miss Lingard.

— Essas pessoas também estavam no saguão?

— Miss Lingard saiu da sala de estar, e Miss Cardwell e Mr. Hugo estavam descendo as escadas.

Poirot perguntou:

— Houve alguma conversa sobre o assunto?

— Bem, Mr. Hugo perguntou se havia champanhe para o jantar. Disse a ele que seriam servidos xerez, vinho branco e vinho tinto.

— Ele achou que fosse uma rolha de champanhe?

— Sim, senhor.

— Mas ninguém levou a sério?

— Ah, não, senhor. Todos foram para a sala, conversando e rindo.

— Onde estavam os outros convidados da casa?

— Não sei dizer, senhor.

Major Riddle perguntou:

— O senhor sabe alguma coisa sobre esta pistola? — Ele a mostrou enquanto falava.

— Ah, sim, senhor. Pertencia a Sir Gervase. Ele a mantinha sempre aqui na gaveta da escrivaninha.

— Costumava estar carregada?

— Não sei dizer, senhor.

Major Riddle deixou a pistola de lado e pigarreou.

— Agora, Snell, vou lhe fazer uma pergunta bastante importante. Espero que responda com a maior sinceridade possível: *o senhor conhece algum motivo que possa ter levado seu patrão a cometer suicídio?*

— Não, senhor. Não sei de nada.

— Nos últimos tempos, Sir Gervase não estava estranho em seus modos? Não estava deprimido? Ou preocupado?

Snell tossiu, desculpando-se.

— Desculpe-me por dizê-lo, senhor, mas Sir Gervase sempre pareceria um tanto estranho para quem não era da casa. Era um cavalheiro muito original, senhor.

— Sim, sim, estou bem ciente disso.

— Pessoas de fora, senhor, nem sempre *entendiam* Sir Gervase. — Snell deu um bom destaque àquela palavra.

— Eu sei. Eu sei. Mas não havia nada que *o senhor* pudesse considerar incomum?

O mordomo hesitou.

— Acho, senhor, que Sir Gervase estava preocupado com alguma coisa — disse por fim.

— Preocupado e deprimido?

— Eu não diria deprimido, senhor. Mas preocupado, sim.

— Tem alguma ideia da causa dessa preocupação?

— Não, senhor.

— Estava ligada a alguma pessoa em particular, por exemplo?

— Não sei dizer mesmo, senhor. Em todo caso, é apenas uma impressão minha.

Poirot voltou a falar.

— Você ficou surpreso com o suicídio dele?

— Muito surpreso, senhor. Foi um choque terrível para mim. Nunca sonhei com tal situação.

Poirot assentiu, pensativo.

Riddle olhou para ele e, em seguida, disse:

— Bem, Snell, acho que é tudo o que queremos lhe perguntar. Tem certeza de que não há mais nada que possa nos contar, nenhum incidente incomum, por exemplo, que tenha acontecido nos últimos dias?

O mordomo, levantando-se, negou com um aceno de cabeça.

— Não há nada, senhor, absolutamente nada.

— Então, está dispensado.

— Obrigado, senhor.

Avançando na direção da porta, Snell recuou e ficou de lado. Lady Chevenix-Gore entrou na sala como se flutuasse.

Estava usando um traje oriental de seda roxa e laranja bem justo no corpo. Seu rosto era sereno, e seus modos, contidos e calmos.

— Lady Chevenix-Gore. — O Major Riddle ficou de pé.

Ela disse:

— Disseram-me que o senhor gostaria de falar comigo, então, eu vim.

— Vamos para outra sala? Deve ser muito doloroso para a senhora.

Lady Chevenix-Gore balançou a cabeça e se sentou em uma das cadeiras Chippendale, murmurando:

— Ah, não, o que importa?

— É muita gentileza da sua parte, Lady Chevenix-Gore, deixar seus sentimentos de lado. Sei que choque terrível deve ter sido e...

Ela o interrompeu.

— No início, foi mesmo um choque — admitiu ela. Seu tom de voz era leve e coloquial. — Mas, veja bem, não existe Morte, na verdade, apenas Mudança. — Ela adicionou: — De fato, neste momento, Gervase está logo atrás do senhor, à esquerda. Posso vê-lo com nitidez.

O ombro esquerdo do major Riddle estremeceu ligeiramente. Ele olhou para Lady Chevenix-Gore de um jeito bastante desconfiado.

Ela sorriu para ele, um sorriso dúbio e feliz.

— O senhor não acredita nisso, claro! Poucas pessoas acreditarão. Para mim, o mundo espiritual é tão real quanto este. Mas, por favor, pergunte-me o que quiser e não se preocupe em me afligir. Não estou nem um pouco aflita. Tudo, veja só o senhor, é Destino. Não se pode escapar do karma. Tudo se encaixa... o espelho... tudo.

— O espelho, *madame*? — perguntou Poirot.

Ela acenou com a cabeça vagamente em direção ao objeto.

— Isso. Está estilhaçado, veja o senhor. Um símbolo! Conhece o poema de Tennyson? Eu costumava lê-lo quando menina... embora, é claro, eu não percebesse seu lado esotérico. "'*O espelho rachou de ponta a ponta. Cai sobre mim a maldição!*', exclamou a Dama de Shalott." Foi o que aconteceu com Gervase. A Maldição acometeu-o de repente. Acho que a maioria das famílias muito antigas tem uma maldição... o espelho quebrado. Ele sabia que estava condenado! *A Maldição chegou!*

— Mas, *madame*, não foi uma maldição que quebrou o espelho, foi uma bala!

Lady Chevenix-Gore disse, ainda da mesma maneira doce e dúbia:

— É tudo a mesma coisa, de verdade... Foi o Destino.

— Mas seu marido deu um tiro em si mesmo.

Lady Chevenix-Gore sorriu, complacente.

— Claro, ele não deveria ter feito isso. Mas Gervase sempre foi impaciente. Nunca conseguia esperar. Sua hora havia chegado... ele se apressou para encontrá-la. Na verdade, é tudo tão simples.

Major Riddle, pigarreando e cheio de exasperação, disse de um jeito brusco:

— Então, a senhora não ficou surpresa com o fato de seu marido ter tirado a própria vida? A senhora esperava que tal coisa acontecesse?

— Ah, não. — Seus olhos se arregalaram. — Nem sempre é possível prever o futuro. Gervase, claro, era um homem muito estranho, muito incomum. Era completamente diferente de qualquer outra pessoa. Era um dos Grandes renascidos. Eu já sabia disso fazia algum tempo. Acho que ele mesmo sabia. Ele achava muito difícil conformar-se com os pequenos padrões tolos do mundo cotidiano. — Ela acrescentou, olhando por cima do ombro do Major Riddle. — Ele está sorrindo agora. Está pensando em como todos nós somos bobos. E somos mesmo. Como crianças. Fingindo que a vida é real e que importa... A vida é apenas uma das Grandes Ilusões.

Sentindo que estava travando uma batalha perdida, Major Riddle perguntou com desespero:

— A senhora não poderá nos ajudar em nada quanto ao *motivo* de seu marido ter tirado a própria vida?

Ela encolheu os ombros magros.

— Forças nos movem... elas nos movem... Você não consegue entender. Você se move apenas no plano material.

Poirot tossiu.

— E por falar no plano material, a senhora tem alguma ideia, *madame*, de quais foram as disposições de seu marido quanto ao dinheiro dele?

— Dinheiro? — Ela o encarou. — Nunca penso em dinheiro.

Seu tom era desdenhoso.

Poirot mudou para outra questão.

— Quanto tempo a senhora levou para vir jantar esta noite?

— Tempo? O que é o Tempo? Infinito, essa é a resposta. O Tempo é infinito.

Poirot murmurou:

— Mas seu marido, *madame*, era bastante meticuloso com relação ao tempo... especialmente, pelo que me disseram, com relação ao horário do jantar.

— Meu querido Gervase — sorriu ela com complacência. — Ele era muito tolo nesse sentido. Mas isso o deixava feliz. Por isso nunca nos atrasávamos.

— *Madame*, a senhora estava na sala de estar quando soou o primeiro gongo?

— Não, nesse momento eu estava em meu quarto.

— A senhora se lembra de quem estava na sala de estar quando desceu?

— Quase todo mundo, acho — disse Lady Chevenix-Gore, incerta. — Isso importa?

— Talvez não — admitiu Poirot. — Então, há mais uma coisa. Seu marido alguma vez lhe disse que suspeitava de estar sendo roubado?

Lady Chevenix-Gore não parecia muito interessada na questão.

— Roubado? Não, acho que não.

— Roubado, enganado... vitimizado de alguma forma...?

— Não... não... acho que não... Gervase ficaria muito zangado se alguém ousasse fazer algo assim.

— De qualquer forma, ele não disse nada sobre isso para a senhora?

— Não, não. — Lady Chevenix-Gore negou com a cabeça, ainda sem muito interesse real. — Eu devia ter me lembrado...

— Quando a senhora viu seu marido vivo pela última vez?

— Ele foi me ver antes de descer para o jantar, como sempre. Minha camareira estava lá. Ele disse apenas que estava descendo.

— Sobre o que mais ele falou nas últimas semanas?

— Ah, sobre a história da família. Estava se dando tão bem com isso. Achava de valor inestimável aquela velha engraçada, Miss Lingard. Ela procurava coisas para ele no Museu Britânico... coisas assim. Ela trabalhou com Lorde Mulcaster em seu livro, o senhor sabe. E tinha tato... quer dizer, ela não buscava as coisas erradas. Afinal, existem ancestrais que ninguém quer descobrir. Gervase era muito sensível. Ela também me ajudou, conseguiu muitas informações para mim sobre a rainha-faraó Hatshepsut. Sou uma reencarnação de Hatshepsut, veja.

Lady Chevenix-Gore fez esse anúncio com voz calma.

— Antes disso — continuou ela —, fui uma Sacerdotisa em Atlântida.

Major Riddle mexeu-se um pouco na cadeira.

— Hum... hum... muito interessante — comentou ele. — Bem, realmente, Lady Chevenix-Gore, acho que isso é tudo. Muito gentil de sua parte.

Lady Chevenix-Gore levantou-se, envolvendo-se em suas vestes orientais.

— Boa noite — disse ela. E, então, seus olhos se deslocaram para um ponto atrás do Major Riddle. — Boa noite, querido Gervase. Gostaria que você pudesse vir, mas sei que precisa ficar aqui. — Ela acrescentou à guisa de explicação: — Você tem que ficar no lugar onde fez a passagem por pelo menos 24 horas. Leva algum tempo até que possa se mover livremente e se comunicar.

Ela saiu da sala, arrastando os pés.

Major Riddle enxugou a testa.

— Ufa — murmurou ele. — Ela é muito mais maluca do que eu pensei. Ela acredita de verdade em todas essas besteiras?

Poirot balançou a cabeça, pensativo.

— É possível que a ajude — comentou ele. — Neste momento, ela precisa criar para si um mundo de ilusão para que possa escapar da dura realidade que é a morte do marido.

— Ela parece quase insana para mim — disse Major Riddle. — Uma longa mistura de besteiras sem uma palavra com sentido.

— Não, não, meu amigo. O interessante é que, como Mr. Hugo Trent comentou casualmente comigo, em meio a todos esses devaneios há um impulso ocasional de astúcia. Ela demonstrou esse fato com o comentário sobre o tato de Miss Lingard em não focar em ancestrais indesejáveis. Acredite em mim, Lady Chevenix-Gore não é tola.

Ele se levantou e começou a andar de um lado para o outro na sala.

— Há coisas neste caso de que eu não gosto. Não, não gosto nada dessas coisas.

Riddle olhou para ele com curiosidade.

— O senhor diz sobre o motivo do suicídio dele?

— Suicídio... suicídio! Está tudo errado, é o que eu lhe digo. *A psicologia está errada.* O que Chevenix-Gore pensava de si mesmo? Que era um Colosso, uma pessoa de importância imensa, o centro do universo! Um homem assim destruindo a si mesmo? Definitivamente, não. Seria muito mais provável que ele destruísse outra pessoa, um verme de um ser humano miserável que ousou lhe causar aborrecimento... Tal ato ele pode considerar necessário, até consagrado! Mas autodestruição? A destruição desse Eu?

— Muito bem, Poirot. Mas as provas são bastante claras. Porta trancada, chave no próprio bolso. Janela fechada e com trinco passado. Sei que essas coisas acontecem nos livros... mas nunca as encontrei na vida real. Mais alguma coisa?

— Mas, claro, tem algo mais. — Poirot sentou-se na cadeira. — Aqui estou. Eu sou Chevenix-Gore. Estou sentado à minha mesa. Estou determinado a me matar porque, digamos, fiz uma descoberta sobre uma terrível desonra para o nome da minha família. Não é muito convincente, mas deve bastar.

"*Eh bien*, o que faço? Rabisco em um pedaço de papel as palavras 'Me desculpem'. Sim, é bem possível. Então, abro uma gaveta da escrivaninha, tiro a pistola que guardo ali, carrego-a, se não estiver carregada, e então... atiro em mim mesmo? Não, primeiro viro minha cadeira... e me inclino um pouco para a direita... assim... e, então, coloco a pistola na têmpora e atiro!"

Poirot levantou-se da cadeira e, virando-se, perguntou:

— Eu pergunto ao senhor, isso faz sentido? *Por que* virar a cadeira? Se, por exemplo, houvesse um quadro na parede ali, então, sim, poderia haver uma explicação. Algum retrato que um moribundo talvez desejasse que fosse a última coisa na terra que seus olhos veriam, mas uma cortina de janela... *ah non*, isso não faz sentido.

— Talvez pudesse ter desejado olhar pela janela. Ter uma última vista da propriedade.

— Meu caro amigo, o senhor não está fazendo essa sugestão com convicção. Na verdade, sabe que é um absurdo. Às 20h08 já estava escuro e, de qualquer modo, as cortinas estão fechadas. Não, deve haver alguma outra explicação...

— Há apenas uma, até onde posso ver. Gervase Chevenix-Gore estava louco.

Poirot fez que não com a cabeça com insatisfação.

Major Riddle levantou-se.

— Venha — disse ele. — Vamos interrogar o restante do grupo. Talvez consigamos alguma coisa desse jeito.

VI

Após as dificuldades de conseguir uma declaração direta de Lady Chevenix-Gore, Major Riddle encontrou um alívio considerável ao lidar com um advogado astuto como Forbes.

Mr. Forbes foi extremamente reservado e cauteloso em suas declarações, mas direto ao ponto em todas as suas respostas.

Admitiu que o suicídio de Sir Gervase foi um grande choque para ele, que nunca teria considerado Sir Gervase o tipo de homem que tiraria a própria vida. Não sabia de nenhum motivo para tal ato.

— Sir Gervase não era apenas meu cliente, mas também um velho amigo. Eu o conheço desde a infância. Devo dizer que sempre gostou da vida.

— Nas atuais circunstâncias, Mr. Forbes, preciso lhe pedir que fale com bastante franqueza. Não sabia de qualquer ansiedade ou tristeza secreta na vida de Sir Gervase?

— Não. Ele tinha preocupações menores, como a maioria dos homens, mas nada grave.

— Nenhuma doença? Nenhum problema entre ele e a esposa?

— Não. Sir Gervase e Lady Chevenix-Gore eram devotados um ao outro.

Major Riddle comentou com cautela:

— Lady Chevenix-Gore parece ter opiniões um tanto curiosas.

Mr. Forbes sorriu — um sorriso condescendente e másculo.

— As senhoras — disse ele — têm direito às suas fantasias.

O chefe de polícia continuou:

— O senhor administrava todos os assuntos jurídicos de Sir Gervase?

— Sim, minha empresa, Forbes, Ogilvie e Spence, atua para a família Chevenix-Gore há mais de cem anos.

— Houve algum... escândalo na família Chevenix-Gore?

As sobrancelhas de Mr. Forbes ergueram-se.

— Não sei se o entendi muito bem.

— Monsieur Poirot, pode mostrar a Mr. Forbes a carta que me mostrou?

Em silêncio, Poirot levantou-se e entregou a carta a Mr. Forbes com uma pequena reverência.

Mr. Forbes leu e suas sobrancelhas se ergueram ainda mais.

— Uma carta mais que notável — comentou ele. — Compreendo sua pergunta agora. Não, pelo que sei, não havia nada que justificasse a escrita de tal carta.

— Sir Gervase não lhe disse nada sobre isso?

— Nada mesmo. Preciso dizer que acho muito curioso que ele não tenha comentado.

— Estava acostumado a confiar no senhor?

— Acho que confiava no meu discernimento.

— E o senhor não tem ideia a que essa carta se refere?

— Não gostaria de fazer nenhuma especulação precipitada.

Major Riddle gostou da sutileza dessa resposta.

— Agora, Mr. Forbes, talvez o senhor possa nos contar como Sir Gervase deixou seus bens.

— Claro. Não vejo objeção a tal curso. Para a esposa, Sir Gervase deixou uma renda anual de seis mil libras a cargo da renda da propriedade, e o direito de escolha entre a Dower House ou a casa da cidade, em Lowndes Square, o que ela preferir. Há, claro, vários legados e heranças, mas nada de natureza excepcional. O restante de seus bens foi deixado para a filha adotiva, Ruth, com a condição de que, se ela se casar, seu marido adote o nome de Chevenix-Gore.

— Não sobrou nada para o sobrinho dele, Mr. Hugo Trent?

— Sobrou. Uma herança de cinco mil libras.

— E suponho que Sir Gervase era um homem rico.

— Extremamente rico. Tinha uma vasta fortuna particular, além da propriedade. Claro, não estava tão bem de vida como no passado, e quase todos os rendimentos investidos sentiram a tensão. Além disso, Sir Gervase havia gastado muito dinheiro com uma certa empresa, a Paragon Synthetic Rubber Substitute, na qual o Coronel Bury o convenceu a investir muito dinheiro.

— Não foi um conselho muito sábio?

Mr. Forbes suspirou.

— Soldados aposentados são os que mais sofrem quando se envolvem em operações financeiras. Descobri que a credulidade deles supera em muito a das viúvas... e isso quer dizer muito mesmo.

— Mas esses investimentos infelizes não afetaram de maneira excessiva a renda de Sir Gervase?

— Ah, não, a sério não. Ainda era um homem extremamente rico.

— Quando esse testamento foi feito?

— Há dois anos.

Poirot murmurou:

— Esse arranjo não foi um tanto injusto com Mr. Hugo Trent, sobrinho de Sir Gervase? Afinal, ele é o parente mais próximo de Sir Gervase.

Mr. Forbes deu de ombros.

— É preciso levar em conta uma bela pitada de histórico familiar.

— Por exemplo...?

Mr. Forbes parecia um tanto relutante em prosseguir.

Major Riddle disse:

— O senhor não deve pensar que estamos indevidamente preocupados em remexer velhos escândalos ou qualquer coisa desse tipo. Mas essa carta de Sir Gervase para Monsieur Poirot precisa ser explicada.

— É claro que não há nada de escandaloso na explicação da atitude de Sir Gervase para com seu sobrinho — disse Mr. Forbes com rapidez. — Simplesmente, Sir Gervase sempre levou muito a sério sua posição como chefe de família. Tinha um irmão e uma irmã mais novos. O irmão, Anthony Chevenix-Gore, foi morto na guerra. A irmã, Pamela, casou-se, e Sir Gervase desaprovou o casamento. Ou seja, considerava que ela deveria obter seu consentimento e aprovação antes de se casar. Achava que a família do Capitão Trent não era proeminente o suficiente para se aliar a um Chevenix-Gore. Sua irmã deu risada da atitude dele. Por isso, Sir Gervase sempre tendeu a não gostar do sobrinho. Talvez essa aversão o tenha influenciado na decisão de adotar uma criança.

— Não havia esperança de ele ter os próprios filhos?

— Não. Houve um filho natimorto cerca de um ano após o casamento. Os médicos disseram a Lady Chevenix-Gore que ela nunca poderia outro filho. Cerca de dois anos depois, ele adotou Ruth.

— E quem *era* Mademoiselle Ruth? Como chegaram a ela?

— Creio que era filha de algum parente distante.

— Imaginei — comentou Poirot. Ele olhou para a parede onde estavam pendurados retratos de família. — É possível ver que ela é do mesmo sangue... o nariz, a linha do queixo. Isso se repete muitas vezes nestas paredes.

— Ela herdou o temperamento também — comentou Mr. Forbes de um jeito seco.

— Imagino. Ela e o pai adotivo se davam bem?

— Tanto quanto o senhor pode imaginar. Houve, mais de uma vez, um embate feroz de vontades. Mas, por trás dessas brigas, acredito que também houvesse uma certa harmonia.

— Ainda assim, ela causava muita ansiedade ao pai, certo?

— Ansiedade incessante. No entanto, posso garantir que não a ponto de levá-lo a tirar a própria vida.

— Ah, isso não — concordou Poirot. — Ninguém estoura os próprios miolos porque tem uma filha teimosa! E, então, *mademoiselle* recebe a herança! Sir Gervase nunca pensou em alterar o testamento?

— A-hã! — Mr. Forbes tossiu para esconder um pouco de desconforto. — Na verdade, recebi instruções de Sir Gervase quando cheguei aqui, há dois dias, para redigir um novo testamento.

— Como assim? — Major Riddle puxou a cadeira para ficar um pouco mais próximo. — O senhor não nos contou isso.

Mr. Forbes retrucou de pronto:

— O senhor me perguntou apenas quais eram os termos do testamento de Sir Gervase. Eu lhe dei as informações que pediu. O novo testamento nem foi devidamente redigido, muito menos assinado.

— Quais eram as disposições do testamento? Podem servir como um guia para entender o estado de espírito de Sir Gervase.

— No geral, eram as mesmas de antes, mas Miss Chevenix-Gore só receberia a herança com a condição de se casar com Mr. Hugo Trent.

— A-há — disse Poirot. — Mas há uma diferença muito decisiva aí.

— Não aprovei a cláusula — disse Mr. Forbes. — E me senti obrigado a enfatizar que era bem possível que ela pudesse ser contestada e derrubada com sucesso. O tribunal não aprova esse tipo de legado condicional. Mas Sir Gervase estava bastante decidido.

— E se Miss Chevenix-Gore ou Mr. Trent se recusassem a obedecer?

— Se Mr. Trent não estivesse disposto a se casar com Miss Chevenix-Gore, então o dinheiro iria para ela incondicionalmente. No entanto, se *ele* estivesse disposto e *ela* se recusasse, o dinheiro iria para ele.

— Negócio estranho — comentou Major Riddle.

Poirot inclinou-se para a frente. Ele deu um tapinha no joelho do advogado.

— Mas o que está por trás disso? O que estava na mente de Sir Gervase quando fez essa estipulação? Deve ter havido algo muito definitivo... Deve ter havido, penso eu, o surgimento de outro homem... um que ele desaprovasse. Acho, Mr. Forbes, que *o senhor* deve saber quem era esse homem.

— Monsieur Poirot, a verdade é que não tenho informação alguma.

— Mas pode tentar adivinhar.

— Nunca tento adivinhar — retrucou Mr. Forbes em um tom escandalizado.

Tirando o pince-nez, enxugou-o com um lenço de seda e perguntou:

— Existe mais alguma coisa que os senhores desejem saber?

— No momento, não — respondeu Poirot. — Não, quer dizer, não no que me concerne.

Mr. Forbes olhou como se, em sua opinião, aquilo não fosse muito longe, e voltou a atenção para o chefe de polícia.

— Obrigado, Mr. Forbes. Acho que é tudo. Se possível, gostaria de falar com Miss Chevenix-Gore.

— Claro. Acho que ela está lá em cima com Lady Chevenix-Gore.
— Ah, bem, talvez eu dê uma palavrinha primeiro com... qual é o nome dele? Burrows, e a historiadora.
— Os dois estão na biblioteca. Eu falo com eles.

VII

— Trabalho difícil, esse — comentou Major Riddle quando o advogado saiu da sala. — Extrair informações desses advogados da velha guarda dá um pouco de trabalho. A questão toda me parece concentrada na garota.
— Parece que sim.
— Ah, lá vem o Burrows.
Godfrey Burrows entrou com uma agradável ânsia de ser prestativo. Seu sorriso tinha um ar discreto de melancolia e mostrava um pouco demais os dentes. Parecia mais mecânico que espontâneo.
— Agora, Mr. Burrows, queremos lhe fazer algumas perguntas.
— Pois não, Major Riddle. Como quiser.
— Bem, antes de mais nada, para simplificar, o senhor tem alguma ideia que justifique o suicídio de Sir Gervase?
— Absolutamente nenhuma. Foi o maior dos choques para mim.
— O senhor ouviu o tiro?
— Não. Pelo que pude compreender, eu devia estar na biblioteca na hora. Desci bem cedo e fui procurar uma referência que desejava. A biblioteca fica do outro lado da casa, longe do escritório, então não teria como ouvir algo.
— Alguém estava com o senhor na biblioteca? — perguntou Poirot.
— Eu estava sozinho.
— O senhor não tem ideia de onde as outras pessoas da casa estavam naquele momento?
— A maioria no andar de cima, trocando-se, imagino.
— Quando o senhor chegou à sala de estar?

— Pouco antes de Monsieur Poirot chegar. Todos estavam lá naquele momento... exceto Sir Gervase, claro.

— Achou estranho que ele não estivesse lá?

— Na verdade, sim, achei. Via de regra, estava sempre na sala antes de soar o primeiro gongo.

— Nos últimos tempos, o senhor notou alguma diferença no temperamento de Sir Gervase? Ele andava preocupado? Ou ansioso? Deprimido?

Godfrey Burrows ponderou.

— Não... acho que não. Um pouco... bem, preocupado, talvez.

— Mas não parecia preocupado com nenhum assunto específico?

— Ah, não.

— Não... preocupações financeiras de qualquer espécie?

— Ele estava bastante perturbado com os negócios de uma empresa específica... a Paragon Synthetic Rubber Company, para ser exato.

— O que ele comentou sobre isso?

De novo, o sorriso mecânico de Godfrey Burrows cintilou e, de novo, pareceu um pouco irreal.

— Bem, na verdade, o que ele disse foi: "O velho Bury é um tolo ou um canalha. Um tolo, suponho eu. Devo pegar leve com ele por causa de Vanda".

— E por que disse isso, *por causa de Vanda*? — questionou Poirot.

— Ora, veja bem, Lady Chevenix-Gore gostava muito do Coronel Bury, e ele a idolatrava. Seguia a mulher como um cãozinho.

— Sir Gervase não tinha... um pouco de ciúme?

— Ciúme? — Burrows encarou os homens e depois riu. — Sir Gervase com ciúme? Ele nem sequer sabia o que era isso. Ora, nunca lhe teria passado pela cabeça que alguém pudesse preferir outro homem a ele, tal coisa seria impensável, entende?

Poirot disse com suavidade:

— O senhor, eu acho, não gostava muito de Sir Gervase Chevenix-Gore, certo?

Burrows enrubesceu.

— Ora, sim, eu gostava dele. Pelo menos... bem, esse tipo de coisa parece ridícula hoje em dia.

— Que tipo de coisa? — perguntou Poirot.

— Bem, o tema feudal, se preferir chamar assim. Essa adoração da ancestralidade e a arrogância pessoal. Sir Gervase era um homem muito capaz em muitos aspectos e levou uma vida interessante, mas teria sido ainda mais interessante se não estivesse tão inteiramente envolvido consigo mesmo e com seu egocentrismo.

— A filha dele concordava com o senhor nesse sentido?

Burrows enrubesceu de novo, dessa vez atingindo um tom de roxo profundo.

Ele disse:

— Imagino que Miss Chevenix-Gore seja uma das modernas! Claro, não devo discutir o pai dela com ela.

— Mas os modernos *discutem* bastante sobre os pais! — comentou Poirot. — Faz totalmente parte do espírito moderno criticar os pais!

Burrows deu de ombros.

Major Riddle questionou:

— E não havia mais nada... nenhuma outra ansiedade financeira? Sir Gervase nunca falou em ter sido *vitimizado*?

— Vitimizado? — Burrows pareceu muito surpreso. — Ah, não.

— E o senhor se dava muito bem com ele?

— Sem dúvida, me dava. Por que não me daria?

— Estou perguntando, Mr. Burrows.

O jovem parecia mal-humorado.

— Estávamos em nossos melhores dias.

— O senhor sabia que Sir Gervase escreveu para Monsieur Poirot, pedindo-lhe que viesse para cá?

— Não.

— Sir Gervase costumava escrever as próprias cartas?

— Não, quase sempre ele as ditava para mim.

— Mas não fez isso neste caso?

— Não.

— Por que acha que isso aconteceu?

— Não consigo nem imaginar.

— O senhor não consegue sugerir nenhum motivo para que ele mesmo tenha escrito essa carta em particular?

— Não, não consigo.

— Ah! — exclamou Major Riddle, acrescentando suavemente: — Bastante curioso. Quando o senhor viu Sir Gervase pela última vez?

— Pouco antes de ir me vestir para o jantar. Levei algumas cartas para ele assinar.

— Como ele estava nesse momento?

— Bastante normal. Na verdade, devo dizer que estava bastante satisfeito consigo mesmo por alguma coisa.

Poirot mexeu-se um pouco na cadeira.

— Ah — disse ele. — Então, essa foi sua impressão, certo? Que ele estava satisfeito com alguma coisa. E, no entanto, não muito tempo depois, ele atira em si mesmo. Estranho isso!

Godfrey Burrows deu de ombros.

— Só estou compartilhando minhas impressões.

— Sim, sim, são muito valiosas. Afinal, o senhor provavelmente foi uma das últimas pessoas que viu Sir Gervase vivo.

— Snell foi a última pessoa a vê-lo.

— A vê-lo, sim, mas não a falar com ele.

Burrows não respondeu.

Major Riddle perguntou:

— Que horas eram quando o senhor subiu e se vestiu para o jantar?

— Cerca de 19h05.

— O que Sir Gervase estava fazendo?

— Eu o deixei no escritório.

— Quanto tempo ele costumava demorar para se trocar?

— Ele costumava dedicar 45 minutos para isso.

— Então, se o jantar fosse às 20h15, ele provavelmente teria subido às 19h30 no máximo?

— É muito provável que sim.

— O senhor mesmo foi se trocar cedo?

— Sim, pensei que poderia me trocar e depois ir à biblioteca procurar as referências que eu queria.

Poirot assentiu com a cabeça, pensativo. Major Riddle disse:

— Bem, acho que é tudo por enquanto. O senhor pode chamar Miss... Qual é mesmo o nome dela?

A pequena Miss Lingard entrou quase na sequência. Usava várias correntes que tilintaram um pouco quando ela se sentou e olhou inquisitivamente de um homem a outro.

— Isso tudo é muito... hum... triste, Miss Lingard — começou Major Riddle.

— Muito triste mesmo — concordou Miss Lingard, de um jeito decoroso.

— Quando a senhorita chegou a esta casa?

— Cerca de dois meses atrás. Sir Gervase escreveu a um amigo dele no Museu, o Coronel Fotheringay, e o coronel me recomendou. Fiz muitos trabalhos de pesquisa histórica.

— Achou difícil trabalhar para Sir Gervase?

— Ah, não mesmo. Era preciso adulá-lo um pouco, claro. Mas sempre acho que é preciso fazer isso com os homens.

Com uma sensação incômoda de que Miss Lingard provavelmente estivesse sendo condescendente com ele naquele momento, Major Riddle continuou:

— Seu trabalho aqui era ajudar Sir Gervase com o livro que ele estava escrevendo?

— Isso mesmo.

— E isso envolvia o quê?

Por um momento, Miss Lingard pareceu bastante humana, com os olhos brilhando enquanto respondia:

— Bem, na verdade, envolvia escrever o livro! Pesquisei todas as informações, fiz anotações e organizei o material. E, então, mais tarde, revisei o que Sir Gervase havia escrito.

— A senhorita deve ter exercido muito tato, *mademoiselle* — disse Poirot.

— Tato e firmeza. Precisamos dos dois — disse Miss Lingard.

— Sir Gervase não se ressentia de sua... hum... firmeza?

— Ah, de jeito nenhum. Claro que disse a ele que não deveria se incomodar com todos os mínimos detalhes.

— Ah, sim, entendo.

— Na verdade, foi bem simples — comentou Miss Lingard. — Sir Gervase era perfeitamente fácil de controlar se a pessoa lidasse com ele da maneira certa.

— Agora, Miss Lingard, a senhorita sabe alguma coisa que possa lançar luz sobre esta tragédia?

Miss Lingard fez que não com a cabeça.

— Receio que não. Veja bem, é claro que ele não confiava em mim de forma alguma. Eu era quase uma estranha. De todo modo, acho que era orgulhoso demais para contar seus problemas familiares a alguém.

— Mas a senhorita acha que foram problemas familiares que o levaram a tirar a própria vida?

Miss Lingard pareceu bastante surpresa.

— Mas é claro! Existe alguma outra opção?

— A senhorita tem certeza de que havia problemas familiares preocupando-o?

— Sei que sofria de uma aflição profunda.

— Ah, a senhorita sabe disso?

— Ora, é claro.

— Diga-me, *mademoiselle*, ele falou com a senhorita sobre o assunto?

— Não de forma explícita.

— O que ele falou?

— Deixe-me ver. Achei que ele não parecia estar entendendo o que eu dizia...

— Um momento. *Pardon*. Quando foi isso?

— Esta tarde. Normalmente trabalhávamos das quinze às dezessete horas.

— Por favor, continue.

— Como eu disse, Sir Gervase parecia ter dificuldade para se concentrar... na verdade, ele disse isso, acrescentando que tinha vários assuntos sérios atormentando sua mente. E ele disse... deixe-me ver... algo assim... (claro, não consigo ter certeza das palavras exatas): "É uma coisa terrível, Miss Lingard, que tal desonra deva recair sobre uma das famílias mais prestigiosas do país".

— E o que a senhorita comentou sobre isso?

— Ah, apenas algo reconfortante. Acho que disse que cada geração tinha seus pontos fracos, que esse era um dos ônus da grandeza, mas que suas falhas raramente eram lembradas na posteridade.

— E isso teve o efeito calmante que a senhorita esperava?

— Mais ou menos. Voltamos a Sir Roger Chevenix-Gore. Eu havia encontrado uma menção muito interessante sobre ele em um manuscrito contemporâneo, mas a atenção de Sir Gervase se dispersou mais uma vez. No final, ele disse que não trabalharia mais naquela tarde. Disse que havia tido um choque.

— Um choque?

— Foi isso que ele disse. Claro, eu não fiz nenhuma pergunta, apenas disse: "Lamento ouvir isso, Sir Gervase". E, então, ele me pediu para dizer a Snell que Monsieur Poirot chegaria, para adiar o jantar para as 20h15 e enviar o carro para aguardar o trem das 19h50.

— Ele costumava pedir para a senhorita tomar esse tipo de providência?

— Bem, não, isso na verdade era da alçada de Mr. Burrows. Eu não fazia nada além de minha obra literária. Em nenhum sentido da palavra eu era secretária.

Poirot perguntou:

— A senhorita acha que Sir Gervase tinha um motivo claro para pedir que tomasse essas providências, em vez de pedir a Mr. Burrows para fazê-lo?

Miss Lingard pensou.

— Bem, ele pode ter tido... não pensei nisso na ocasião. Achei que tivesse sido apenas uma questão de conveniência. Ainda assim, pensando nisso agora, é verdade que ele me pediu para não contar a ninguém que Monsieur Poirot estava a caminho. Disse que era para ser uma surpresa.

— Ah! Ele disse isso, foi? Muito curioso, muito interessante. E a senhorita *contou* a alguém?

— Claro que não, Monsieur Poirot. Falei com Snell sobre o jantar e pedi que mandasse o chofer aguardar o trem das 19h50, pois um cavalheiro estava chegando.

— Sir Gervase disse mais alguma coisa que possa ter influenciado a situação?

Miss Lingard pensou.

— Não... acho que não... ele estava muito nervoso... lembro-me de que, quando estava saindo da sala, ele disse: "Não adianta ele vir agora. É tarde demais".

— E a senhorita não tem ideia do que ele quis dizer com isso?

— N-não.

Apenas a mais leve suspeita de indecisão em uma simples negação. Poirot repetiu com a testa franzida:

— "Tarde demais." Foi isso que ele disse, sim? "Tarde demais."

Major Riddle disse:

— A senhorita não consegue nos dar nem sequer uma ideia, Miss Lingard, sobre a natureza da circunstância que tanto afligia Sir Gervase?

Miss Lingard disse devagar:

— Tenho a impressão de que tinha alguma relação com Mr. Hugo Trent.

— Com Hugo Trent? Por que acha isso?

— Bem, não foi nada definitivo, mas ontem à tarde estávamos falando sobre Sir Hugo de Chevenix (que, receio, não teve uma participação muito boa na Guerra das Rosas), e Sir Gervase disse: "Minha irmã *tinha* que escolher o nome de Hugo para o filho! Sempre foi um nome insatisfatório em nossa família. Ela devia saber que nenhum Hugo daria certo".

— O que a senhorita nos conta é sugestivo — disse Poirot. — Sim, sugere uma nova ideia para mim.

— Sir Gervase não disse nada mais claro do que isso? — questionou Major Riddle.

Miss Lingard fez que não com a cabeça.

— Não, e é claro que não cabia a mim dizer nada. Na verdade, Sir Gervase estava em um solilóquio, não estava realmente falando comigo.

— É verdade.

Poirot comentou:

— *Mademoiselle*, a senhorita, uma estranha, está aqui há dois meses. Penso que seria de grande valia se a senhorita nos contasse suas impressões mais sinceras sobre a família e a casa.

Miss Lingard tirou o pince-nez e piscou, pensativa.

— Bem, a princípio, para ser sincera, senti como se tivesse entrado direto em um hospício! Com Lady Chevenix-Gore o tempo todo vendo coisas que não existiam, e Sir Gervase se comportando como... como um rei... e dramatizando a si mesmo da maneira mais extraordinária... bem, eu pensei de verdade que eram as pessoas mais estranhas que eu já havia encontrado. Claro, Miss Chevenix-Gore era perfeitamente normal, e logo descobri que Lady Chevenix-Gore era mesmo uma mulher muitíssimo gentil e simpática. Ninguém poderia ser mais gentil e simpática comigo do que ela. Sir Gervase... bem, *de fato* acho que *estava* louco. A egomania dele, se é que essa é a palavra certa, estava piorando a cada dia.

— E os outros?

— Mr. Burrows estava tendo bastante dificuldade com Sir Gervase, imagino. Acho que ficou feliz porque nosso trabalho no livro deu a ele um pouco mais de espaço para respirar. O Coronel Bury sempre foi encantador. Era devotado a Lady Chevenix-Gore e lidava muito bem com Sir Gervase. Mr. Trent, Mr. Forbes e Miss Cardwell estão aqui faz apenas alguns dias, então é natural que eu não saiba muito sobre eles.

— Obrigado, *mademoiselle*. E quanto ao Capitão Lake, o agente?

— Ah, ele é muito agradável. Todo mundo gosta dele.

— Incluindo Sir Gervase?

— Ah, sim. Eu o ouvi dizer que Lake era o melhor agente que já tivera. Claro, Capitão Lake também teve suas dificuldades com Sir Gervase... mas, no geral, ele se saiu muito bem. Não foi fácil.

Poirot assentiu com a cabeça, pensativo. Ele murmurou:

— Havia algo... alguma coisa... que eu tinha em mente perguntar à senhorita... uma coisinha... O que era agora?

Miss Lingard voltou-se para ele com uma expressão paciente.

Poirot balançou a cabeça com irritação.

— Oras! Está na ponta da língua.

Major Riddle esperou uns dois minutos e, enquanto Poirot continuava a franzir a testa, perplexo, retomou o interrogatório.

— Quando foi a última vez que a senhorita viu Sir Gervase?

— Na hora do chá, nesta sala.

— Como ele estava nesse momento? Normal?

— Tão normal como sempre foi.

— Havia algum sentimento de tensão entre o grupo?

— Não, acho que todo mundo parecia bastante normal.

— Aonde Sir Gervase foi depois do chá?

— Ele levou Mr. Burrows com ele para o escritório, como sempre.

— Essa foi a última vez que o viu?

— Isso. Fui para a pequena sala de estar onde trabalhava e datilografei um capítulo do livro a partir das anotações que havia repassado com Sir Gervase até as dezenove horas, quando subi para descansar e me vestir para o jantar.

— Pelo que entendo, a senhorita de fato ouviu o tiro?

— Sim, eu estava nesta sala. Ouvi o que parecia ser um tiro e saí para o saguão. Mr. Trent estava lá, e Miss Cardwell. Mr. Trent perguntou a Snell se havia champanhe para o jantar e fez uma piada sobre isso. Receio que nunca nos passou pela cabeça levar o assunto a sério. Tínhamos certeza de que devia ter sido o estouro do escapamento de um carro.

Poirot comentou:

— A senhorita ouviu Mr. Trent dizer: "Sempre há um assassinato"?

— Acho que ele disse algo assim... brincando, claro.

— O que aconteceu depois?

— Todos nos reunimos aqui.

— A senhorita se lembra da ordem em que os outros desceram para jantar?

— Miss Chevenix-Gore foi a primeira, creio eu, e depois Mr. Forbes. Em seguida, Coronel Bury e Lady Chevenix-Gore, juntos, e Mr. Burrows logo depois deles. Acho que foi essa a ordem, mas não tenho certeza, porque vieram mais ou menos todos juntos.

— Reunidos pelo som do primeiro gongo?

— Isso. Todos sempre se apressavam quando ouviam aquele gongo. Sir Gervase era um defensor terrível da pontualidade à noite.

— A que horas ele costumava descer?

— Quase sempre já estava na sala antes de soar o primeiro gongo.

— Surpreendeu a senhorita o fato de ele não estar aqui embaixo nesta ocasião?

— Muito.

— Ah, lembrei! — exclamou Poirot.

Enquanto os outros dois o olhavam de forma interrogativa, ele continuou:

— Lembrei-me do que queria perguntar. Hoje, *mademoiselle*, enquanto todos íamos ao escritório depois do relato de Snell de que o escritório estava trancado, a senhorita se abaixou e pegou alguma coisa.

— Peguei? — Miss Lingard pareceu muito surpresa.

— Sim, assim que entramos no corredor que dá direto no escritório. Algo pequeno e brilhante.

— Que extraordinário... não me lembro. Espere um minuto... sim, me lembro, sim. Só que foi de reflexo, sem pensar. Deixe-me ver... deve estar aqui.

Abrindo sua bolsa de cetim preto, ela espalhou o conteúdo sobre uma mesa.

Poirot e Major Riddle examinaram a coleção com interesse. Havia dois lenços, um pó compacto, um pequeno molho de chaves, uma caixa de óculos e um outro objeto sobre o qual Poirot se lançou avidamente.

— Uma bala, por Deus! — exclamou Major Riddle.

A coisa realmente tinha o formato de uma bala, mas, no fim das contas, era um lápis pequeno.

— Foi isso que peguei — explicou Miss Lingard. — Eu tinha me esquecido por completo disso.

— Você sabe a quem pertence, Miss Lingard?

— Ah, sim, é do Coronel Bury. Ele o fez com uma bala que o atingiu, ou melhor, que não o atingiu, se é que me entende, na Segunda Guerra dos Bôeres.

— A senhorita sabe quando foi a última vez que ele esteve com o objeto?

— Bem, estava com ele esta tarde, quando estavam jogando bridge, porque eu o notei anotando a pontuação com o lápis quando entrei para o chá.

— Quem estava jogando bridge?

— Coronel Bury, Lady Chevenix-Gore, Mr. Trent e Miss Cardwell.

— Acho — disse Poirot com gentileza — que vamos ficar com isso e nós mesmos o devolveremos ao coronel.

— Ah, por favor. Sou tão esquecida que talvez eu não me lembre de fazê-lo.

— Talvez, *mademoiselle*, a senhorita pudesse fazer a gentileza de pedir ao Coronel Bury que viesse aqui agora?

— Claro. Eu o buscarei agora mesmo.

Ela saiu apressada. Poirot levantou-se e começou a perambular pela sala.

— Começamos — comentou ele — a reconstruir a tarde. É interessante. Às 14h30, Sir Gervase revisa as contas com Capitão Lake. *Está um pouco preocupado.* Às quinze horas, discute o livro que está escrevendo com Miss Lingard. *Sofria de uma aflição profunda.* Miss Lingard associa essa aflição mental a Hugo Trent com base em uma observação casual. Na hora do chá, *seu comportamento é normal.* Depois do chá, Godfrey Burrows nos disse que *estava de bom humor com alguma coisa.* Às 19h55, ele desce as escadas, vai para o escritório, rabisca "Me desculpem" em uma folha de papel e dá um tiro em si mesmo!

Riddle disse, devagar:

— Entendo o que o senhor quer dizer. Não tem coerência.

— Estranhas alterações de humor em Sir Gervase Chevenix-Gore! Ele está preocupado... está muito chateado... está normal... está de bom humor! Temos algo muito curioso aqui! E, então, aquela frase que ele usou, "Tarde demais". Que eu chegaria aqui "Tarde demais". Bem, isso é verdade. Cheguei tarde demais... *para vê-lo vivo*.

— Entendi. O senhor realmente acha...?

— Agora nunca saberei por que Sir Gervase mandou me chamar. Disso eu tenho certeza!

Poirot ainda estava caminhando pela sala. Endireitou um ou dois objetos na prateleira da lareira, examinou uma mesa de carteado encostada na parede, abriu a gaveta e tirou os marcadores de bridge. Então, foi até a escrivaninha e espiou a cesta de lixo. Havia apenas um saco de papel. Poirot pegou-o, cheirou-o, murmurou "laranjas" e alisou-o, lendo nele o nome. "Carpenter & Filhos, Frutas, Hamborough St Mary." Estava dobrando-o com esmero em quadrados quando o Coronel Bury entrou na sala.

VIII

O Coronel deixou-se cair em uma cadeira, balançou a cabeça em negação, suspirou e disse:

— Negócio terrível, este, Riddle. Lady Chevenix-Gore está sendo maravilhosa... maravilhosa. Grande mulher! Cheia de coragem!

Voltando com tranquilidade para sua cadeira, Poirot perguntou:

— O senhor a conhece faz muitos anos, não é?

— Sim, de fato, eu estava no baile de sua "estreia" social. Usava botões de rosa no cabelo, eu bem me lembro. E um vestido branco e fofo... Ninguém era páreo para ela naquele salão!

Sua voz estava cheia de entusiasmo. Poirot mostrou-lhe o lápis.

— Isso é do senhor, eu acho?

— Hein? O quê? Ah, obrigado, estava com ele nesta tarde, enquanto jogávamos bridge. Sabe de uma coisa, é incrível, mantive um jogo excelente por três vezes consecutivas. Nunca tinha feito uma coisa dessas antes.

— Pelo que entendo, o senhor estava jogando bridge antes do chá — afirmou Poirot. — Qual era o estado de espírito de Sir Gervase quando ele entrou para o chá?

— Habitual... bastante habitual. Nem sonhava que ele estivesse pensando em exterminar a si mesmo. Talvez estivesse um pouco mais agitado que o normal, agora que penso nisso.

— Quando foi a última vez que o senhor o viu?

— Ora, nesse momento! Na hora do chá. Nunca mais vi o coitado vivo.

— O senhor não foi ao escritório depois do chá?

— Não, nunca mais o vi.
— A que horas o senhor desceu para jantar?
— Depois que soou o primeiro gongo.
— O senhor e Lady Chevenix-Gore desceram juntos?
— Não, nós... hum... nos encontramos no saguão. Acho que ela foi à sala de jantar para cuidar das flores... algo assim.

Major Riddle disse:
— Espero que não se importe, Coronel Bury, se eu lhe fizer uma pergunta um tanto pessoal. Houve algum problema entre o senhor e Sir Gervase sobre a questão da Paragon Synthetic Rubber Company?

De súbito, o rosto do Coronel Bury ficou roxo. Ele gaguejou um pouco.
— De jeito nenhum. De jeito nenhum. O velho Gervase era um sujeito insensato, o senhor precisa se lembrar disso. Sempre esperava que tudo o que tocasse resultasse em triunfos! Não parecia perceber que o mundo inteiro está passando por um período de crise. Todas as ações e participações vão ser afetadas.

— Então, *havia* um tanto de problemas entre os senhores, certo?

— Problema nenhum. Apenas a maldita insensatez do Gervase!

— Ele culpou o senhor por certas perdas que sofreu?

— Gervase não era normal! Vanda sabia disso, mas ela sempre conseguia lidar com ele. Fiquei contente em deixar tudo nas mãos dela.

Poirot tossiu, e Major Riddle, depois de olhar para ele, mudou de assunto.

— Sei que o senhor é um velho amigo da família, Coronel Bury. Sabia a quem Sir Gervase havia destinado seu dinheiro?

— Bem, imagino que a maior parte vá para Ruth. Foi o que percebi do que Gervase deixou escapulir.

— Não acha que foi injusto com Hugo Trent?

— Gervase não gostava de Hugo. Nunca conseguiu se afeiçoar a ele.

— Mas ele tinha um sentimento grande pela família. Miss Chevenix-Gore era, afinal, apenas sua filha adotiva.

Coronel Bury hesitou e, depois de murmurar e resmungar por um momento, disse:

— Muito bem, acho melhor eu lhes contar uma coisa, mas é estritamente confidencial e tudo mais.

— É claro... é claro.

— Ruth é ilegítima, mas, com certeza, é uma Chevenix-Gore. Filha do irmão de Gervase, Anthony, que foi morto na guerra. Ao que parece, ele teve um caso com uma datilógrafa. Quando foi morto, a moça escreveu para Vanda. Vanda foi vê-la... a moça estava grávida. Vanda discutiu com Gervase, ela havia acabado de descobrir que nunca mais poderia ter outro filho. O resultado foi que assumiram a criança quando ela nasceu, adotaram-na legalmente. A mãe renunciou a todos os direitos sobre ela. Criaram Ruth como filha e, para todos os efeitos, ela é filha deles, e basta olhar para ela para perceber que é uma Chevenix-Gore, sem dúvida alguma!

— A-há — disse Poirot. — Entendi. Isso torna a atitude de Sir Gervase muito mais clara. Mas se ele não gostava de Mr. Hugo Trent, por que estava tão ansioso para arranjar um casamento entre ele e Mademoiselle Ruth?

— Para regularizar a posição da família, o que agradava sua noção de adequação.

— Mesmo que ele não gostasse ou não confiasse no jovem?

Coronel Bury soltou uma risadinha irônica.

— Vocês não entendem o velho Gervase. Ele não conseguia considerar as pessoas como seres humanos. Arranjava alianças como se as partes fossem personagens da realeza! Considerava apropriado que Ruth e Hugo se casassem, com Hugo adotando o nome de Chevenix-Gore, não importava o que Hugo e Ruth achavam disso.

— E Mademoiselle Ruth estava disposta a aceitar esse acordo?

Coronel Bury riu.

— Ela, não! É destemperada!

— O senhor sabia que, pouco antes de sua morte, Sir Gervase estava redigindo um novo testamento pelo qual Miss Chevenix-Gore receberia a herança apenas com a condição de que se casasse com Mr. Trent?

Coronel Bury assobiou.

— Então, ele realmente *ficou abalado* com ela e Burrows...

Assim que falou, tentou engolir as palavras, mas era tarde demais. Poirot aproveitou a confissão.

— Havia algo entre Mademoiselle Ruth e o jovem Monsieur Burrows?

— Provavelmente nada... nada mesmo.

Major Riddle tossiu e disse:

— Acho, Coronel Bury, que o senhor precisa nos contar tudo o que sabe. Pode ter relação direta com o estado de espírito de Sir Gervase.

— Suponho que sim — concordou Coronel Bury, desconfiado. — Bem, a verdade é que o jovem Burrows não é um sujeito feioso... pelo menos, as mulheres parecem pensar assim. Ele e Ruth parecem ter ficado muito próximos nos últimos tempos, e Gervase não gostava disso... não gostava nem um pouco. No entanto, não queria demitir Burrows por medo de precipitar as coisas. Ele sabe como Ruth é. Não admite ser controlada de forma alguma. Então, suponho que ele tenha encontrado esse esquema. Ruth não é o tipo de garota que sacrifica tudo por amor, mas, sim, aquela que aprecia uma vida luxuosa e também gosta de dinheiro.

— O senhor aprova Mr. Burrows?

O coronel expressou a opinião de que Godfrey Burrows era um tanto grosseirão, uma declaração que deixou Poirot completamente perplexo, mas fez o bigode de Major Riddle se estender com um sorriso.

Mais algumas perguntas foram feitas e respondidas e, então, Coronel Bury se retirou.

Riddle olhou para Poirot, que estava sentado, absorto em pensamentos.

— O que acha disso tudo, Monsieur Poirot?

O homenzinho ergueu as mãos.

— Parece que enxergo um padrão... um desenho proposital.

— É difícil. — comentou Riddle.

— Sim, é difícil. Mas cada vez mais uma frase, pronunciada levianamente, me parece importante.

— Que seria?

— Aquela frase falada por Hugo Trent em tom de brincadeira: "Sempre há um assassinato"...

Riddle disse de forma astuta:

— Sim, consigo ver que o senhor está enveredando por esse caminho o tempo todo.

— O senhor não concorda, meu amigo, que quanto mais sabemos, menos motivos encontramos para o suicídio? No entanto, para o assassinato, começamos a ter uma coleção surpreendente de motivos!

— Mesmo assim, o senhor precisa se lembrar dos fatos: porta trancada, chave no bolso do defunto. Ah, sei que existem meios e maneiras. Alfinetes tortos, cordas de instrumento... todos os tipos de dispositivos. Suponho que seria *possível*... Mas essas coisas realmente funcionam? É disso que duvido muito.

— Em todo caso, vamos examinar a situação do ponto de vista de um assassinato, não de um suicídio.

— Ah, tudo bem. Como o *senhor* está na cena do crime, é quase certo que *seria* assassinato!

Por um momento, Poirot sorriu.

— Não gostei desse comentário.

Então, ficou sério mais uma vez.

— Sim, vamos examinar o caso do ponto de vista do assassinato. O tiro é ouvido, quatro pessoas estão no saguão, Miss Lingard, Hugo Trent, Miss Cardwell e Snell. Onde estão todos os outros?

— Burrows estava na biblioteca, de acordo com o que nos contou. Não há ninguém para confirmar essa declaração. Os outros provavelmente estavam em seus quartos, mas quem consegue saber se eles estavam mesmo lá? Todos parecem ter descido separadamente. Mesmo Lady Chevenix-Gore e Bury só se encontraram no saguão. Lady Chevenix-Gore veio da sala de jantar. De onde Bury veio? Não é possível que tenha vindo, não do andar de cima, mas *do escritório*? Há o tal lápis.

— É, o lápis é interessante. Ele não demonstrou qualquer emoção quando o mostrei, mas pode ser porque não sabia onde eu o encontrei e não sabia que o havia deixado cair. Vejamos, quem mais estava jogando bridge quando o lápis estava em uso? Hugo Trent e Miss Cardwell. Estão fora de questão. Miss Lingard e o mordomo podem comprovar seus álibis. Então há Lady Chevenix-Gore.

— Não é possível que suspeite de verdade dela.

— Por que não, meu amigo? Eu lhe digo que posso suspeitar de todo mundo! Supondo que, apesar de sua aparente devoção ao marido, é o fiel Bury que ela realmente ama?

— Hum — disse Riddle. — De certa forma, tem sido uma espécie de *ménage à trois* há anos.

— E há alguns problemas sobre essa empresa entre Sir Gervase e Coronel Bury.

— É verdade que Sir Gervase poderia estar querendo deixar o assunto bem feio. Não sabemos os detalhes. Pode encaixar-se com essa convocação para você. Digamos que Sir Gervase suspeite de que Bury o espoliou deliberadamente, mas não quer publicidade por causa da suspeita de que sua esposa pode estar envolvida nisso. Sim, isso é possível. Dá a qualquer um desses dois um motivo possível. E é de fato um pouco estranho que Lady Chevenix-Gore tenha encarado a morte do marido com tanta calma. Todo esse negócio espiritual pode ser mentira!

— Depois, há aquele outro imbróglio — disse Poirot. — Miss Chevenix-Gore e Burrows. Era do interesse deles que Sir Gervase não assinasse o novo testamento. Do jeito que as coisas estão, ela consegue tudo com a condição de que o marido assuma o sobrenome...

— Sim, e o relato de Burrows sobre a atitude de Sir Gervase esta noite é um tanto suspeito. Animado, satisfeito com alguma coisa! Isso não se encaixa com mais nada que nos foi relatado.

— Há também Mr. Forbes. Muito correto, muito severo, de uma firma antiga e bem estabelecida. Mas advogados, mesmo os mais respeitáveis, são conhecidos por desviar dinheiro de seus clientes quando eles próprios estão em apuros.

— Acho que o senhor está ficando um pouco sensacionalista demais, Poirot.

— Acha que minha sugestão é muito parecida com os filmes? Mas a vida, Major Riddle, costuma ser incrivelmente parecida com os filmes.

— Tem sido, até agora, em Westshire — concordou o chefe de polícia. — É melhor terminarmos de entrevistar o restante deles, não acha? Está ficando tarde. Ainda não falamos com Ruth Chevenix-Gore, e ela talvez seja a mais importante do grupo.

— Concordo. Há Miss Cardwell também. Talvez possamos vê-la primeiro, já que não vai demorar muito, e entrevistar Miss Chevenix-Gore por último.

— Uma boa ideia.

IX

Naquela noite, Poirot havia observado Susan Cardwell apenas de relance. Ele a examinou agora com mais atenção. Um rosto inteligente, pensou, não obviamente belo, mas com um encanto que uma garota que fosse apenas bonita talvez invejasse. Seus cabelos eram magníficos, o rosto maquiado com destreza. Ele achou os olhos dela vigilantes.

Depois de algumas perguntas preliminares, Major Riddle disse:

— Não sei se a senhorita é amiga íntima da família, Miss Cardwell.

— Eu não os conheço, na verdade. Hugo arranjou tudo para que eu fosse convidada a vir aqui.

— Então, a senhorita é amiga de Hugo Trent?

— É, essa é mais ou menos minha posição. Sou a namorada de Hugo. — Susan Cardwell abriu um sorriso enquanto arrastava as palavras.

— A senhorita o conhece faz tempo?

— Ah, não, apenas um mês, mais ou menos.

Ela fez uma pausa e acrescentou:

— Estou prestes a ficar noiva dele.

— E ele a trouxe aqui para apresentá-la à família dele?

— Ah, minha nossa, não, nada disso. Estávamos mantendo tudo em segredo. Só vim para saber mais sobre o ambiente. Hugo me disse que o lugar parecia um hospício. Achei melhor vir e ver por mim mesma. Hugo, coitadinho, é muito obediente e tudo o mais, mas não tem cérebro. A situação, vejam os senhores, era bastante crítica. Nem Hugo nem eu temos dinheiro, e o velho Sir Gervase, que era a principal esperança de Hugo, queria que Hugo se casasse com Ruth. Hugo é um tanto fraco, sabem? Podia concordar com o casamento e contar com a possibilidade de sair dele mais tarde.

— A ideia não lhe agradava, *mademoiselle*? — perguntou Poirot com gentileza.

— Sem dúvida, não. Ruth poderia ficar estranha e se recusar a se divorciar dele ou algo assim. Eu bati o pé. Nada de sair da Igreja de São Paulo, Knightsbridge, a não ser que seja eu a noiva nervosa com um ramo de lírios.

— Então, a senhorita veio até aqui examinar a situação com seus próprios olhos?

— Sim.

— *Eh bien!* — disse Poirot.

— Bem, claro que Hugo estava certo! A família inteira é lunática! Exceto Ruth, que parece muito sensata. Ela arranjou um namorado e, assim como eu, não apreciava a ideia do casamento.

— A senhorita se refere a Monsieur Burrows?

— Burrows? Claro que não. Ruth não se apaixonaria por um falsário como esse.

— Então, quem era o objeto da afeição dela?

Susan Cardwell fez uma pausa, esticou-se para pegar um cigarro, acendeu-o e comentou:

— Melhor o senhor perguntar para ela. Afinal, não é da minha conta.

Major Riddle questionou:

— Quando foi a última vez que a senhorita viu Sir Gervase?

— No chá.

— Os modos dele lhe pareceram peculiares de alguma forma?

A garota deu de ombros.

— Não mais do que o normal.

— O que a senhorita fez depois do chá?

— Joguei bilhar com Hugo.

— Não voltou a ver Sir Gervase?

— Não.

— E o tiro?

— Isso foi bastante estranho. Vejam bem, pensei que o primeiro gongo tivesse tocado, então corri para me vestir e saí às pressas do meu quarto. Nesse momento, pensei ter ouvido o segundo gongo e desci as escadas correndo. Atrasei-me um minuto para o jantar na primeira noite em que estive aqui, e Hugo me disse que o atraso tinha arruinado nossas chances com o velho, por isso me apressei. Hugo estava logo à minha frente e, então, ouvimos um tipo estranho de estampido, e Hugo disse que era uma rolha de champanhe, mas Snell disse que não e, de qualquer maneira, não pensei que tivesse vindo da sala de jantar. Miss Lingard pensou que tinha vindo do andar de cima, mas, no fim, concordamos que havia sido um cano de descarga de carro, entramos na sala de estar e esquecemos do assunto.

— Não lhe ocorreu nem por um momento que Sir Gervase pudesse ter se matado? — questionou Poirot.

— Eu pergunto ao senhor: seria provável eu pensar em uma coisa dessas? O velho parecia se divertir ditando as regras por aqui, nunca imaginei que faria uma coisa assim. Não consigo imaginar por que fez isso. Acho que só porque era louco.

— Uma ocorrência infeliz.

— Muito... para Hugo e para mim. Pelo que entendi, não deixou nada para Hugo, ou quase nada.

— Quem lhe disse isso?

— Hugo arrancou a informação do velho Forbes.

— Bem, Miss Cardwell... — Major Riddle fez uma pausa —, eu acho que é tudo. A senhorita acha que Miss Chevenix-Gore está se sentindo bem o suficiente para descer e conversar conosco?

— Ah, acho que sim. Vou falar com ela.

Poirot interveio.

— Um momento, *mademoiselle*. A senhorita já viu isso antes? Ele estendeu o lápis.

— Ah, sim, jogamos bridge esta tarde. Acho que pertence ao velho Coronel Bury.

— Ele o guardou ao fim da partida?

— Não tenho a menor ideia.
— Obrigado, *mademoiselle*. Isso é tudo.
— Tudo bem, vou falar com Ruth.

Ruth Chevenix-Gore entrou na sala como uma rainha. A cor em seu rosto era luminosa e ela estava de cabeça erguida. Mas seus olhos, como os olhos de Susan Cardwell, estavam vigilantes. Usava o mesmo vestido de quando Poirot chegou, uma roupa em um tom pálido de damasco. Em seu ombro estava presa uma rosa de cor salmão profunda. Uma hora antes era um botão em flor, agora estava murcho.

— Bem? — disse Ruth.
— Lamento muito incomodá-la — começou Major Riddle.

Ela o interrompeu.

— Claro que o senhor precisa me incomodar. Precisa incomodar todo mundo. Mas eu posso economizar seu tempo. Não tenho ideia do motivo por que o velhote se matou. Tudo o que posso dizer é que não foi nem um pouco típico dele.

— A senhorita notou algo de errado no jeito dele hoje? Ele estava deprimido ou agitado demais? Havia alguma coisa anormal?

— Não acho. Eu não percebi...
— Quando o viu pela última vez?
— Na hora do chá.

Poirot perguntou:

— A senhorita não foi ao escritório... mais tarde?
— Não. A última vez que o vi foi nesta sala. Sentado ali.

Ela apontou para uma cadeira.

— Entendi. Conhece este lápis, *mademoiselle*?
— É do Coronel Bury.
— A senhorita o viu ultimamente?
— Eu não me lembro.
— A senhorita sabe alguma coisa sobre um... desacordo entre Sir Gervase e Coronel Bury?
— Sobre a Paragon Rubber Company, o senhor quer dizer?
— Isso mesmo.
— Acho que sim. O velho estava furioso com isso!
— Ele considerou, talvez, que tivesse sido enganado?

Ruth deu de ombros.

— Ele não entendia absolutamente nada sobre finanças.
Poirot comentou:
— Posso lhe fazer uma pergunta, *mademoiselle*... uma pergunta um tanto impertinente?
— Com certeza, se desejar.
— A senhorita lamenta que seu... pai tenha morrido?
Ela o encarou.
— Claro que sim. Apenas não me entrego à choradeira. Mas vou sentir falta dele... eu gostava do velho. Era assim que o chamávamos, Hugo e eu, sempre. O "velho"... como algo primitivo... algo da sociedade patriarcal dos primatas. Parece desrespeitoso, mas, de verdade, existe muito carinho por trás do termo. Claro, ele não deixava de ser o velho mais completamente idiota e confuso que já existiu!
— A senhorita é interessante, *mademoiselle*.
— O velho era um cabeça de vento! Desculpe ter que dizer isso, mas é verdade. Ele não conseguia fazer qualquer tipo de trabalho mental. Vejam bem, o homem era uma figura. De coragem fantástica e tudo o mais! Podia se mandar para o Polo ou duelar. Sempre acho que se gabava tanto porque realmente sabia que seu cérebro não era muito bom. Qualquer um podia ter levado a melhor em cima dele.

Poirot tirou a carta do bolso.
— Leia isto, *mademoiselle*.
Ela leu e lhe devolveu.
— Então foi isso que trouxe o senhor aqui!
— Essa carta sugere alguma coisa para a senhorita?
Ela fez que não com a cabeça.
— Não. É possível que seja verdade. Qualquer um podia ter roubado o velho, coitadinho. John diz que o último agente antes dele o enganou a torto e a direito. Vejam bem, o velho era tão grandiloquente e tão pomposo que nunca se permitia analisar os detalhes! Era um convite para bandidos.
— A senhorita pinta um quadro diferente daquele que é mais aceito, *mademoiselle*.
— Ah, bem, ele criou uma camuflagem muito boa. Vanda, minha mãe, o apoiava com todas as forças. Ele era feliz andando por aí fingindo ser o Todo-Poderoso. Por isso que, de

certa forma, estou satisfeita por ele ter morrido. Foi a melhor coisa para ele.

— Não estou entendendo direito, *mademoiselle*.

Ruth disse, pensativa:

— Essa coisa estava crescendo dentro dele. Qualquer dia desses ele teria de ser internado... As pessoas estavam começando a comentar.

— Sabia, *mademoiselle*, que ele estava pensando em fazer um testamento segundo o qual a senhorita só poderia herdar o dinheiro dele se casasse com Mr. Trent?

Ela gritou:

— Que absurdo! De qualquer forma, tenho certeza de que isso pode ser anulado por lei... Sem dúvida não se pode ditar às pessoas com quem elas vão se casar.

— Se ele tivesse realmente assinado tal testamento, a senhorita teria cumprido suas disposições, *mademoiselle*?

Ela o encarou.

— Eu... eu...

Ela parou de falar. Por alguns minutos, ficou sentada, indecisa, olhando para o sapato que estava escorregando de seu pé. Um pedacinho de terra desprendeu-se do calcanhar e caiu no tapete.

De repente, Ruth Chevenix-Gore disse:

— Espere!

Ela se levantou e saiu correndo da sala, voltando quase imediatamente com Capitão Lake ao seu lado.

— Isso virá a público cedo ou tarde — revelou ela, quase sem fôlego. — É bom que vocês já saibam agora. John e eu nos casamos em Londres há três semanas.

X

Dos dois, o Capitão Lake parecia o mais envergonhado.

— É uma grande surpresa, Miss Chevenix-Gore... quer dizer, Mrs. Lake — disse o Major Riddle. — Ninguém sabia desse seu casamento?

— Não, mantivemos tudo em segredo. John não gostou muito dessa parte.

Lake disse, gaguejando um pouco:

— Eu... eu sei que parece uma maneira meio suspeita de resolver as coisas. Eu devia ter ido direto falar com Sir Gervase...

Ruth interrompeu:

— E dizer a ele que você queria se casar com a filha dele? Você teria sido posto para fora a pontapés, e ele provavelmente teria me deserdado, criado o inferno na casa, mas teríamos a consciência tranquila de termos nos comportado de forma decente! Acredite, do meu jeito foi melhor! Se uma coisa está feita, está feita. Ainda haveria briga... mas ele teria mudado de ideia.

Lake ainda parecia infeliz. Poirot perguntou:

— Quando vocês pretendiam dar a notícia a Sir Gervase?

Ruth respondeu:

— Eu estava preparando o terreno. Ele estava bastante desconfiado sobre mim e John, então fingi voltar minhas atenções para Godfrey. Claro, ele estava prestes a perder as estribeiras nesse caso. Imaginei que a notícia de que estava casada com John seria quase um alívio!

— Alguém sabia desse casamento?

— Sim, eu acabei decidindo contar a Vanda. Queria tê-la do meu lado.

— E teve êxito nisso?

— Tive. Veja bem, ela não apoiava muito a ideia de eu me casar com Hugo... porque ele era um primo, eu acho. Ela parecia achar que a família já era tão maluca que talvez nossos filhos fossem ser doidos de pedra. Essa era uma ideia bastante absurda, já que sou adotada, como os senhores sabem. Acho que sou filha de algum primo distante.

— Tem certeza de que Sir Gervase não suspeitava da verdade?

— Tenho.

Poirot comentou:

— É verdade, Capitão Lake? Em sua reunião com Sir Gervase esta tarde, tem certeza de que o assunto não foi mencionado?

— Não, senhor. Não foi.

— Porque, veja bem, Capitão Lake, há certas evidências que mostram que Sir Gervase ficou agitado ao extremo depois da conversa que teve com o senhor e que ele falou uma ou duas vezes sobre desonra familiar.

— O assunto não foi mencionado — repetiu Lake. Seu rosto ficou lívido.

— Essa foi a última vez que você viu Sir Gervase?

— Sim, eu já disse isso aos senhores.

— Onde o senhor estava às 20h08 desta noite?

— Onde eu estava? Na minha casa. No final da aldeia, a cerca de meia milha de distância.

— O senhor não veio até Hamborough Close nesse horário?

— Não.

Poirot virou-se para a garota.

— Onde estava, *mademoiselle*, quando seu pai se suicidou?

— No jardim.

— No jardim? A senhorita ouviu o tiro?

— Ah, sim. Mas não dei a devida atenção. Achei que fosse alguém atirando em coelhos, embora agora me lembre de ter pensado que parecia muito próximo.

— A senhorita voltou para casa por onde?

— Entrei por esta porta francesa.

Ruth indicou com um movimento de cabeça a porta atrás dela.

— Tinha alguém aqui?

— Não. Mas Hugo, Susan e Miss Lingard vieram do saguão quase imediatamente. Estavam falando sobre tiros, assassinatos e coisas assim.

— Entendo — comentou Poirot. — Sim, acho que entendi agora...

Major Riddle disse, um tanto desconfiado:

— Bem... hum... obrigado. Acho que é tudo por enquanto.

Ruth e o marido deram meia-volta e saíram da sala.

— Que diabo... — começou o Major Riddle, e terminou de um jeito um tanto desesperado: — Fica cada vez mais difícil acompanhar esse negócio.

Poirot assentiu com a cabeça. Havia pegado o pedacinho de terra que caíra do sapato de Ruth e o segurava entre os dedos, pensativo.

— É como o espelho quebrado na parede — disse ele. — O espelho do morto. Cada novo fato que encontramos nos mostra algum ângulo diferente do falecido. Ele é refletido de todos os pontos de vista concebíveis. Em breve, teremos um quadro completo...

Levantou-se e deixou o pedacinho de terra com cuidado na cesta de lixo.

— Vou lhe dizer uma coisa, meu amigo. A chave para todo o mistério é o espelho. Vá até o escritório e olhe o senhor mesmo, se não acredita em mim.

Major Riddle disse de um jeito decisivo:

— Se é assassinato, cabe ao senhor prová-lo. Se me perguntar, eu digo que é suicídio, sem dúvida. O senhor notou o que a garota disse sobre um ex-agente ter enganado o velho Gervase? Aposto que Lake contou essa história com um objetivo próprio. Provavelmente estava se beneficiando um pouco, Sir Gervase suspeitou e mandou chamá-lo, pois não sabia até que ponto as coisas tinham evoluído entre Lake e Ruth. Então, nesta tarde, Lake disse a ele que estavam casados. Isso acabou com Gervase. Agora era "tarde demais" para que qualquer coisa fosse feita. Ele decidiu deixar tudo para trás. Na verdade, seu cérebro, que nunca fora muito bem equilibrado na melhor das hipóteses, cedeu. Na minha opinião, foi isso que aconteceu. O que o senhor tem a dizer contra isso?

Poirot ficou parado no meio da sala.

— O que eu tenho a dizer? Apenas isso: não tenho nada a dizer contra sua teoria, mas ela não se sustenta por muito tempo. Há certas coisas que não leva em consideração.

— Por exemplo?

— As discrepâncias no humor de Sir Gervase hoje, a descoberta do lápis do Coronel Bury, o depoimento de Miss Cardwell, que é muito importante, o depoimento de Miss Lingard quanto à ordem em que as pessoas desceram para jantar, a posição da cadeira de Sir Gervase quando foi encontrado, o saco de papel que continha as laranjas e, por fim, a importantíssima pista do espelho quebrado.

Major Riddle o encarou.

— O senhor vai me dizer que essa ladainha toda tem *algum* sentido? — perguntou ele.

Hercule Poirot respondeu baixinho:

— Espero que eu consiga fazê-la ter sentido... até amanhã.

XI

Na manhã seguinte, pouco depois do amanhecer, Hercule Poirot acordou. Tinham dado a ele um quarto no lado leste da casa.

Ao sair da cama, abriu a persiana da janela e ficou satisfeito com o sol que havia nascido no que parecia ser uma bela manhã.

Ele começou a se vestir com o cuidado meticuloso de sempre. Depois que terminou de se trajar, envolveu-se em um sobretudo grosso e enrolou um cachecol em volta do pescoço.

Então, saiu pé ante pé de seu quarto e atravessou a casa silenciosa até a sala de estar. Abriu as portas francesas sem fazer barulho e saiu para o jardim.

O sol tinha acabado de aparecer nesse momento. O ar estava enevoado, com a bruma de uma bela manhã. Hercule Poirot seguiu pelo caminho calçado na lateral da casa até chegar às janelas do escritório de Sir Gervase. Ali, ele parou e examinou a cena.

Bem do lado de fora das janelas havia uma faixa de grama paralela à casa. Em frente, um canteiro largo cheio de plantas e flores. As margaridas-de-São-Miguel ainda davam um belo espetáculo. Na lateral do canteiro ficava o caminho sinalizado onde Poirot estava parado. Uma faixa de grama estendia-se do gramado atrás do canteiro até o terraço. Poirot examinou-o com cuidado e balançou a cabeça, voltando sua atenção para as margens de cada lado dela.

Bem devagar, ele assentiu com a cabeça. No canteiro à direita, havia pegadas distintas na terra macia.

Enquanto ele olhava para elas, franzindo a testa, seus ouvidos capturaram um som, e ele ergueu a cabeça rapidamente.

Acima dele, uma janela havia sido erguida, e ele enxergou uma cabeleira ruiva. Emoldurado por uma auréola de vermelho dourado, ele viu o rosto inteligente de Susan Cardwell.

— Ora essa, o que está fazendo a esta hora aí, Monsieur Poirot? Uma pequena investigação?

Poirot curvou-se com a maior decência.

— Bom dia, *mademoiselle*. Sim, é isso mesmo. Agora, a senhorita está vendo um detetive... um grande detetive, posso dizer... no ato de detectar!

A observação foi um pouco extravagante. Susan inclinou a cabeça para o lado.

— Preciso me lembrar de registrar isso nas minhas memórias — comentou ela. — Devo descer para ajudar?

— Eu adoraria.

— A princípio, pensei que o senhor fosse um ladrão. Por onde o senhor saiu?

— Pela porta francesa da sala de visitas.

— Só um minuto e estarei com o senhor.

Ela cumpriu com sua palavra. Ao que parecia, Poirot estava exatamente na mesma posição de quando ela o vira pela primeira vez.

— Acorda muito cedo, *mademoiselle*?

— Não tenho dormido direito. Estava tendo aquela sensação de desespero que se sente às cinco da manhã.

— Nem é tão cedo assim!

— Parece que é! Muito bem, meu superdetetive, o que estamos procurando?

— Ora, observe, *mademoiselle*, são pegadas.

— São mesmo.

— Quatro delas — continuou Poirot. — Veja, vou apontá-las para a senhorita. Duas indo em direção à janela, duas vindo dela.

— De quem são? Do jardineiro?

— *Mademoiselle*, *mademoiselle*! Essas pegadas são feitas pelos pequenos e delicados sapatos de salto alto de uma mulher. Veja só, confirme por si só. Pise, eu imploro a você, na terra aqui ao lado delas.

Susan hesitou por um minuto, em seguida pousou um pé cautelosamente na terra, no local apontado por Poirot. Ela estava usando pequenos sapatos de salto alto de couro marrom escuro.

— Veja, os seus são quase do mesmo tamanho. Quase, mas não iguais. Essas outras são feitas por um pé bem mais comprido que o da senhorita. Talvez de Miss Chevenix-Gore... ou de Miss Lingard... ou mesmo de Lady Chevenix-Gore.

— Lady Chevenix-Gore não... ela tem pés minúsculos. Quer dizer, no passado, as pessoas faziam isso, conseguiam ter pés pequenos. E Miss Lingard usa uns sapatos estranhos de salto baixo.

— Então são as pegadas de Miss Chevenix-Gore. Ah, sim, lembro que ela mencionou ter saído para o jardim ontem à noite.

Ele foi à frente no caminho de volta para a casa.

— Ainda estamos investigando? — perguntou Susan.

— Mas claro. Vamos agora ao escritório de Sir Gervase.

Ele tomou a frente. Susan Cardwell o seguiu.

A porta ainda pendia de um jeito melancólico. Por dentro, o quarto estava como na noite anterior. Poirot puxou as cortinas e deixou entrar a luz do dia.

Ficou olhando para as margens do canteiro por uns dois minutos, então disse:

— Presumo que a senhorita não tenha, *mademoiselle*, muita familiaridade com ladrões?

Susan Cardwell fez que não com a cabeça ruiva, pesarosa.

— Receio que não, Monsieur Poirot.

— O chefe de polícia também não teve as vantagens de um relacionamento amigável com eles. Sua ligação com as classes criminosas sempre foi estritamente oficial, o que não é o meu caso. Certa vez, tive uma conversa muito agradável com um larápio. Contou-me uma coisa interessante sobre portas francesas... um truque que, às vezes, pode ser empregado se o fecho estiver solto o suficiente.

Ele girou a maçaneta da janela da esquerda enquanto falava, a haste do meio saiu do buraco no chão, e Poirot conseguiu puxar as duas portas de modelo francês em sua direção. Depois de abri-las, ele as fechou de novo — fechou-as sem girar a maçaneta, para não encaixar a haste no buraco. Ele soltou a maçaneta, esperou um momento, em seguida desferiu um golpe rápido e certeiro no meio da haste. O impacto do golpe fez com que a haste caísse, entrando na cavidade no chão — a maçaneta girou por conta própria.

— Está vendo, *mademoiselle*?
— Acho que sim.

Susan ficou muito pálida.

— A porta agora está fechada. É impossível *entrar* em um cômodo com a porta fechada, mas é possível *sair* de um cômodo, puxar as portas para fora, bater como fiz, fazendo o ferrolho descer no chão, girando a maçaneta. A porta então está firmemente fechada, e qualquer um que olhasse para ela diria que ela foi fechada *por dentro*.

— Foi isso — a voz de Susan estremeceu um pouco —, foi isso que aconteceu ontem à noite?
— Acho que sim, *mademoiselle*.

Susan disse de forma violenta:
— Não acredito em uma palavra sua.

Poirot não respondeu, caminhou até a lareira e girou de forma brusca.

— *Mademoiselle*, preciso da senhorita como testemunha. Já tenho uma, Mr. Trent. Ele me viu encontrar esta pequena lasca de espelho ontem à noite. Falei disso com ele e deixei a lasca onde estava para a polícia encontrar. Até disse ao chefe de polícia que uma pista valiosa era o espelho quebrado, mas ele não aceitou minha sugestão. Agora a senhorita é testemunha de que coloquei este pedaço de espelho, para o qual, lembre-se, já chamei a atenção de Mr. Trent, em um pequeno envelope... assim. — Ele falou enquanto completava a ação. — E escrevi nele... então... eu o selei. A senhora é testemunha, *mademoiselle*?

— Sim... mas... mas não sei o que significa.

Poirot foi até o outro lado da sala, parou diante da mesa e olhou para o espelho quebrado na parede à sua frente.

— Vou lhe dizer o que significa, *mademoiselle*. Se estivesse aqui ontem à noite, olhando para este espelho, poderia ter visto nele *um assassinato sendo cometido*...

XII

Pela primeira vez na vida, Ruth Chevenix-Gore, agora Ruth Lake, desceu para o café da manhã no horário certo. Hercule Poirot estava no saguão e chamou-a de lado antes que ela entrasse na sala de jantar.

— Tenho uma pergunta para a *madame*.
— Pois não?
— A senhora estava no jardim ontem à noite. Em algum momento, a senhora pisou no canteiro de flores do lado de fora da janela do escritório de Sir Gervase?

Ruth o encarou.
— Sim, duas vezes.
— Ah! *Duas vezes*. Como?
— Da primeira vez, eu estava colhendo margaridas-de--São-Miguel. Foi por volta das dezenove horas.
— Uma hora estranha do dia para colher flores, não?
— Sim, na verdade foi mesmo. Eu tinha colhido flores ontem pela manhã, mas Vanda disse depois do chá que as da mesa não estavam boas. Eu achei que elas estavam boas, então não coloquei frescas.
— Mas sua mãe pediu para trocá-las, certo?
— Sim. Por isso saí pouco antes das dezenove horas. Eu as tirei daquela parte das margens porque quase ninguém passa por lá, então não tinha importância estragar o visual.
— Sim, sim, mas houve uma *segunda* vez. A senhora disse que foi lá uma segunda vez, certo?
— Foi pouco antes do jantar. Havia deixado cair um pouco de brilhantina no meu vestido, bem perto do ombro. Não quis ter o trabalho de me trocar, e nenhuma das minhas flores artificiais combinava com o amarelo daquele vestido. Lembrei--me de ter visto uma rosa tardia quando estava colhendo as margaridas, então corri para pegá-la e prendê-la no ombro.

Poirot acenou bem devagar com a cabeça.
— Sim, lembro que a senhora usava uma rosa ontem à noite. Que horas eram, *madame*, quando a senhora colheu aquela rosa?

— Na verdade, não sei.

— Mas isso é *essencial, madame*. Considere... reflita.

Ruth franziu a testa. Olhou rapidamente para Poirot e, em seguida, desviou o olhar.

— Não consigo dizer com exatidão — disse ela por fim. — Deve ter sido... ah, claro... devia ser mais ou menos 20h05. Foi quando eu estava voltando para casa que ouvi o gongo soar e depois aquele estrondo engraçado. Eu estava com pressa porque pensei que era o segundo gongo e não o primeiro.

— Ah, então a senhora pensou isso... e não tentou abrir a porta do escritório quando estava lá no canteiro?

— Na verdade, foi o que eu fiz. Achei que poderia estar aberta, e seria mais rápido entrar dessa forma. Mas estava fechada.

— Então está tudo explicado. Parabéns, *madame*.

Ela o encarou.

— Como assim?

— A senhora tem uma explicação para tudo, para a terra nos sapatos, para suas pegadas no canteiro, para suas impressões digitais do lado de fora da janela. É muito conveniente.

Antes que Ruth pudesse responder, Miss Lingard desceu correndo as escadas. Um estranho rubor subiu às suas bochechas e ela pareceu um pouco assustada ao ver Poirot e Ruth parados e juntos.

— Desculpem-me — disse ela. — Algum problema?

Ruth respondeu com raiva:

— Acho que Monsieur Poirot enlouqueceu!

Ela saiu, passando por eles e entrando na sala de jantar. Miss Lingard virou para Poirot com uma expressão atônita.

Ele balançou a cabeça em negação.

— Depois do café da manhã — disse ele. — Eu vou explicar. Gostaria que todos se reunissem no escritório de Sir Gervase às dez horas.

Ele repetiu esse pedido ao entrar na sala de jantar.

Susan Cardwell lançou um rápido olhar para ele, depois voltou o olhar para Ruth.

— Então? Qual é a ideia? — perguntou Hugo, e ela lhe deu um cutucão forte no flanco, fazendo-o se calar, obediente.

Quando terminou o café da manhã, Poirot levantou-se e caminhou até a porta. Ele se virou e tirou um grande e antiquado relógio do bolso.

— São 09h55. Em cinco minutos... no escritório.

Poirot olhou ao redor. Um círculo de rostos interessados o encarou. Percebeu que todos estavam ali, com uma exceção, e naquele exato momento a exceção entrou na sala. Lady Chevenix-Gore entrou com passos suaves, deslizando. Ela parecia abatida e doente.

Poirot puxou uma grande cadeira para ela, e ela se sentou.

Ela olhou para o espelho quebrado, estremeceu e puxou a cadeira um pouco.

— Gervase ainda está aqui — comentou ela em um tom prosaico. — Pobre Gervase... Logo ele estará livre.

Poirot pigarreou e anunciou:

— Pedi a todos que viessem aqui para que pudessem ouvir os verdadeiros fatos sobre o suicídio de Sir Gervase.

— Foi o Destino — interveio Lady Chevenix-Gore. — Gervase era forte, mas seu Destino foi mais forte.

Coronel Bury avançou um pouco.

— Vanda... minha querida.

Ela sorriu para ele, em seguida ergueu a mão. Ele a tomou na dele.

— Você me conforta, Ned — disse ela, baixinho.

Ruth disse de forma brusca:

— Devemos entender, Monsieur Poirot, que o senhor confirmou definitivamente a causa do suicídio de meu pai?

Poirot fez que não com a cabeça.

— Não, *madame*.

— Então, para que este tumulto todo?

Poirot disse baixinho:

— Não sei a causa do suicídio de Sir Gervase Chevenix-Gore, *porque Sir Gervase Chevenix-Gore não cometeu suicídio. Ele não se matou. Ele foi assassinado...*

— Assassinado? — Várias vozes ecoaram a palavra. Rostos assustados viraram-se na direção de Poirot.

Lady Chevenix-Gore olhou para cima e disse:

— Assassinado? Ah, não! — E, com suavidade, balançou a cabeça.

— Assassinado, o senhor disse? — falou Hugo. — Impossível. O quarto estava vazio quando arrombamos a porta. A janela estava trancada. A porta estava trancada por dentro, e a chave estava no bolso do meu tio. Como pode ter sido assassinado?

— Mesmo assim, ele foi assassinado.

— E o assassino escapou pelo buraco da fechadura, suponho? — perguntou Coronel Bury com ceticismo. — Ou voou pela chaminé?

— O assassino — respondeu Poirot — saiu pela porta francesa. Vou demonstrar a vocês como.

Ele repetiu suas manobras com a porta francesa.

— Estão vendo? — perguntou. — Assim que foi feito! Desde o início, não considerei provável que Sir Gervase tivesse cometido suicídio. Tinha egomania pronunciada e um homem assim não se mata.

"E havia outras coisas! Pelo visto, pouco antes de sua morte, Sir Gervase se sentou à mesa, rabiscou as palavras 'Me desculpem' em uma folha de papel e atirou em si mesmo. No entanto, antes dessa última ação, ele havia, por algum motivo ou outro, alterado a posição de sua cadeira, virando-a de modo que ficasse de lado em relação à escrivaninha. Por quê? Deve haver algum motivo. Comecei a ver a luz no fim do túnel quando encontrei, presa à base de uma pesada estatueta de bronze, uma pequena lasca de espelho...

"Perguntei a mim mesmo como é que um caco de vidro quebrado foi parar ali. E uma resposta surgiu para mim. O espelho fora quebrado não por uma bala, *mas porque foi atingido pela pesada figura de bronze*. Aquele espelho havia sido quebrado *deliberadamente*.

"Mas por quê? Voltei à mesa e olhei para a cadeira. Sim, nesse momento eu vi que estava tudo errado. Nenhum suicida viraria sua cadeira, se inclinaria sobre ela e atiraria em si mesmo. A coisa toda foi arranjada. O suicídio foi uma farsa!

"E agora chego a algo muito importante. O testemunho de Miss Cardwell. Miss Cardwell disse que desceu correndo as escadas ontem à noite porque pensou que o segundo gongo havia soado. Quer dizer, ela pensou que já tinha ouvido o primeiro gongo.

"Agora, observem, *se* Sir Gervase estivesse sentado em sua mesa da maneira normal quando foi baleado, para onde iria a bala? Viajando em linha reta, passaria pela porta, se a porta estivesse aberta, e por fim *tocaria o gongo*!

"A senhorita vê agora a importância da declaração de Miss Cardwell? Ninguém mais ouviu o primeiro gongo, mas o quarto dela está situado logo acima deste cômodo, e ela estava na melhor posição para ouvi-lo. Consistiria em apenas uma única nota, lembrem-se.

"Não podia haver dúvida de que Sir Gervase havia atirado em si mesmo. Um defunto não pode levantar-se, fechar a porta, trancá-la e se acomodar em uma posição conveniente! Outra pessoa estava envolvida e, portanto, não foi suicídio, mas assassinato. Alguém cuja presença foi aceita sem problema por Sir Gervase, alguém que estava a seu lado, conversando com ele. Sir Gervase estava ocupado escrevendo, talvez. O assassino aponta a pistola para o lado direito da cabeça dele e atira. Está feito! Então, rápido, ao trabalho! O assassino calça as luvas. A porta é trancada, a chave é posta no bolso de Sir Gervase. Mas suponha que uma nota alta do gongo tenha sido ouvida. Então, alguém perceberá que a porta estava *aberta*, não fechada, quando o tiro foi disparado. Assim, a cadeira é virada, o corpo rearranjado, os dedos do defunto pressionados contra a pistola, o espelho quebrado de propósito. Então o assassino sai pela janela, fecha-a, pisa, não na grama, mas no canteiro, onde as pegadas podem ser alisadas depois. Em seguida, contorna a lateral da casa e entra na sala de estar."

Ele fez uma pausa e continuou:

— *Havia apenas uma pessoa que estava no jardim quando o tiro foi disparado.* Essa mesma pessoa deixou pegadas no canteiro, e as digitais do lado de fora da janela.

Ele foi na direção de Ruth.

— E havia um motivo, certo? Seu pai soube de seu casamento secreto e estava se preparando para deserdá-la.

— É mentira! — A voz de Ruth ressoou desdenhosa e clara. — Não há uma palavra de verdade em sua história. É mentira do começo ao fim!

— As provas contra a senhora são muito fortes, *madame*. Um júri *talvez* acredite na senhora. Talvez *não*.

— Ela não terá de enfrentar um júri.

Os outros viraram-se, assustados. Miss Lingard estava de pé. Seu rosto havia mudado e ela tremia da cabeça aos pés.

— Eu atirei nele. Admito! Tive meus motivos. Eu... eu venho esperando há algum tempo. Monsieur Poirot está certo, eu o segui até aqui. Havia tirado a pistola da gaveta mais cedo. Fiquei ao lado dele falando sobre o livro... e atirei nele. Foi pouco depois das vinte horas. A bala atingiu o gongo. Nunca sonhei que passaria pela cabeça dele desse jeito. Não deu tempo de sair e procurá-la. Tranquei a porta e deixei a chave no bolso dele. Então, virei a cadeira, quebrei o espelho e, depois de rabiscar "Me desculpem" em um pedaço de papel, saí pela janela e a fechei, do jeito que Monsieur Poirot lhes mostrou. Pisei no canteiro, mas alisei as pegadas com um ancinho que havia deixado ali, já preparado. Então, dei a volta e entrei na sala de estar pela janela que eu havia deixado aberta. Não sabia que Ruth tinha passado por ela. Deve ter dado a volta pela frente da casa enquanto eu dei a volta pelos fundos. Tive que guardar o ancinho, sabem, em um galpão. Esperei na sala de estar até ouvir alguém descendo, e Snell indo até o gongo, e então...

Ela olhou para Poirot.

— O senhor não sabe o que eu fiz nesse momento?

— Ah, sim, eu sei. Encontrei o saquinho na cesta de lixo. Foi muito inteligente essa sua ideia. Fez o que as crianças adoram fazer, encheu um saquinho de ar e depois o estourou. Causou um estalo satisfatório. Jogou a sacola na cesta de lixo e saiu correndo para o saguão. Estabeleceu a hora do suicídio... e um álibi para si mesma. Mas ainda havia uma coisa que a preocupava. A senhorita não teve tempo de pegar a bala. Devia estar em algum lugar perto do gongo. Era essencial que a bala fosse encontrada no escritório em algum lugar perto do espelho. Não sei quando você teve a ideia de pegar o lápis do Coronel Bury...

— Foi bem nesse momento — disse Miss Lingard. — Quando todos viemos do saguão. Fiquei surpresa ao ver Ruth na sala. Percebi que devia ter vindo do jardim, atravessando a janela. Então notei o lápis do Coronel Bury sobre a mesa de bridge. Coloquei-o na minha bolsa. Se, mais tarde, alguém me visse pegar a bala, eu poderia fingir que era o lápis. Na verdade, achei que ninguém tivesse me visto pegar a bala, que deixei cair perto do espelho enquanto o senhor olhava o cadáver. Quando me abordou sobre o assunto, fiquei muito feliz por ter pensado no lápis.

— Sim, foi inteligente. Isso me confundiu por completo.

— Tive medo de que alguém tivesse ouvido o tiro verdadeiro, mas sabia que todos estavam se vestindo para o jantar e estariam trancados nos quartos. Os serviçais estavam em sua parte da casa. Miss Cardwell era a única que poderia ouvir, e provavelmente pensaria que fora um cano de descarga disparando. O que ela ouviu foi o gongo. Eu pensei... pensei que tudo tinha transcorrido sem problemas...

Mr. Forbes disse devagar em seu tom preciso:

— Que história extraordinária. Parece não haver motivo...

Miss Lingard disse com clareza:

— *Houve* um motivo...

Então acrescentou com ferocidade:

— Vão em frente, chamem a polícia! O que estão esperando?

Poirot disse com suavidade:

— Vocês todos, por favor, saiam da sala. Mr. Forbes, ligue para Major Riddle. Ficarei aqui até ele chegar.

Devagar, um por um, a família saiu enfileirada da sala. Perplexos, sem compreender coisa alguma, chocados, lançaram olhares envergonhados para a figura esbelta e ereta com seus cabelos grisalhos bem repartidos.

Ruth foi a última a sair. Hesitante, ela parou à porta.

— Não entendo... — Ela falou com uma raiva desafiadora, acusando Poirot. — Agora mesmo, o senhor pensou que *eu* tinha cometido o crime.

— Não, não. — Poirot balançou a cabeça. — Não, nunca acreditei nisso.

Ruth saiu a passos lentos.

Poirot ficou com a mulherzinha de meia-idade que acabara de confessar um assassinato habilmente planejado a sangue-frio.

— Não — disse Miss Lingard. — O senhor não achou que Ruth tinha feito aquilo. O senhor *a* acusou para *me* fazer falar. É isso, não é?

Poirot inclinou a cabeça.

— Enquanto esperamos — disse Miss Lingard em tom de conversa —, o senhor bem que poderia me dizer o que o fez suspeitar *de mim*.

— Diversas coisas. Para começar, seu relato de Sir Gervase. Um homem orgulhoso como Sir Gervase nunca falaria de um jeito depreciativo de seu sobrinho para uma estranha, especialmente alguém em sua posição. A senhorita quis fortalecer a teoria do suicídio. Também se esforçou para sugerir que a causa do suicídio teria sido algum problema desonroso relacionado a Hugo Trent. De novo, era algo que Sir Gervase jamais admitiria a uma estranha. Depois, houve o objeto que a senhorita pegou no corredor, e o fato muito significativo de que a senhorita não mencionou que Ruth, quando entrou na sala de estar, o fez saindo *do jardim*. E, então, encontrei o saco de papel... um objeto muito improvável de se encontrar na cesta de lixo na sala de estar de uma casa como Hamborough Close! A senhorita era a única pessoa que estava na sala de estar quando o "tiro" foi ouvido. O truque do saco de papel seria algo que passaria pela cabeça de uma mulher... um engenhoso dispositivo caseiro. Então tudo se encaixou. O esforço de lançar suspeitas sobre Hugo e mantê-las longe de Ruth. O mecanismo do crime... e seu motivo.

A pequena mulher grisalha se agitou.

— O senhor conhece o motivo?

— Acho que sim. A felicidade de Ruth... esse foi o motivo! Imagino que a tenha visto com John Lake... a senhorita sabia do que acontecia entre eles. E, então, com seu fácil acesso aos papéis de Sir Gervase, se deparou com o rascunho do novo testamento: Ruth deserdada a menos que se casasse com Hugo Trent. Isso fez a senhorita decidir que faria justiça com as próprias mãos, usando o fato de que Sir Gervase já havia escrito para mim. Talvez tenha visto uma cópia dessa carta. Não sei que sentimentos confusos de suspeita e medo o levaram a escrever a princípio. Deve ter suspeitado que Burrows ou Lake o roubavam de forma sistemática. A incerteza dele quanto aos sentimentos de Ruth o levou a buscar uma investigação particular. A senhorita usou esse fato e deliberadamente preparou o terreno para o suicídio, corroborando-o em seu relato com a angústia do homem por algo relacionado a Hugo Trent. A senhorita me enviou um telegrama e relatou que Sir Gervase comentou que chegaria "tarde demais".

Miss Lingard retrucou com ferocidade:

— Gervase Chevenix-Gore era um valentão, um esnobe e um fanfarrão! Eu não permitiria que ele arruinasse a felicidade de Ruth.

Poirot perguntou em voz baixa:

— Ruth é sua filha?

— Sim... ela é minha filha... Sempre pensei nela. Quando soube que Sir Gervase Chevenix-Gore queria alguém para ajudá-lo com a história da família, agarrei essa oportunidade. Estava curiosa para ver minha... minha menina. Sabia que Lady Chevenix-Gore não me reconheceria. Faz anos... eu era jovem e bonita na época e mudei meu nome depois disso. Além disso, Lady Chevenix-Gore é muito aérea para ter certeza de qualquer coisa. Eu gostava dela, mas odiava a família Chevenix-Gore. Eles me trataram como lixo. E ali estava Gervase, arruinando a vida de Ruth com orgulho e esnobismo. Mas eu estava determinada a fazê-la feliz. E ela *será* feliz... *mesmo que nunca saiba nada sobre mim!*

Era um apelo, não uma pergunta.

Poirot inclinou a cabeça com suavidade.

— Da minha boca, não saberão de nada.

Miss Lingard disse, baixinho:

— Obrigada.

Mais tarde, quando a polícia entrou e saiu, Poirot encontrou Ruth Lake com o marido no jardim.

Ela disse em um tom desafiador:

— O senhor realmente achou que eu tinha feito aquilo, Monsieur Poirot?

— Eu sabia, *madame*, que não poderia ter feito... por causa das margaridas-de-São-Miguel.

— As margaridas-de-São-Miguel? Não entendo.

— *Madame*, havia quatro pegadas, e quatro pegadas *apenas* às margens do canteiro. Mas, se a senhora estivesse colhendo flores, haveria muito mais. Significava que, entre sua primeira visita e a segunda, *alguém havia alisado todas as pegadas que havia ali*. Isso só poderia ter sido feito pela pessoa culpada e, como suas pegadas *não* foram removidas, a senhora *não* podia ser culpada. Foi automaticamente eximida.

O rosto de Ruth iluminou-se.

— Ah, entendo. Sabe... é terrível, mas sinto muito por aquela pobre mulher. Afinal, ela confessou em vez de me deixar ser presa... ou pelo menos foi o que pensou. Isso foi... de certa forma bastante nobre. Odeio pensar nela passando por um julgamento por assassinato.

Poirot disse em voz baixa:

— Não se aflija. Não chegará a isso. O médico me disse que ela tem sérios problemas cardíacos. Não viverá muitas semanas.

— Fico feliz por isso.

Ruth pegou um açafrão-do-prado e o apertou contra a bochecha.

— Pobre mulher. Eu me pergunto por que ela fez isso...

Triângulo em Rhodes

Publicado primeiramente na *Strand Magazine*, em 1936, sob o título de "Poirot and the Triangle at Rhodes" e então na coletânea *Murder in the Mews*, em 1937.

I

Hercule Poirot sentou-se na areia branca e olhou para a água azul cintilante. Estava vestido de forma bastante elegante em flanela branca e com um grande chapéu panamá que protegia sua cabeça. Ele era daquela geração antiquada que acreditava em proteger-se do sol com todo o cuidado. Miss Pamela Lyall, que estava sentada ao lado dele e falava sem parar, representava a escola moderna de pensamento, pois envolvia seu corpo bronzeado no mínimo de roupa possível.

Às vezes, seu fluxo de conversa parava enquanto se besuntava de novo com uma garrafa de um fluido oleoso que estava ao seu lado.

Do outro lado de Miss Pamela Lyall, sua grande amiga, Miss Sarah Blake, estava deitada com o rosto virado para baixo sobre uma toalha de listras berrantes. O bronzeamento de Miss Blake era o mais perfeito possível, e sua amiga havia lançado olhares insatisfeitos para ela mais de uma vez.

— Ainda estou tão desigual — murmurou ela com pesar. — Monsieur Poirot... o senhor se *importaria*? Logo abaixo da omoplata direita... não consigo esticar a mão para esfregá-la direito.

Monsieur Poirot obedeceu e, em seguida, limpou cuidadosamente a mão oleosa em seu lenço. Miss Lyall, cujos principais interesses na vida eram a observação das pessoas ao seu redor e o som da própria voz, continuou a falar.

— Eu tinha razão sobre aquela mulher... aquela do modelo *Chanel*... *é* Valentine Dacres... quer dizer, Chantry. Achei que era. Eu a reconheci de imediato. Ela é mesmo maravilhosa, não é? Digo, consigo entender por que as pessoas ficam loucas por ela. É óbvio que ela *espera* que fiquem! É metade da batalha vencida. Aqueles outros que chegaram ontem à noite são da família Gold. O rapaz é belíssimo.

— Lua de mel? — perguntou Sarah com voz abafada.

Miss Lyall fez que não com a cabeça com ar de quem entende do assunto.

— Ah, não... as roupas dela não são *novas* o suficiente. Sempre é possível detectar as noivas! Não acha a coisa mais fascinante do mundo observar as pessoas, Monsieur Poirot, e ver o que consegue descobrir sobre elas apenas olhando?

— Não apenas olhando, querida — disse Sarah com doçura. — Você também faz uma porção de perguntas.

— Ainda nem falei com os Gold — comentou Miss Lyall, cheia de si. — E, de qualquer maneira, não vejo motivo para alguém não se interessar por seus semelhantes. A natureza humana é simplesmente fascinante. Não acha, Monsieur Poirot?

Dessa vez, ela fez uma pausa longa o suficiente para permitir que seu companheiro respondesse.

Sem tirar os olhos da água azul, Monsieur Poirot respondeu:

— *Ça dépend.*

Pamela ficou chocada.

— Ah, Monsieur Poirot! Não acho *nada* mais interessante... mais *incalculável* que o ser humano!

— Incalculável? Isso, não.

— Ah, mas eles *são*. Bem quando o senhor acha que os compreendeu à perfeição... eles fazem algo completamente inesperado.

Hercule Poirot fez que não com a cabeça.

— Não, não, isso não é verdade. É muito raro que alguém execute uma ação que não esteja *dans son caractère*. No fim das contas, é monótono.

— Não concordo com o senhor, de forma alguma! — retrucou Miss Pamela Lyall.

Ela ficou em silêncio por um bom minuto e meio antes de retomar o ataque.

— Assim que vejo as pessoas, começo à me perguntar sobre elas, como são, que relações têm umas com as outras, o que estão pensando e sentindo. É... ah, é bem emocionante.

— Não acho — insistiu Hercule Poirot. — A natureza repete-se mais do que se imagina. O mar — acrescentou pensativo — tem uma variedade infinitamente maior.

Sarah virou a cabeça de lado e perguntou:

— O senhor acha que os seres humanos tendem a reproduzir certos padrões? Padrões fixos?

— *Précisément* — disse Poirot e traçou um desenho na areia com o dedo.

— O que é isso que está desenhando? — perguntou Pamela, curiosa.

— Um triângulo — respondeu Poirot.

Mas a atenção de Pamela foi desviada para outro lugar.

— Eis os Chantry — disse ela.

Uma mulher estava caminhando na praia — uma mulher alta, muito consciente de si e de seu corpo. Deu um leve aceno com a cabeça, sorriu e sentou-se um pouco distante na areia. O xale de seda escarlate e dourado escorregou de seus ombros. Estava usando um maiô branco.

Pamela suspirou.

— Ela não tem uma silhueta linda?

Mas Poirot estava olhando para o rosto dela — o rosto de uma mulher de 39 anos, famosa desde os 16 por sua beleza.

Como todo mundo, ele sabia tudo sobre Valentine Chantry. Havia ficado famosa por muitas coisas — por seus caprichos, por sua riqueza, por seus enormes olhos azul-safira, por suas aventuras e desventuras matrimoniais. Teve cinco maridos e inúmeros amantes. Fora esposa de um conde italiano, de um magnata do aço norte-americano, de um tenista profissional, de um automobilista. Desses quatro, o norte-americano havia morrido, mas dos outros ela havia se divorciado de um jeito descuidado. Seis meses antes ela havia se casado pela quinta vez com um comandante da marinha.

Foi ele quem veio caminhando pela praia atrás dela. Silencioso, de cabelos escuros — com uma mandíbula belicosa e modos taciturnos. Tinha um toque de macaco primitivo nele.

Ela disse:

— Tony, querido... minha cigarreira...

Ele a preparou para ela, acendeu seu cigarro, ajudou-a a tirar as alças do maiô branco dos ombros. Ela estava deitada, os braços estendidos ao sol. Ele sentou-se ao lado dela como uma fera que guarda sua presa.

Pamela disse, com a voz baixa o suficiente:

— Você sabe que eles me interessam de forma *terrível*... Ele é tão bruto! Tão silencioso e... meio *carrancudo*. Acredito que uma mulher como ela goste disso. Deve ser como controlar um tigre! Imagino quanto tempo durará. Ela se cansa deles muito rápido, acredito... especialmente hoje em dia. Mesmo assim, se ela tentar se livrar dele, acho que talvez ele se torne perigoso.

Outro casal desceu a praia de um jeito um tanto tímido. Eram os recém-chegados da noite anterior. Mr. e Mrs. Douglas Gold, como Miss Lyall sabia por sua inspeção do livro de visitantes do hotel. Ela também sabia, pois assim eram os regulamentos italianos, seus nomes de batismo e suas idades como constavam em seus passaportes.

Mr. Douglas Cameron Gold tinha 31 anos e Mrs. Marjorie Emma Gold tinha 35.

O hobby da vida de Miss Lyall, como já foi dito, era o estudo dos seres humanos. Ao contrário da maioria dos ingleses, ela falava com estranhos logo de cara, em vez de esperar quatro dias a uma semana antes de fazer o primeiro avanço cauteloso, como é o típico costume britânico. Portanto, ela, notando a leve hesitação e timidez do avanço de Mrs. Gold, exclamou:

— Bom dia, não está agradável hoje?

Mrs. Gold era uma mulher pequena, mais ou menos como um camundongo. Não era feia. Na verdade, tinha feições regulares e tez bonita, mas com um certo ar de desconfiança e desmazelo que tornava possível que passasse despercebida. Seu marido, por outro lado, era muito bonito, de um jeito quase teatral. Muito louro, cabelos encaracolados e crespos, olhos azuis, ombros largos, quadris estreitos. Parecia mais um jovem no palco do que um jovem na vida real, mas, no momento em que abria a boca, essa impressão desaparecia. Era bastante natural e não afetado, até, talvez, um pouco estúpido.

Mrs. Gold olhou com gratidão para Pamela e se sentou perto dela.

— Que lindo tom bronzeado você tem. Sinto-me terrivelmente sem cor!

— É preciso muito trabalho para dourar sem falhas — suspirou Miss Lyall.

Ela fez uma pausa e continuou:

— A senhorita acabou de chegar, não é?

— Sim. Na noite passada. Viemos no barco *Vapo d'Italia*.

— Já tinha estado em Rhodes antes?

— Não. É adorável, não é?

O marido dela disse:

— Uma pena que demore tanto chegar até aqui.

— Sim, se fosse mais perto da Inglaterra...

Com a voz abafada, Sarah disse:

— Sim, mas se fosse, seria horrível. Filas e mais filas de pessoas dispostas como peixes em uma tábua. Corpos para todo lado!

— Isso é verdade, claro — disse Douglas Gold. — É um incômodo que a moeda italiana esteja tão arruinada no momento.

— Faz diferença, não faz?

A conversa continuou avançando em linhas estritamente estereotipadas, longe do que se poderia chamar de inteligente.

Um pouco mais adiante na praia, Valentine Chantry se mexeu e se sentou. Com uma das mãos ela segurava o maiô sobre o peito.

Ela abriu a boca em um bocejo felino, largo mas delicado. Olhou casualmente para a praia. Seus olhos desviaram-se de Marjorie Gold e permaneceram, pensativos, na cabeça dourada de Douglas Gold.

Ela moveu os ombros de forma sinuosa e falou com uma voz um tanto mais alta que o necessário.

— Tony, querido... não é divino... esse sol? Creio que eu deva ter sido uma *adoradora* do sol em outra vida... você não acha?

Seu marido resmungou algo em resposta que não conseguiu chegar aos outros. Valentine Chantry continuou a falar com aquela voz alta e arrastada.

— Estique essa toalha um pouco para deixá-la reta, sim, querido?

Ela teve uma preocupação imensa ao reassentar seu belo corpo. Neste momento, Douglas Gold estava olhando. Havia franco interesse em seus olhos.

Mrs. Gold disse com alegria suave para Miss Lyall:

— Que mulher bonita!

Pamela, tão feliz em dar quanto em receber informações, respondeu em voz baixa:

— Essa é Valentine Chantry... sabe, aquela que era Valentine Dacres... ela é maravilhosa, não é? Ele é simplesmente louco por ela... não a perde de vista!

Mrs. Gold olhou mais uma vez para a praia. Então, ela disse:

— O mar está mesmo adorável... tão azul. Acho que devemos entrar agora, não acha, Douglas?

Ele ainda estava observando Valentine Chantry e levou uns dois minutos para responder. Então, disse, um tanto distraído:

— Entrar? Ah, sim, em um minuto.

Marjorie Gold levantou-se e caminhou até a beira da água.

Valentine Chantry virou um pouco para um dos lados. Seus olhos fitaram Douglas Gold. Sua boca escarlate curvou-se levemente em um sorriso.

O pescoço de Mr. Douglas Gold ficou um pouco vermelho.

Valentim Chantry disse:

— Tony, querido, você me faria um favor? Quero um potinho de creme para o rosto... está lá em cima, na penteadeira. Eu queria trazê-lo aqui para baixo. Busque-o para mim... você é um anjo.

O comandante levantou-se, obediente, e voltou para o hotel.

Marjorie Gold mergulhou no mar, gritando:

— Está uma delícia, Douglas... tão quentinho. Venha.

Pamela Lyall disse a ele:

— O senhor não vai entrar?

Ele respondeu um tanto distraído:

— Ah. Gosto de me aquecer bastante primeiro.

Valentine Chantry moveu-se. Levantou a cabeça por um momento, como se estivesse prestes a chamar o marido, mas ele estava passando pelo muro do jardim do hotel.

— Gosto que o mergulho fique por último — explicou Mr. Gold.

Mrs. Chantry sentou-se de novo. Pegou um frasco de bronzeador. Teve alguma dificuldade com ele, a tampa de rosca parecia resistir aos seus esforços.

Ela falou de um jeito alto e petulante.

— Ai... *não consigo* abrir isso aqui!

Ela olhou para o outro grupo...

— Será que...

Sempre galante, Poirot levantou-se, mas Douglas Gold tinha a vantagem da juventude e da flexibilidade. Chegou até ela em um instante.

— Posso abrir para a senhora?

— Ah, obrigada... — Era aquele falar arrastado, doce e vazio de novo. — Você *é* muito gentil. Sou *tão* desajeitada para abrir as coisas... eu sempre pareço girar tudo para o lado errado. Ah! Você conseguiu! Muito obrigada...

Hercule Poirot sorriu para si mesmo, levantou-se e vagou pela praia na direção oposta. Não foi muito longe, mas seu progresso foi vagaroso. Quando estava voltando, Mrs. Gold saiu do mar e se juntou a ele. Ela estivera nadando. Seu rosto, embaixo de uma touca de banho nada atraente, estava radiante.

Ela disse sem fôlego:

— Eu amo o mar, de verdade. E é tão quente e bonito aqui.

Ele percebeu que ela era uma banhista entusiasta.

Ela comentou:

— Douglas e eu simplesmente adoramos tomar banho de mar. Ele consegue ficar por horas na água.

E, com isso, os olhos de Hercule Poirot deslizaram por cima do ombro da mulher até o local na praia onde aquele banhista entusiasta, Mr. Douglas Gold, estava sentado, conversando com Valentine Chantry.

A esposa dele disse:

— Não consigo imaginar por que ele não vem...

A voz dela continha uma espécie de perplexidade infantil.

Os olhos de Poirot pousaram em Valentine Chantry. Ele pensou que outras mulheres haviam feito a mesma observação em algum momento.

Ao seu lado, ele ouviu Mrs. Gold dar um forte suspiro.

Ela disse com uma voz fria:

— Ela é uma mulher bem atraente mesmo, sei disso, mas Douglas não gosta desse tipo de mulher.

Hercule Poirot não respondeu.

Mrs. Gold mergulhou no mar mais uma vez.

Nadou para longe da costa com braçadas lentas e constantes. Dava para ver que ela amava a água.

Poirot voltou até o grupo na praia, que tinha aumentado com a chegada do velho General Barnes, um veterano que costumava ficar na companhia dos jovens. Estava sentado agora entre Pamela e Sarah, e ele e Pamela estavam empenhados em desvelar vários escândalos com os exageros apropriados.

O Comandante Chantry havia retornado de sua missão. Ele e Douglas Gold estavam sentados um de cada lado de Valentine, e ela se posicionou muito empertigada entre os dois homens, conversando. Falava com facilidade e leveza em sua voz doce e arrastada, virando a cabeça para contemplar primeiro um homem e depois o outro na conversa.

Estava terminando uma história.

— ...e o que acham que o bobalhão disse? "Pode ter sido apenas um minuto, mas eu me lembraria de você em *qualquer lugar*, dona!" Não foi, Tony? E, sabe, eu pensei que tinha sido *tão gentil* da parte dele. Acho de verdade que é um mundo tão gentil, quer dizer, todo mundo é sempre extremamente gentil *comigo*. Não sei por que, apenas é assim... Mas eu falei com Tony... você se lembra, querido... "Tony, se quiser ficar com um pouquinho de ciúme, pode ficar com ciúme daquele comissário." Porque ele foi adorável demais...

Houve uma pausa, e Douglas Gold disse:

— Bons camaradas... alguns desses comissários.

— Ah, sim, ele se esforçou tanto... na verdade, teve um trabalho imenso... e pareceu muito satisfeito em poder me ajudar.

Douglas Gold comentou:

— Não há nada de estranho nisso. Qualquer um faria isso pela senhora, tenho certeza.

Ela soltou um gritinho, encantada:

— Que gentil da sua parte! Tony, você ouviu isso?

O Comandante Chantry grunhiu.

Sua esposa suspirou:

— Tony nunca faz discursos bonitos, não é, meu cordeirinho?

Sua mão branca com as longas unhas vermelhas bagunçou a cabeleira escura dele.

Ele lançou para ela um súbito olhar de soslaio. Ela murmurou:

— De verdade, eu não sei como ele me aguenta. É de uma inteligência ímpar, tem um cérebro frenético, e eu não paro de falar besteiras o tempo todo, mas ele não parece se importar. Ninguém se importa com o que eu faço ou digo... todo mundo me mima. Tenho certeza de que isso não é nada bom para mim.

O Comandante Chantry disse para o outro homem além dela:

— Aquela é sua patroa no mar?

— Sim. Acho que já está na hora de me juntar a ela.

Valentine murmurou:

— Mas está tão gostoso aqui no sol. Não precisa entrar no mar ainda. Tony, querido, acho que não vou tomar banho hoje... não no meu primeiro dia. Posso pegar um resfriado ou algo assim. Por que você não entra agora, querido? Mr... Mr. Gold vai ficar e me fazer companhia enquanto você estiver na água.

Chantry retrucou de um jeito bem ríspido:

— Não, obrigado. Não vou entrar ainda. Sua esposa parece estar acenando para você, Gold.

Valentine comentou:

— Como sua esposa nada bem. Tenho certeza de que ela é uma daquelas mulheres terrivelmente eficientes que fazem tudo bem. Sempre me assustam tanto porque sinto que me desprezam. Sou terrível, ruim em tudo, uma completa idiota, não sou, Tony, querido?

De novo, o Comandante Chantry apenas grunhiu.
Valentine murmurou de um jeito afetuoso:
— Você é gentil demais para admitir. Os homens são muito leais... é disso que gosto neles. Acho que os homens são muito mais leais que as mulheres... e nunca dizem coisas desagradáveis. Sempre penso que as mulheres são um tanto *mesquinhas*.

Sarah Blake rolou de lado na direção de Poirot e murmurou entredentes.
— Para a querida Mrs. Chantry, um exemplo de mesquinhez é sugerir que ela não é a perfeição absoluta! Que completa idiota! Realmente acho que Valentine Chantry está próxima de ser a mulher mais idiota que já conheci. Ela não consegue fazer nada além de dizer "Tony, querido" e revirar os olhos. Imagino que tenha enchimento de algodão no lugar de um cérebro.

Poirot ergueu sobrancelhas expressivas.
— *Un peu sévère!*
— Ah, sim. Pode dizer que sou uma "serpente" se quiser. Essa mulher certamente tem seus métodos! Não consegue deixar homem *nenhum* em paz? O marido dela parece furioso.

Olhando para o mar, Poirot comentou:
— Mrs. Gold nada bem.
— Sim, não é como nós, que achamos um incômodo nos molhar. Será que Mrs. Chantry algum dia entrará no mar enquanto estiver aqui?
— Ela não — comentou o General Barnes com voz rouca. — Não vai arriscar borrar a maquiagem. Não que não seja uma mulher bonita, embora talvez já tenha deixado muitas primaveras para trás.
— Ela está olhando em sua direção, general — disse Sarah em um tom perverso. — E o senhor está enganado sobre a maquiagem. Hoje em dia, ela é sempre à prova d'água e de beijos.
— Mrs. Gold está saindo da água — anunciou Pamela.
— Batatinha quando nasce, espalha rama pelo chão — cantarolou Sarah. — Esposinha quando dorme, perde logo o maridão... E essa não perde não!

Mrs. Gold veio direto até a praia. Tinha um corpo bastante bonito, mas sua touca à prova d'água era muito prática para ser atraente.

— Você não vem, Douglas? — questionou ela, impaciente. — O mar está delicioso e quente.

— Estou indo.

Douglas Gold levantou-se às pressas. Parou por um momento e, ao fazê-lo, Valentine Chantry olhou para ele com um sorriso doce.

— *Au revoir* — despediu-se ela.

Gold e sua mulher avançaram na direção da água.

Assim que estavam longe o bastante para não serem ouvidos, Pamela disse em tom crítico:

— Sabe de uma coisa? Não acho que tenha sido sábio. Afastar seu marido de outra mulher é sempre uma tática ruim, pois faz você parecer muito possessiva. E os maridos detestam esse tipo de coisa.

— Você parece saber muito sobre maridos, Miss Pamela — comentou o General Barnes.

— Das outras... não meus!

— Ah! É aí que está a diferença.

— Sim, mas eu já aprendi muito o que não fazer, general.

— Bem, querida — disse Sarah —, eu não usaria uma touca como aquela para começo de conversa...

— Parece-me muito sensato — comentou o general. — De forma geral, parece uma mulherzinha simpática e sensata.

— O senhor acertou na mosca, general — disse Sarah. — Mas o senhor sabe que há um limite para a sensatez das mulheres. Tenho a sensação de que ela não será tão sensata no caso de uma Valentine Chantry.

Ela virou a cabeça e exclamou em um sussurro baixo e agitado:

— Olhe para ele agora. Igual a uma tempestade. Aquele homem parece ter o temperamento mais terrível...

De fato, o Comandante Chantry estava carrancudo da pior maneira após a batida em retirada do casal.

Sarah olhou para Poirot.

— Bem? — perguntou ela. — O que acha de tudo isso?

Hercule Poirot não respondeu com palavras, mas, de novo, seu dedo indicador traçou um desenho na areia. O mesmo desenho — um triângulo.

— O triângulo eterno — ponderou Sarah. — Talvez o senhor esteja certo. Se for assim, teremos dias emocionantes nas próximas semanas.

II

Monsieur Hercule Poirot ficou decepcionado com Rhodes. Tinha ido até lá para descansar e tirar umas férias, especialmente dos crimes. No final de outubro, segundo lhe disseram, Rhodes estaria quase vazia, um local tranquilo e isolado.

Por si só, essa era a mais pura verdade. Os Chantry, os Gold, Pamela e Sarah, o general, ele próprio e dois casais italianos eram os únicos hóspedes, mas, dentro desse círculo restrito, o cérebro inteligente de Monsieur Poirot percebeu a inevitável formação dos eventos que estavam por vir.

— É que tenho uma mente criminosa — disse a si mesmo em tom de reprovação. — Estou com indigestão! Imaginando coisas.

Mas ele ainda estava preocupado.

Certa manhã, desceu e encontrou Mrs. Gold sentada no terraço fazendo bordado.

Ao aproximar-se dela, teve a impressão de ter visto o brilho de um lenço de cambraia rapidamente sumindo de vista.

Os olhos de Mrs. Gold estavam secos, mas brilhantes de uma forma suspeita. Seu comportamento também lhe pareceu um tanto animado demais. Parecia exagerado.

Ela disse:

— Bom dia, Monsieur Poirot — com tanto entusiasmo que levantou dúvidas.

Ele sentiu que ela não podia estar tão feliz por vê-lo quanto parecia estar. Afinal, ela não o conhecia tão bem assim. E embora Hercule Poirot fosse um homenzinho presunçoso no que dizia respeito à sua profissão, era bastante modesto na avaliação de suas atrações pessoais.

— Bom dia, *madame* — respondeu ele. — Outro lindo dia.

— Sim, uma felicidade, não é? Douglas e eu sempre temos sorte com o clima.

— É mesmo?

— Sim. Na verdade, somos muito sortudos. Sabe, Monsieur Poirot, quando alguém vê tantos problemas e infelicidades, e tantos casais se divorciando e esse tipo de coisa, bem, a pessoa fica muito agradecida por sua felicidade.

— É bom ouvi-la dizer isso, *madame*.

— Sim. Douglas e eu somos maravilhosamente felizes juntos. Estamos casados há cinco anos, sabe, e, afinal de contas, cinco anos hoje em dia é muito tempo...

— Não tenho dúvidas de que, em alguns casos, pode parecer uma eternidade, *madame* — disse Poirot de um jeito seco.

—... mas eu de fato acredito que estamos mais felizes agora do que quando nos casamos. Veja o senhor, somos absolutamente compatíveis.

— Claro, isso é o que importa.

— É por isso que sinto tanta pena das pessoas que não são felizes.

— A senhora quer dizer...

— Ah! Eu estava falando de modo geral, Monsieur Poirot.

— Entendi. Entendi.

Mrs. Gold pegou um fio de seda, segurou-o contra a luz, aprovou-o e continuou:

— Mrs. Chantry, por exemplo...

— Sim, Mrs. Chantry?

— Não acho que ela seja uma boa mulher.

— Não. Não, talvez não.

— Na verdade, tenho certeza de que ela não é uma boa mulher. Mas, de certa forma, ela é de dar pena porque, apesar de seu dinheiro, boa aparência e tudo isso — os dedos de Mrs. Gold tremiam e ela não conseguia enfiar a linha na agulha —, não é o tipo de mulher de quem os homens gostam de verdade. É o tipo de mulher, eu acho, de quem os homens se cansam com facilidade. O senhor não acha?

— Não precisaria de muito tempo para eu me cansar da conversa de uma mulher assim — disse Poirot com cautela.

— Sim, é isso que quero dizer. Ela tem, claro, uma espécie de encanto... — Mrs. Gold hesitou, seus lábios tremiam, e ela tentava avançar no trabalho de um jeito incerto. Um observador menos perspicaz que Hercule Poirot talvez não notasse sua aflição.

Ela continuou de forma inconsequente:

— Homens são como crianças! Acreditam em *qualquer coisa*...

Ela se curvou sobre seu trabalho. O minúsculo tufo de cambraia se mostrou de novo, de forma discreta.

Talvez Hercule Poirot tenha achado melhor mudar de assunto.

Ele perguntou:

— A senhora não vai se banhar esta manhã? E *monsieur* seu marido, ele já está lá na praia?

Mrs. Gold ergueu os olhos, piscou, retomou seus modos desafiadoramente alegres e respondeu:

— Não, não esta manhã. Combinamos de passear pelas muralhas da cidade antiga. Mas, de uma alguma forma, nós... nós nos desencontramos. Eles foram sem mim.

O pronome foi revelador, mas antes que Poirot pudesse dizer qualquer coisa, General Barnes lá veio da praia e se sentou em uma cadeira ao lado deles.

— Bom dia, Mrs. Gold. Bom dia, Poirot. Os dois foram desertores esta manhã? Muitos ausentes. Vocês dois e seu marido, Mrs. Gold... e Mrs. Chantry.

— E o Comandante Chantry? — questionou Poirot de forma casual.

— Ah, não, ele está lá embaixo. Miss Pamela está com ele. — O general deu uma risadinha. — Ela o achou um bocadinho difícil! Um homem forte e silencioso, como aqueles que se vê nos livros.

Marjorie Gold comentou com um pequeno arrepio:

— Ele me assusta um pouco, aquele homem. Ele... ele parece tão sombrio às vezes. Como se pudesse fazer... qualquer coisa!

Ela estremeceu.

— Apenas indigestão, imagino — disse o general alegremente. — A dispepsia é responsável por muitas reputações de melancolia romântica ou acessos de raiva incontroláveis.

Marjorie Gold abriu um sorrisinho educado.

— E onde está seu bom marido? — perguntou o general.

A resposta dela veio sem hesitação, em uma voz natural e alegre.

— Douglas? Ah, ele e Mrs. Chantry foram até a cidade. Acho que foram dar uma olhada nas muralhas da cidade antiga.

— Ah, sim... muito interessante. Tempo dos cavaleiros e tudo o mais. Deveria ter ido também, mocinha.

Mrs. Gold disse:

— Acho que desci bem tarde.

Ela se levantou de repente com uma desculpa murmurada e entrou no hotel.

O General Barnes acompanhou-a com o olhar e uma expressão preocupada, balançando a cabeça de leve.

— Mulherzinha valiosa, essa. Vale mais que uma dúzia de meretrizes cheias de maquiagem como alguém cujo nome não mencionamos. Haha! Esse marido é um idiota! Não sabe como está bem de mulher.

Ele balançou a cabeça de novo. Então, levantando-se, entrou.

Sarah Blake havia acabado de chegar da praia e ouvira o último discurso do general.

Fazendo uma careta para as costas do combatente que partia, comentou enquanto se jogava em uma cadeira:

— Mulherzinha valiosa, mulherzinha valiosa! Os homens sempre aprovam mulheres antiquadas... mas, na hora do vamos ver, as meretrizes bem-vestidas ganham de longe! Triste, mas é isso.

— *Mademoiselle* — disse Poirot, e sua voz era brusca. — Eu não gosto desse tipo de coisa!

— Não gosta? Nem eu. Não, vamos ser sinceros, acho que eu *gosto* mesmo. Tem um lado horrível nas pessoas que aprecia acidentes, calamidades públicas e coisas desagradáveis que acontecem com amigos.

Poirot perguntou:

— Onde está o Comandante Chantry?

— Na praia, sendo dissecado por Pamela, e ela está se divertindo, se quiser saber. Já o humor dele não está melhorando com a conversa. Estava parecendo uma nuvem de tormenta quando subi. Há rajadas de vento à frente, acredite em mim.

Poirot murmurou:

— Tem uma coisa que eu não entendo...

— É bem fácil de *entender* — interrompeu Sarah. — Mas o que vai *acontecer*? Eis a questão.

Poirot balançou a cabeça e murmurou:

— Como a senhorita diz, *mademoiselle*, é o futuro que causa inquietação.

— Que bela maneira de dizê-lo — comentou Sarah e entrou no hotel.

Na entrada do edifício, ela quase esbarrou em Douglas Gold. O jovem saiu parecendo bastante satisfeito consigo mesmo, mas, ao mesmo tempo, um tanto culpado. Ele disse:

— Olá, Monsieur Poirot — e acrescentou um tanto constrangido —, estive mostrando à Mrs. Chantry as muralhas da época das Cruzadas. Marjorie não estava com vontade de ir.

As sobrancelhas de Poirot ergueram-se de leve, mas, mesmo que desejasse, não teria tempo de fazer um comentário, pois Valentine Chantry saiu correndo, gritando a quem quisesse ouvir:

— Douglas... um gim com angustura... com certeza preciso de um gim com angustura.

Douglas Gold saiu para pedir a bebida. Valentine afundou-se em uma cadeira ao lado de Poirot. Estava radiante naquela manhã.

Viu seu marido e Pamela vindo em sua direção e acenou com a mão, gritando:

— Tomou um bom banho, Tony, querido? Não está uma manhã divina?

O Comandante Chantry não respondeu, subiu os degraus, passou por ela sem uma palavra ou um olhar e desapareceu no bar.

Suas mãos estavam cerradas ao lado do corpo, e aquela leve semelhança com um gorila ficou acentuada.

Valentine Chantry, com lábios perfeitos e expressão um tanto boba, ficou boquiaberta.

Ela disse um "ah" bem indiferente.

Já o rosto de Pamela Lyall expressava grande satisfação com o acontecido. Disfarçando-o tanto quanto foi possível para alguém de sua disposição franca, ela se sentou ao lado de Valentine Chantry e perguntou:

— A senhora teve uma boa manhã?

Quando Valentine começou, "Foi maravilhosa. Nós...", Poirot se levantou e, por sua vez, dirigiu-se tranquilamente até o bar. Encontrou o jovem Gold esperando pelo gim com angustura com o rosto corado. Parecia perturbado e zangado.

Disse a Poirot:

— Aquele homem é um bruto!

E acenou com a cabeça na direção da figura do Comandante Chantry, que batia em retirada.

— É possível — afirmou Poirot. — Sim, é bem possível. Mas *les femmes*, elas gostam dos brutos, lembre-se disso!

Douglas murmurou:

— Não me surpreenderia se ele a maltratasse!

— É possível que ela goste disso também.

Douglas Gold olhou para ele intrigado, pegou o gim com angustura e saiu.

Hercule Poirot sentou-se em um banquinho e pediu um *sirop de cassis*. Enquanto bebia com longos suspiros de prazer, Chantry entrou e bebeu vários gins com angostura em rápida sequência.

Ele disse de forma repentina e violenta para todos que estavam ali, e não apenas para Poirot:

— Se Valentine pensa que pode se livrar de mim como se livrou de um monte de outros idiotas desgraçados, ela está enganada! Ela é minha, e eu pretendo ficar com ela. Nenhum outro sujeito vai ficar com ela, somente por cima do meu cadáver.

Ele jogou algumas notas no balcão, deu meia-volta e saiu.

III

Três dias depois, Hercule Poirot foi ao Monte do Profeta. Foi um passeio revigorante e agradável em meio aos abetos verde--dourados, subindo cada vez mais alto, muito acima das disputas e brigas mesquinhas dos seres humanos. O carro parou no restaurante. Poirot saiu e vagou pela floresta, chegando, por fim, a um lugar que realmente parecia o topo do mundo. Muito abaixo, em um azul profundo e deslumbrante, estava o mar.

Ali, enfim, ele estava em paz, livre de preocupações, acima do mundo. Colocando com cuidado o sobretudo dobrado sobre o toco de uma árvore, Hercule Poirot sentou-se.

— Sem dúvida *le bon Dieu* sabe o que faz. Mas é estranho que Ele tenha se permitido modelar certos seres humanos. *Eh bien*, aqui, pelo menos por um tempo, fico longe desses problemas irritantes — ponderou ele.

Ergueu a cabeça em um sobressalto. Uma pequena mulher de casaco e saia marrons estava correndo em sua direção. Era Marjorie Gold e, desta vez, ela havia abandonado todo o fingimento. Seu rosto estava molhado de lágrimas.

Poirot não conseguiu escapar, pois ela já estava em cima dele.

— Monsieur Poirot. O senhor precisa me ajudar. Estou tão infeliz que não sei o que fazer! Ai, o que devo fazer? O que devo fazer?

Ela olhou para ele com uma expressão perturbada. Os dedos dela fecharam-se na manga do casaco dele. Então, como se algo que viu no rosto dele a tivesse alarmado, ela recuou um pouco.

— O que... o que foi? — perguntou ela, titubeante.

— Quer meu conselho, *madame*? É isso que está me pedindo?

Ela gaguejou:

— Sim... Sim...

— *Eh bien*... aqui está. — Ele falou sem rodeios, de forma incisiva. — Deixe este lugar agora mesmo... antes que seja tarde demais.

— Como? — Ela o encarou.

— A senhora me ouviu. Deixe esta ilha.

— Deixar a ilha?

Ela o encarou estupefata.

— Foi o que eu disse.

— Mas por quê... por quê?

— É meu conselho para a senhora... *se der valor à sua vida*.

Ela arfou.

— Ah! O que o senhor quer dizer? Está me assustando... o senhor está me assustando.

— Sim — disse Poirot com seriedade —, essa é minha intenção.

Ela murchou, afundando o rosto entre as mãos.

— Mas não posso! Ele não viria comigo! Digo, Douglas não viria. Ela não permitiria. Ela o controla... de corpo e alma. Ele não quer ouvir nada contra ela... Está louco por ela... Acredita em tudo o que ela diz a ele, que o marido a maltrata, que ela é uma inocente ferida, que ninguém jamais a entendeu... Ele nem pensa em mim mais... eu não importo... não sou real para ele. Ele quer que eu lhe dê sua liberdade, que me divorcie dele. Acredita que ela vai se divorciar do marido e se casar com ele. Mas eu temo... que Chantry não desistirá dela. Não é esse tipo de homem. Ontem à noite, ela mostrou a Douglas hematomas em seu braço... disse que foi o marido dela. Isso deixou Douglas louco. Ele é tão cavalheiresco... Ai! Estou com medo! O que será de tudo isso? Diga-me o que fazer!

Hercule Poirot estava olhando diretamente para a linha azul de colinas no continente da Ásia. Ele disse:

— Eu já disse. Deixe a ilha antes que seja tarde demais...

Ela fez que não com a cabeça.

— Não posso... não posso... a menos que Douglas...

Poirot suspirou, dando de ombros.

IV

Hercule Poirot sentou-se com Pamela Lyall na praia.

Ela comentou com certo entusiasmo:

— O triângulo está se fortalecendo! Eles se sentaram um de cada lado dela ontem à noite... encarando-se! Chantry tinha bebido demais, sem dúvida estava insultando Douglas Gold. Gold comportou-se muito bem, manteve a calma. Valentine gostou de tudo isso, claro. Ronronou como o tigre devorador de homens que ela é. O que acha que acontecerá?

Poirot balançou a cabeça.

— Eu estou temeroso. Estou muito temeroso...

— Ah, todos estamos — disse Miss Lyall com hipocrisia. Ela acrescentou: — Este negócio encaixa-se bastante em *sua* linha de pensamento. Ou pode vir a se encaixar. Não pode fazer nada?

— Fiz o que pude.

Miss Lyall inclinou-se para a frente, ansiosa.

— O que o senhor *fez*? — perguntou ela com uma empolgação prazerosa.

— Aconselhei Mrs. Gold a deixar a ilha antes que fosse tarde demais.

— Então, o senhor acha... que... — ela estacou.

— Sim, *mademoiselle*?

— Então, *é isso* que o senhor acha que vai acontecer! — disse Pamela devagar. — Mas ele não poderia... ele nunca faria uma coisa dessas... Ele é tão *bom*, de verdade. É tudo culpa da Chantry. Ele não... Ele não... faria...

Ela fez uma pausa, então, disse baixinho:

— *Assassinato*? Essa é... essa é realmente a palavra que está em sua mente?

— Está na mente de alguém, *mademoiselle*. É o que lhe digo.

Pamela teve um súbito arrepio.

— Não acredito nisso — declarou ela.

V

A sequência de eventos na noite de 29 de outubro estava perfeitamente clara.

Para começar, houve uma cena entre os dois homens — Gold e Chantry. A voz de Chantry ficou cada vez mais alta e suas últimas palavras foram ouvidas por quatro pessoas — o caixa no balcão, o gerente, o General Barnes e Pamela Lyall.

— Porco maldito! Se você e minha esposa acham que podem me passar a perna, estão enganados! Enquanto eu estiver vivo, Valentine continuará sendo minha esposa.

Então, ele irrompeu para fora do hotel com o rosto lívido de raiva.

Foi antes do jantar. Depois do jantar (como foi combinado ninguém soube), ocorreu uma reconciliação. Valentine chamou Marjorie Gold para dar um passeio ao luar, Pamela e Sarah foram com elas. Gold e Chantry jogaram bilhar juntos. Mais tarde, juntaram-se a Hercule Poirot e ao General Barnes no saguão.

Pelo que parecia a primeira vez, o rosto de Chantry estava sorridente e bem-humorado.

— O jogo foi bom? — perguntou o general.

O comandante disse:

— Esse camarada é bom demais para mim. Saiu com 46 pontos na sequência!

Douglas Gold reprovou o comentário com modéstia.

— Puro acaso, garanto que foi. O que vai querer? Vou chamar um garçom.

— Gim com angostura para mim, obrigado.

— Certo. General?

— Obrigado. Vou querer um uísque com soda.

— O mesmo para mim. E o senhor, Monsieur Poirot?

— Você é muito amável. Gostaria de um *sirop de cassis*.

— Um *sirop*... desculpe?

— *Sirop de cassis*. Um xarope de groselha.

— Ah, um licor! Entendi. Suponho que eles tenham aqui. Nunca ouvi falar.

— Eles têm, sim. Mas não é um licor.

Douglas Gold disse, rindo:

— Parece um gosto estranho para mim... mas cada homem tem o próprio veneno! Vou pedi-los.

O Comandante Chantry sentou-se. Embora não fosse por natureza um homem falastrão ou sociável, estava claramente fazendo o possível para ser cordial.

— Estranho como a gente se acostuma a ficar sem notícias — comentou.

O general grunhiu.

— Não posso dizer que o *Continental Daily Mail* de quatro dias atrás seja muito útil para mim. É claro que recebo o *Times* e a revista *Punch* toda semana, mas demoram para diabo para chegar até aqui.

— Gostaria de saber se teremos uma eleição geral sobre esse assunto da Palestina?

— A coisa toda foi mal administrada — declarou o general no momento em que Douglas Gold reapareceu seguido por um garçom com as bebidas.

O general tinha acabado de começar a contar uma anedota de sua carreira militar na Índia no ano de 1905. Os dois ingleses ouviam com educação, embora sem grande interesse. Hercule Poirot estava bebericando seu *sirop de cassis*.

O general chegou ao ápice de sua narrativa, e houve risos educados por toda parte.

Então, as mulheres apareceram na porta do saguão. Todas as quatro pareciam extremamente animadas, estavam conversando e rindo.

— Tony, querido, foi divino — gritou Valentine quando se deixou cair em uma cadeira ao lado dele. — A ideia de Mrs. Gold foi maravilhosa. Vocês todos deveriam ter vindo!

O marido dela disse:

— Que tal uma bebida?

Ele olhou para os outros de forma questionadora.

— Gim com angostura para mim, querido — disse Valentine.

— Gim com gengibirra — disse Pamela.

— Um *sidecar* — disse Sarah.

— Certo. — Chantry levantou-se. Ele empurrou seu gim com angostura intocado para sua mulher. — Fique com este. Vou pedir outro para mim. Qual é o seu, Mrs. Gold?

O marido estava ajudando a Mrs. Gold a tirar o casaco. Ela virou-se, sorrindo:

— Vou tomar laranjada, por favor.

— Como quiser.

Ele foi em direção à porta. Mrs. Gold levantou o rosto e sorriu para o marido.

— Foi tão gostoso, Douglas. Gostaria que você tivesse vindo conosco.

— Eu também gostaria de ter ido. Vamos outra noite, certo?

Eles sorriram um para o outro.

Valentine Chantry pegou o gim com angostura e o bebeu em um gole só.

— Ora essa! Eu estava precisando disso — exclamou ela com um suspiro.

Douglas Gold pegou o casaco de Marjorie e o deixou sobre um sofá.

Enquanto caminhava de volta para o grupo, ele disse de um jeito duro:

— Ei, qual é o problema?

Valentine Chantry estava recostada na cadeira. Seus lábios estavam azuis, e sua mão havia pousado sobre o coração.

— Eu me sinto... bem esquisita...

Ela se engasgou, lutando para respirar.

Chantry voltou para a sala, apressando o passo.

— Ei, Val, qual é o problema?

— Eu... eu não sei... aquela bebida... estava com um gosto estranho...

— O gim com angostura?

Chantry virou-se com o rosto transfigurado. Ele puxou Douglas Gold pelo ombro.

— Aquela era *minha* bebida... Gold, que diabos você pôs nela?

Douglas Gold estava encarando o rosto convulso da mulher na cadeira. Ele tinha ficado lívido como um defunto.

— Eu... eu... nunca...

Valentine Chantry escorregou em sua cadeira. General Barnes gritou:

— Chamem um médico... rápido...

Cinco minutos depois, Valentine Chantry faleceu...

VI

Não houve banho de mar na manhã seguinte.

Pamela Lyall, pálida, trajando um simples vestido escuro, enganchou-se em Hercule Poirot no saguão e puxou-o para o pequeno escritório.

— Que horrível! — disse ela. — Horrível! O senhor avisou! O senhor previu! Assassinato!

Ele inclinou a cabeça de um jeito solene.

— Ai! — ela gritou, batendo o pé no chão. — O senhor deveria ter impedido! De algum jeito! Aquilo *podia* ter sido impedido!

— Como? — questionou Hercule Poirot.

A questão a fez estacar por um instante.

— O senhor não podia ter procurado alguém... a polícia...?

— E dizer o quê? O que há para dizer... *antes do crime*? Que alguém está prestes a assassinar outra pessoa? Eu lhe digo, *mon enfant*, se um ser humano está determinado a matar outro ser humano...

— O senhor podia ter avisado a vítima — insistiu Pamela.

— Às vezes, os avisos são inúteis — comentou Hercule Poirot.

Pamela disse bem devagar:

— O senhor poderia avisar o assassino... mostrar a ele que sabia o que pretendia...

Poirot assentiu com a cabeça, compreensivo.

— Sim... um plano melhor, esse. Mas, mesmo assim, é preciso lidar com o principal defeito de um criminoso.

— Que é?

— Presunção. Um criminoso nunca acredita que seu crime pode falhar.

— Mas é absurdo... estúpido! — exclamou Pamela. — O crime todo foi uma infantilidade! Ora, a polícia prendeu Douglas Gold imediatamente ontem à noite.

— É. — Ele acrescentou, pensativo. — Douglas Gold é um jovem muito estúpido.

— De uma estupidez inacreditável! Ouvi dizer que encontraram o resto do veneno... seja lá o que fosse...?

— Uma forma de estrofantina. Um veneno para o coração.

— É verdade que encontraram o resto no bolso do paletó dele?

— É, sim.

— De uma estupidez inacreditável! — repetiu Pamela. — Talvez quisesse se livrar do veneno... e o choque de ter envenenado a pessoa errada o paralisou. Que cena isso daria no palco. O amante coloca a estrofantina no copo do marido e, então, quando ele desvia sua atenção, a amante bebe no lugar do outro... Pense no momento medonho em que Douglas Gold se virou e percebeu que havia matado a mulher que amava...

Ela sentiu um leve arrepio.

— Seu triângulo. *O triângulo eterno!* Quem pensaria que terminaria dessa forma?

— Esse era meu medo — murmurou Poirot.

Pamela virou-se para ele.

— O senhor a *avisou*... Mrs. Gold. Então, por que não avisou o marido também?

— Está me perguntando por que não avisei Douglas Gold?

— Não. Estou falando do Comandante Chantry. Poderia ter lhe dito que ele estava em perigo... afinal, *ele* era o verdadeiro obstáculo! Não tenho dúvidas de que Douglas Gold acreditava poder intimidar a esposa para que lhe desse o divórcio... ela é mulherzinha mansa e cheia de afeição por ele. Mas Chantry é uma espécie teimosa de demônio e estava determinado a não dar liberdade a Valentine.

Poirot deu de ombros.

— Não teria sido bom falar com Chantry — disse ele.

— Talvez não — admitiu Pamela. — Provavelmente teria dito que poderia cuidar de si mesmo e que o senhor podia ir para o inferno. Mas sinto que deveria haver algo que alguém pudesse ter feito.

— Pensei — disse Poirot devagar — em tentar persuadir Valentine Chantry a deixar a ilha, mas ela não teria acreditado no que eu tinha para lhe dizer. Era uma mulher estúpida demais para aceitar uma coisa dessas. *Pauvre femme*, sua estupidez a matou.

— Acho que não adiantaria nada se ela tivesse deixado a ilha — disse Pamela. — Ele simplesmente a teria seguido.

— Ele?

— Douglas Gold.

— Acha que Douglas Gold a teria seguido? Ah, não, *mademoiselle*, a senhorita está errada... errada por completo.

Ainda não analisou a verdade dessa questão. Se Valentine Chantry tivesse deixado a ilha, seu marido teria ido com ela.

Pamela parecia confusa.

— Bem, claro.

— E, então, veja só, o crime simplesmente teria ocorrido em outro lugar.

— Não estou entendendo.

— Estou dizendo a você que o mesmo crime teria ocorrido em outro lugar... *sendo esse crime o assassinato de Valentine Chantry por seu marido.*

Pamela o encarou.

— Está tentando dizer que foi o Comandante Chantry, Tony Chantry, quem assassinou Valentine?

— Sim. Você o viu fazer isso! Douglas Gold lhe trouxe a bebida. Ele sentou-se com ela diante dele. Quando as mulheres entraram, todos nós olhamos para o outro lado da sala, ele estava com a estrofantina pronta, jogou-a no gim com angostura e logo, de um jeito cortês, o passou para a esposa, e ela bebeu.

— Mas o pacote de estrofantina foi encontrado no bolso de Douglas Gold!

— Uma tarefa muito simples colocá-lo lá quando estávamos todos nos reunindo em volta da moribunda.

Passaram-se dois minutos antes que Pamela recuperasse o fôlego.

— Mas não estou entendendo mais nada! O triângulo... o senhor mesmo disse...

Hercule Poirot assentiu vigorosamente com a cabeça.

— Eu disse que havia um triângulo... sim. Mas a senhorita imaginou *o errado*. Foi enganada por uma atuação muito inteligente! Pensou, como deveria, que Tony Chantry e Douglas Gold estavam apaixonados por Valentine Chantry. Acreditou, como deveria, que Douglas Gold, estando apaixonado por Valentine Chantry, cujo marido se recusou a se divorciar dela, deu o passo desesperado de administrar um poderoso veneno para o coração ao Chantry que, por um erro fatal, Valentine Chantry bebeu. Tudo isso é ilusão. Chantry pretendia livrar-se de sua esposa há algum tempo. Estava morrendo de tédio com ela, consegui enxergar isso desde o início. Casou-se com ela por dinheiro. Agora, ele deseja se casar com outra mulher... então, planejou se livrar de Valentine e ficar com o dinheiro dela. O que envolvia um assassinato.

— Outra *mulher*?

Poirot disse, com vagar:

— Sim, sim... *a pequena Marjorie Gold*. Esse era o triângulo eterno de verdade! Mas a senhorita o enxergou de maneira errada. Nenhum desses dois homens se importava com Valentine Chantry. Foi a vaidade dela e *a direção de cena muito inteligente de Majorie Gold* que fizeram a senhorita pensar que sim! Uma mulher muito esperta, Mrs. Gold, e de charme surpreendente com seu jeito recatado de Madona, de coitadinha! Conheci quatro mulheres criminosas do mesmo tipo. Mrs. Adams, que foi absolvida do assassinato do marido, mas todo mundo sabe que foi ela. Mary Parker acabou com uma tia, um namorado e dois irmãos até que ficou um pouco descuidada e foi pega. Então, houve Mrs. Rowden, essa foi enforcada. Mrs. Lecray escapou por um triz, sendo exatamente do mesmo tipo. Reconheci assim que a vi! Esse tipo cai no crime com a maior facilidade! E foi um trabalho muito bonito e bem planejado. Diga-me, que *provas* você já teve de que Douglas Gold estava apaixonado por Valentine Chantry? Quando você pensar bem, perceberá que havia apenas as confidências de Mrs. Gold e a arrogância ciumenta do Comandante Chantry. Certo? A senhorita enxerga?

— É horrível! — exclamou Pamela.

— Foi uma dupla inteligente — disse Poirot com imparcialidade profissional. — Eles planejaram se "encontrar" aqui e encenar o crime. Essa Marjorie Gold, ela é um demônio de sangue-frio! Teria mandado o pobre marido inocente para o cadafalso sem o menor remorso.

Pamela soltou um grito:

— Mas ele foi preso e levado pela polícia ontem à noite.

— Ah — disse Hercule Poirot —, mas, depois disso, eu troquei algumas palavrinhas com a polícia. É verdade que não vi Chantry colocar a estrofantina no copo. Eu, como todo mundo, levantei a cabeça quando as senhoras entraram. Mas, no momento em que percebi que Valentine Chantry havia sido envenenada, observei o marido sem tirar os olhos dele. E, então, veja bem, realmente o vi enfiar o pacote de estrofantina no bolso do casaco de Douglas Gold...

Ele acrescentou com uma expressão sombria no rosto:

— Sou uma boa testemunha, meu nome é bem conhecido. No momento em que a polícia ouviu minha história, percebeu que ela dava um aspecto bem diferente ao caso.

— E então? — questionou Pamela, fascinada.

— *Eh bien*, então fizeram algumas perguntas ao Comandante Chantry. Ele tentou se fazer de indignado, mas não é muito inteligente, logo se entregou.

— Então Douglas Gold foi posto em liberdade?

— Foi.

— E... Marjorie Gold?

O rosto de Poirot assumiu um aspecto severo.

— Eu a avisei — disse ele. — Sim, eu a avisei... Lá em cima, no Monte do Profeta... Era a única chance de evitar o crime. Praticamente disse que suspeitava dela. Ela entendeu. Mas se achava esperta demais... Eu disse a ela para deixar a ilha *se* valorizasse a própria vida. Ela escolheu... permanecer...

Notas sobre Assassinato no beco

Assassinato no beco é uma coletânea de contos escritos por Agatha Christie, lançada no Reino Unido pelo Collins Crime Club em 15 de maço de 1937. O conto que carrega o título do livro é uma reescrita de "Market Basing Mystery", publicado na revista *The Sketch* em 1923. As similaridades entre os contos estão na resolução e no motivo do crime, mas os personagens e o gênero das vítimas são diferentes.

Nos Estados Unidos, o livro fora publicado por Dodd, Mead and Company, sob o título *Dead Man's Mirror*, ou *O espelho do morto*, sem o conto "O roubo inacreditável". A edição de 1987 da Berkley Books, no entanto, contém os mesmos quatro contos que a inglesa.

A capa original foi feita por Robin "Mac" Macartney (1911-1973), um arquiteto amigo de Max Mallowan, marido de Agatha Christie.

Citado no conto "Assassinato no beco", Guy Fawkes (1570-1606) foi um soldado inglês católico que teve participação na Conspiração da Pólvora, trama que pretendia assassinar o Rei James I da Inglaterra e os membros do Parlamento Inglês durante uma sessão em 1605 e, assim, dar início a um levante católico. Guy Fawkes era o responsável por guardar os barris de pólvora que seriam utilizados para explodir o Parlamento durante a sessão. Tornou-se o símbolo da Conspiração da Pólvora, data relembrada em 5 de novembro. Por isso, Poirot e Japp questionam se o dia deveria de fato ser comemorado, uma vez que celebra uma ameaça à monarquia inglesa.

Em "O espelho do morto", Agatha Christie usa o mesmo recurso — quase idêntico — ao do conto "The Second Gong", da coletânea *The Witness for the Prosecution and Other Stories*.

Em "Assassinato no beco", Poirot menciona Sherlock Holmes e "o curioso incidente do cachorro durante a noite", referindo-se aos acontecimentos do conto de Sir Arthur Conan Doyle intitulado "Silver Blaze", publicado em 1892.

"Assassinato no beco" e "O roubo inacreditável" foram adaptados para a televisão em *Agatha Christie's Poirot*, em 1989, a primeira história compondo o segundo episódio da série, com a inclusão do Capitão Hastings em ambas as narrativas e Miss Lemon apenas na segunda.

"Triângulo em Rhodes" foi um dos primeiros contos a serem adaptados para a série de televisão *Agatha Christie's Poirot*, que ficou no ar por 25 anos.

"O espelho do morto" foi o único conto da coletânea adaptado para a televisão apenas em 1993. Os personagens Capitão Hastings, Inspetor Japp e Miss Lemon foram adicionados à história.

Este livro foi impresso pela Braspor,
em 2024, para a HarperCollins Brasil.
A fonte usada no miolo é Cheltenham, corpo 9,5/13,5pt.
O papel do miolo é Pólen Bold 70g/m²,
e o da capa é couché 150g/m².